4. Nov

Para: Fernandita
con Amor

De: Su Abuela Queta

Rumores

Pequeñas Mentirosas

SARA SHEPARD

Traducción de Lorenzo F. Díaz Buendía

TK KT
TRAKATRÁ

Libros publicados de Sara Shepard

1. Pequeñas mentirosas
2. Secretos
3. Venganza
4. Rumores

Próximamente:
5. Malicia

Título original: *Unbelivable*
Primera edición

© 2008, Alloy Entertainment and Sara Shepard
Published by arrangement with Rights People, London

Fotografía de Ali Smith. Diseño de muñeca de Tina Amantula. Diseño de cubierta de Jennifer Heuer.
Logo © 2011 ABC Family. All Rights Reserved.

Diseño de colección: Alonso Esteban y Dinamic Duo

Derechos exclusivos de la edición en español:
© 2012, La Factoría de Ideas. C/Pico Mulhacén, 24. Pol. Industrial «El Alquitón».
28500 Arganda del Rey. Madrid. Teléfono: 91 870 45 85

informacion@lafactoriadeideas.es
www.lafactoriadeideas.es

ISBN: 978-84-9800-791-6   Depósito Legal: M-26427-2012

Impreso por Blackprint CPI

Para Lanie, Les, Josh y Sara.

Nadie puede llevar máscara durante
mucho tiempo.
—Lucius Annaeus Séneca

Cómo salvar una vida

¿Has deseado alguna vez poder retroceder en el tiempo para corregir tus errores? Puede que si no hubieras pintado de payasa la cara de la muñeca Bratz que le regalaron a tu mejor amiga en su octavo cumpleaños, ella no te habría cambiado por esa chica nueva de Boston. Y, de saber que el monitor te dejaría en el banquillo lo que quedaba de temporada, en noveno no te habrías saltado ese entrenamiento de fútbol para ir a la playa. Puede que de no tomar todas esas malas decisiones, igual tu ex mejor amiga te hubiera dado la entrada que le sobraba para el desfile de Marc Jacobs. O puede que ahora fueses portera en la selección nacional de fútbol femenino, con un contrato con Nike y una casa en la playa en Niza. O que ahora estuvieras recorriendo el Mediterráneo en vez de encerrada en clase de geografía buscándolo en un mapa.

En Rosewood, las fantasías sobre cambiar tu destino son tan normales como que las chicas reciban colgantes de corazones de Tiffany en su decimotercer cumpleaños. Y hay cuatro antiguas grandes amigas que harían lo que fuera para retroceder en el tiempo y arreglar las cosas. Pero ¿y si de verdad pudieran retroceder? ¿Serían capaces de salvar a su quinta amiga... o acaso su tragedia es parte del destino de todas ellas?

A veces el pasado alberga más preguntas que respuestas. Y en Rosewood nada es nunca lo que parece.

———

—Le va a encantar cuando se lo diga —le dijo Spencer Hastings a sus mejores amigas Hanna Marin, Emily Fields y Aria Montgomery. Se alisó la camiseta verde mar de encaje calado y pulsó el timbre de la puerta de Alison DiLaurentis.

—¿Por qué tienes que contárselo tú? —preguntó Hanna, saltando del escalón del porche a la acera y otra vez al escalón. No paraba de hacer movimientos innecesarios desde que Alison, la quinta mejor amiga del grupo, le dijo que solo las chicas nerviosas se mantenían delgadas.

—Igual deberíamos decírselo todas a la vez —sugirió Aria, rascándose el tatuaje temporal de libélula que se había pegado en la clavícula.

—Sería divertido —repuso Emily, echándose detrás de las orejas el corto pelo rubio rojizo—. Podríamos hacer un baile coreografiado y soltar un «Ta-chán» al final.

—De eso nada. —Spencer echó atrás los hombros—. Es mi granero, y se lo diré yo. —Volvió a pulsar el timbre de la casa.

Mientras esperaban, las chicas escucharon el zumbido de las sierras que podaban los setos de la casa de Spencer, que vivía al lado, y el toc-toc de las gemelas Fairfield jugando al tenis en su patio dos casas más abajo. El aire olía a lilas, césped recién cortado y crema solar Neutrogena. Era un momento típico en el idílico Rosewood, un pueblo donde todo era bello, hasta los sonidos, los olores y los habitantes. Las chicas llevaban casi toda su vida en Rosewood y se sentían afortunadas de ser parte de un lugar tan especial.

Lo que más les gustaba era el verano. Al día siguiente, tras hacer el examen final de séptimo curso en Rosewood Day, el instituto al que iban todas, participarían en la ceremonia anual de entrega de insignias. El director Appleton llamaría a cada estudiante por su nombre, de párvulos a séptimo curso, y cada estudiante recibiría una insignia de oro de veinticuatro quilates, la de las chicas tenía forma de gardenia, la de los chicos de herradura. Después pasarían diez gloriosas semanas de libertad tomando el sol, haciendo barbacoas, navegando y yendo de compras a Filadelfia y Nueva York. Apenas podían esperar a que pasara.

Pero, para Ali, Aria, Spencer, Emily y Hanna, el verdadero rito de pasaje no sería la ceremonia de graduación. Para ellas, el verano no empezaría hasta la noche del día siguiente, con su fiesta de pijama de fin de séptimo curso. Y las chicas tenían una sorpresa para Ali que haría que empezaran el verano de forma extraespecial.

Cuando la puerta principal de los DiLaurentis se abrió por fin de par en par, ante ellas apareció la señora DiLaurentis, vestida con un corto pareo rosa que descubría sus largas y musculosas pantorrillas bronceadas.

—Hola, chicas —dijo con frialdad.

—¿Está Ali? —preguntó Spencer.

—Creo que está arriba —respondió la señora DiLaurentis, apartándose del camino—. Subid.

Spencer encabezaba el grupo, contoneándose con la falda blanca plisada de hockey, y su trenza rubio ceniza rebotándole en la espalda. A las chicas les encantaba la casa de Ali, que olía igual que ella, a vainilla y suavizante para la ropa. Bonitas fotografías de los viajes de la familia DiLaurentis a París, Lisboa, y el lago Como forraban las paredes. Había muchas fotos de Ali con su hermano, Jason, desde la escuela elemental en adelante. A las chicas les gustaba especialmente la foto de Ali en segundo curso. La llamativa chaqueta rosa que llevaba le resaltaba la cara. Por aquel entonces, su familia vivía en Connecticut, y su antiguo colegio privado no exigía que se pusieran informes chaquetas azules al posar para las fotos del anuario, como sí lo hacía Rosewood Day. Ali resultaba irresistiblemente guapa hasta con ocho años, con sus ojos azul claro, su cara en forma de corazón, los adorables hoyuelos y una expresión traviesa pero encantadora, que hacían imposible estar mucho tiempo enfadado con ella.

Spencer tocó la esquina inferior derecha de su foto favorita, esa en la que estaban las cinco en una acampada en los Poconos, en julio del año anterior. Estaban paradas junto a una canoa gigante, empapadas por la turbia agua del lago, sonriendo de oreja a oreja, felices como solo pueden serlo cinco mejores amigas de doce años. Aria posó la mano encima de la de Spencer, Emily puso la suya encima de la de Aria, y Hanna lo hizo en último lugar. Cerraron los ojos una fracción de segundo, canturrearon y se separaron. Las chicas habían empezado esa costumbre de tocar la foto poco después de que fuera tomada, en recuerdo de su primer verano de mejores amigas. No podían creerse que Ali, la chica más popular de Rosewood Day, las hubiera elegido a ellas para formar su círculo íntimo. Era como ser invitadas a la fiesta de una famosa de primera línea.

Pero admitir eso sería... bueno, cutre. Sobre todo ahora.

Al pasar junto a la sala de estar, vieron dos togas de graduación colgadas del pomo de una puerta corrediza. La blanca era de Ali, y la de color azul marino, más seria, de Jason, que en otoño iría a Yale. Las chicas se cogieron las manos, emocionadas ante la idea de ponerse sus propias togas y birretes, como acostumbraban a hacer los graduados de Rosewood Day desde que el instituto se inauguró en 1897. Fue entonces cuando notaron un movimiento en la sala de estar. Jason estaba sentado en el sofá de cuero mirando ausente la CNN.

—Hoooola, Jason —dijo Spencer, saludando con la mano—. ¿Estás muy emocionado por lo de mañana?

Jason las miró. Era la versión de Ali en tío buenorro, con pelo rubio como el sol y unos increíbles ojos azules. Sonrió y siguió mirando la televisión sin decir palabra.

—Vaaa-le —murmuraron las chicas al unísono.

Jason tenía una faceta muy graciosa, y había sido él quien inventó con sus amigos el juego del «no es eso». Las chicas lo habían copiado y modificado para sus propios fines, que eran sobre todo burlarse de las más empollonas en su presencia. Pero Jason también tenía sus bajones. Ali los llamaba sus etapas Elliott Smith, por el cantautor taciturno que tanto le gustaba a su hermano. Solo que en ese momento Jason no tenía motivos para estar de mal rollo, porque al día siguiente a esa misma hora estaría en un avión rumbo a Costa Rica, para pasarse todo el verano viviendo aventuras en kayak. ¡Yiuuu-juuu!

—Pues vale —dijo Aria encogiéndose de hombros.

Las cuatro chicas se volvieron y subieron a saltos las escaleras que conducían al cuarto de Ali. Una vez en el rellano, descubrieron que tenía la puerta cerrada. Spencer frunció el ceño. Emily ladeó la cabeza. Dentro del cuarto, Ali soltó una risita.

Hanna abrió suavemente la puerta. Ali les daba la espalda. Llevaba el pelo recogido en una coleta y un top con cuello halter de seda a rayas sujeto con un lazo perfecto. Estaba completamente concentrada en el cuaderno de notas que tenía abierto en su regazo. Spencer se aclaró la garganta, y Ali se volvió con un sobresalto.

—¡Hola, chicas! —gritó—. ¿Qué hay?

—Poca cosa —dijo Hanna, señalando el cuaderno—. ¿Qué es eso?

Ali lo cerró rápidamente.

—Oh. Nada.

Las chicas sintieron una presencia detrás de ellas. La señora DiLaurentis se abrió paso para entrar en el dormitorio de Ali.

—Tenemos que hablar —le dijo a Ali, con tono cortante y seco.

—Pero, mamá —protestó Ali.

—Ahora.

Las chicas se miraron unas a otras. Era el tono «tienes problemas» de la señora DiLaurentis. No lo oían muy a menudo.

La madre de Ali miró a las chicas.

—¿Por qué no nos esperáis en el jardín?

—Solo será un momento —se apresuró a decir Ali, dirigiéndoles una mirada de disculpa—. Enseguida bajo.

Hanna se detuvo, confusa. Spencer entrecerró los ojos, intentando ver el cuaderno que sostenía Ali. La señora DiLaurentis alzó una ceja.

—Vamos, chicas, vamos.

Las cuatro tragaron saliva y bajaron las escaleras. Una vez en el porche, se sentaron en sus lugares habituales alrededor de la enorme mesa cuadrada del jardín, con Spencer en un extremo, y Aria, Emily y Hanna en los laterales. Ali se sentaría en la cabecera de la mesa, junto a la pila para pájaros de piedra que puso su padre. Las cuatro chicas miraron un momento a la pareja de cardenales que retozaban en el agua fría y clara de la pila. Cuando un arrendajo azul intentó unirse a ellos, los cardenales se pusieron a chillar hasta echarlo. Parecía que los pájaros formaban grupos tan cerrados como las chicas.

—Qué raro ha sido lo de arriba —susurró Aria.

—¿Creéis que Ali tiene problemas? —preguntó Hanna—. ¿Y si la castigan y no puede venir?

—¿Por qué va a tener problemas? No ha hecho nada malo —susurró Emily, que siempre defendía a Ali. Las chicas la llamaban «Asesina», porque defendía a Ali como un perro de presa.

—No que nosotras sepamos —musitó Spencer entre dientes.

En ese momento, la señora DiLaurentis atravesó las puertas corredizas que daban al jardín y cruzó el césped.

—Quiero asegurarme de que tienen bien las medidas —gritó a los obreros ociosamente apoyados en un enorme buldócer en la parte trasera de la finca. Los DiLaurentis estaban construyendo un cenador para veinte personas donde pensaban dar fiestas durante el verano, y Ali ya les había avisado que su madre estaba un poco histérica, aunque los obreros todavía no habían pasado de abrir el agujero. La señora DiLaurentis se acercó a ellos y empezó a regañarlos. Su anillo de diamantes relucía al sol mientras agitaba frenéticamente las manos. Las chicas intercambiaron miradas; parecía que la conversación con Ali no había sido muy larga.

—¿Chicas? —Ali estaba parada en el borde del porche. Se había cambiado el halter por una camiseta Abercrombie azul marino desteñido. Parecía desconcertada—. Ah... ¿Hola?

Spencer se levantó.

—¿Por qué te ha echado la bronca?

Ali pestañeó. Miró a uno y otro lado.

—¿Te has metido en líos sin nosotras? —gritó Aria, intentando que sonara como una broma—. ¿Y por qué te has cambiado? El top que llevabas era muy bonito.

Ali seguía pareciendo nerviosa... y algo alterada. Emily se detuvo a medio camino.

—¿Quieres que... nos vayamos?

Su voz goteaba incertidumbre. Las demás miraron a Ali nerviosas. ¿Era eso lo que quería?

Ali le dio tres vueltas al brazalete de hilo azul que llevaba en la muñeca. Salió al jardín y se sentó en su sitio.

—Claro que no quiero que os vayáis. Mi madre está enfadada conmigo porque he... he vuelto a lavar la ropa de hockey con sus prendas íntimas.

Se encogió de hombros con timidez y puso los ojos en blanco.

Emily sacó el labio inferior. Transcurrió un instante de silencio.

—¿Se ha enfadado contigo por eso?

Ali alzó las cejas.

—Ya conoces a mi madre, Em. Es más obsesiva que Spencer. —Soltó una risita. Spencer simuló mirarla enfadada mientras Emily pasaba el pulgar por las vetas de la mesa de teca—. Pero no os preocupéis, que no estoy castigada ni nada. —Juntó las palmas de las manos—. ¡Nuestra fiesta de pijama puede seguir según lo previsto!

Las cuatro suspiraron aliviadas y la incomodidad del ambiente empezó a disiparse. Solo que todas se quedaron con la extraña sensación de que no les había contado todo, cosa que tampoco pasaba por primera vez. Tan pronto era su mejor amiga como de repente se apartaba de ellas para llamar por teléfono a escondidas y enviar mensajes de texto secretos. ¿No se suponía que lo compartían todo? Las demás habían expuesto mucho de sí mismas, contándole a Ali secretos que nadie, pero nadie, conocía. Y, por supuesto, estaba el gran secreto sobre Jenna Cavanaugh que compartían todas, y que habían jurado llevarse a la tumba.

—A propósito de nuestra fiesta de pijamas, tengo grandes noticias —dijo Spencer, sacándolas de sus pensamientos—. Adivina dónde vamos a celebrarla.

—¿Dónde? —Ali se inclinó hacia delante, apoyándose en los codos, volviendo a ser la de siempre.

—¡En el granero de Melissa! —gritó Spencer.

Melissa era la hermana mayor de Spencer, y el señor y la señora Hastings acababan de reformar el granero del jardín para que Melissa viviera en él durante los dos años de escuela preparatoria. Spencer obtendría el mismo privilegio cuando fuera lo bastante mayor.

—¡Mola! —exclamó Ali—. ¿Cómo?

—Se va a Praga mañana por la noche, después de la fiesta de graduación —respondió Spencer—. Mis padres dicen que podemos usarlo, siempre que lo limpiemos antes de que ella vuelva.

—Estupendo.

Ali se echó hacia atrás y entrelazó los dedos. De pronto, su mirada se centró en algo situado a la izquierda de los obreros. Melissa en persona caminaba por el borde del jardín de los Hastings, muy erguida y digna. Cogía con una mano una percha con la toga de graduación, y llevaba sobre los hombros la capa oficial azul que le correspondía al *valedictorian* del instituto, el mejor alumno del curso.

Spencer dejó que se le escapara un gemido.

—Está insoportable con lo de que es la primera del curso —susurró—. Hasta me ha dicho que debería dar las gracias porque el *valedictorian* de nuestro último curso probablemente sea Andrew Campbell, porque ese honor es una «gran responsabilidad».

Spencer y su hermana se odiaban, y casi todos los días contaba una historia nueva sobre lo cabrona que era Melissa.

Ali se levantó.

—¡Eh! ¡Melissa! —Empezó a agitar los brazos.

Esta se detuvo y se volvió hacia ellas.

—Ah, hola, chicas —repuso con una sonrisa precavida.

—¿Emocionada por lo de Praga? —canturreó Ali, regalando a Melissa su sonrisa más amplia.

Melissa ladeó ligeramente la cabeza.

—Claro.

—¿Te acompaña Ian?

Ian era el guapísimo novio de Melissa. Las chicas se derretían con solo pensar en él.

Spencer hundió las uñas en el brazo de Ali.

—Ali.

Pero Ali apartó el brazo.

Melissa se protegió los ojos de la fuerte luz del sol. La capa azul ondeó al viento.

—No. No viene.

—¡Oh! —Ali sonrió tontamente—. ¿Y te parece buena idea dejarlo solo durante dos semanas? ¡Igual encuentra otra novia!

—Alison —dijo Spencer entre dientes—. Corta ya.

—¿Spencer? —susurró Emily—. ¿Qué es lo que pasa?

—Nada —dijo rápidamente Spencer.

Aria, Emily y Hanna volvieron a mirarse unas a otras. Era algo que pasaba mucho últimamente: Ali decía algo, una de ellas reaccionaba mal y las demás no tenían ni idea de lo que pasaba realmente.

Pero era evidente que aquello era todo lo contrario a nada. Melissa se ajustó la capa alrededor del cuello, echó atrás los hombros y dio media vuelta. Miró durante un largo instante al agujero gigante que había en el borde del jardín de los DiLaurentis, y se dirigió hacia el granero, para cerrar la puerta con tanta fuerza que hizo rebotar un par de veces la corona tejida con ramas que había colgada en ella.

—Parece que tenga una escoba en el culo —dijo Ali—. Solo la estaba picando un poco.

Sonó un ruidito en el fondo de su garganta y Ali se echó a reír. En su rostro asomaba una débil sonrisa. La misma sonrisa que les dedicaba cada vez que sacaba a relucir un secreto de ellas, amenazando con contárselo a las otras en cualquier momento.

—Bueno, ¿qué nos importa? —Ali las miró a cada una de ellas, con ojos brillantes—. ¿Sabéis una cosa, chicas? —Tamborileó excitada con los dedos en la mesa—. Creo que este va a ser el verano de Ali. El verano de todas nosotras. Lo presiento. ¿Vosotras no?

Por un momento reinó el aturdimiento. Pareció como si una bruma flotara sobre ellas, nublando sus pensamientos. Pero, poco a poco, la niebla se disipó y una idea se formó en la mente de cada una de ellas. Puede que Ali tuviera razón. Podía ser el mejor verano de sus vidas. Podían darle la vuelta a su amistad y hacer que fuera tan sólida como lo había sido el verano pasado. Podrían olvidarse de todas las cosas terribles y escandalosas por las que habían pasado y empezar de cero.

—Yo también lo siento —dijo Hanna, alzando la voz.

—Del todo —dijeron al mismo tiempo Aria y Emily.

—Seguro —dijo Spencer en voz baja.

Se cogieron de las manos y se las apretaron con fuerza.

Aquella noche llovió con violencia, con una lluvia martilleante que formó grandes explanadas de agua en las autopistas, regó jardines y creó minicharquitos en la cubierta de la piscina de los Hastings. Cuando la lluvia se interrumpió en medio de la noche, Aria, Emily, Spencer y Hanna se despertaron y se sentaron en la cama casi en el mismo momento. Una sensación premonitoria se había apoderado de cada una de ellas. No supieron decir si era por algo que acababan de soñar, o por la excitación del día siguiente. O puede que se debiera a algo completamente diferente... y mucho más profundo.

Cada una de ellas miró por la ventana a las tranquilas y vacías calles de Rosewood. El cielo se había despejado y se veían las estrellas. El suelo brillaba por la lluvia. Hanna miró hacia la entrada de su casa, donde solo se veía aparcado el coche de su madre, ya que su padre se había ido de casa. Emily miró a su jardín y al bosque que se abría más allá, en el que nunca se había atrevido a entrar; se decía que en él había fantasmas. Aria escuchó los sonidos que brotaban del dormitorio de sus padres, y se preguntó si también se habrían despertado, o si habían vuelto a discutir y aún no se habían acostado. Spencer contempló el porche trasero de los DiLaurentis, y el agujero que habían cavado los obreros para los cimientos del cenador. La lluvia había convertido en barro una parte de la tierra desenterrada. Pensó en todas las cosas de su vida que la enfadaban. Luego pensó en todas las cosas de su vida que le gustaban, y en todas las que quería cambiar.

Buscó bajo la cama, cogió la linterna roja y la encendió apuntando a la ventana de Ali. Un fogonazo, dos fogonazos, tres fogonazos. Era el código secreto para decirle a Ali que quería salir y hablar en persona. Le pareció ver su cabeza rubia también sentada en la cama, pero no le devolvió el fogonazo.

Las cuatro amigas se dejaron caer sobre la almohada y se dijeron que esa extraña sensación no era nada, y que necesitaban dormir. Veinticuatro cortas horas después estarían en su fiesta de pijama de séptimo curso, celebrando la primera noche del verano. El verano que lo cambiaría todo.

Cuánta razón tenían.

1

El zen es más poderoso que la espada

Aria Montgomery se despertó a medio ronquido. Era domingo por la mañana y estaba acurrucada en una silla de plástico azul en la sala de espera del hospital Rosewood Memorial. Todos la miraban: los padres de Hanna Marin, el agente Wilden, Mona Vanderwaal, la mejor amiga de Hanna, y Lucas Beattie, un compañero de clase del Rosewood Day que parecía que acababa de llegar.

—¿Me he perdido algo? —dijo con voz ronca.

Sentía la cabeza como rellena de malvavisco. Al mirar el reloj Zoloft sobre la puerta de la sala de espera, vio que apenas eran las ocho y media. Solo se había dormido quince minutos.

Lucas se sentó a su lado y cogió un ejemplar de la revista *Medical Supplies Today*. Según la cubierta, el número incluía lo último en bolsas de colostomía. ¿Quién deja una revista de suministros médicos en la sala de espera de un hospital?

—Acabo de llegar —contestó él—. Me he enterado del accidente por las noticias de la mañana. ¿Has visto ya a Hanna?

Aria negó con la cabeza.

—Siguen sin dejarnos pasar.

Se sumieron en un silencio pesaroso. Aria miró a los demás. La señora Marin llevaba un jersey de cachemira gris algo arrugado y unos vaqueros holgados que le sentaban fenomenal. Estaba dando órdenes por el auricular de su Motorola, aunque las enfermeras le habían dicho que allí no podía usar el móvil. El agente Wilden estaba sentado junto a ella, con la camisa de policía de Rosewood desabotonada hasta medio pecho y mostrando debajo una gastada camiseta blanca. El padre de Hanna se había desplomado en la silla más cercana a la gran puerta doble de la unidad de cuidados intensivos, agitando el pie izquierdo. Mona Vanderwaal, vestida con chanclas y una sudadera Juicy rosa pálido, estaba anormalmente despeinada, con la cara hinchada de tanto llorar. Cuando Mona alzó la mirada y vio a Lucas, le dirigió una mirada irritada, como diciendo: «Esto es solo para la familia y amigos íntimos. ¿Qué haces tú aquí?». Aria no podía reprocharle a nadie su irritación. Ella llevaba allí desde las tres de la madrugada, desde que la ambulancia llegó al aparcamiento de la escuela elemental Rosewood Day y se llevó a Hanna al hospital. Mona y los demás habían ido llegando en diferentes momentos de la mañana, a medida que empezaba a saberse la noticia. Lo último que habían dicho los médicos era que Hanna estaba en cuidados intensivos. Pero ya hacía tres horas de eso.

Aria repasó los horrendos detalles de la noche anterior. Hanna la había llamado para decirle que conocía la identidad de A, alguien diabólico que llevaba un mes torturando a las cuatro amigas con mensajes de texto. No había querido revelar ningún detalle por teléfono, así que les pidió que se vieran con ella en los columpios del Rosewood Day, su antiguo lugar de reuniones. Emily y Aria llegaron justo a tiempo de ver cómo un todoterreno negro arrollaba a Hanna y se alejaba a toda prisa. Aria estaba aturdida cuando los paramédicos llegaron al lugar, le pusieron a Hanna un collar cervical y la subieron con cuidado a una camilla y a la ambulancia. Cuando se pellizcó con fuerza, no le dolió.

Hanna seguía viva... pero por poco. Tenía lesiones internas, un brazo roto y magulladuras por todo el cuerpo. El accidente le había causado un traumatismo en la cabeza y ahora estaba en coma.

Aria cerró los ojos, a punto de romper a llorar otra vez. Lo más inconcebible de todo era el mensaje de texto que habían recibido Aria y Emily justo después del accidente. «Sabía demasiado.» Era de A. Lo que significaba que... A sabía que Hanna lo sabía. Como sabía todo lo demás, todos sus secretos, que fueron Ali, Aria, Spencer, Emily y Hanna, quienes dejaron ciega a Jenna Cavanaugh, y no su hermanastro Toby. Y puede que hasta supiera quién había matado a Ali.

Lucas le dio un golpecito en el brazo.

—Tú estabas allí cuando el coche atropelló a Hanna, ¿verdad? ¿Pudiste ver quién fue?

Aria no conocía muy bien a Lucas. Era uno de esos chicos a los que les encantan los clubs y las actividades escolares, mientras que ella era de las que se mantenían muy, muy apartadas de todas las cosas relacionadas con sus compañeros de Rosewood Day. No sabía qué relación tenía con Hanna, pero le pareció un detalle que estuviera allí.

—Estaba demasiado oscuro —farfulló.

—¿Y no tienes ni idea de quién pudo ser?

Aria se mordió el labio inferior con fuerza. Wilden y una pareja de policías de Rosewood llegaron justo después de que las chicas recibieran el mensaje de A. Cuando Wilden les preguntó lo que había sucedido, les aseguraron que no vieron la cara del conductor ni la clase de todoterreno que era. Y juraron una y otra vez que debió ser un accidente, que no tenían ni idea de por qué iba a hacer nadie algo así a propósito. Puede que estuviera mal ocultarle información a la policía, pero les aterraba lo que podía hacerles A si decían la verdad.

A ya las había amenazado antes por otros motivos, y tanto Aria como Emily habían sido castigadas por ignorar sus amenazas. Había enviado a Ella, la madre de Aria, una carta contándole que su marido la engañaba con una de sus estudiantes universitarias, y que Aria le había guardado el secreto. Y luego A le había dicho al instituto entero que Emily estaba saliendo con Maya, una chica que vivía en la antigua casa de Ali. Aria miró a Lucas y negó con la cabeza en silencio.

Se abrió la puerta de la UCI, y el doctor Geist entró en la sala de espera. Con sus penetrantes ojos grises, la nariz aguileña y la mata de pelo blanco, recordaba un poco a Helmut, el casero alemán de la casa adosada que la familia de Aria había alquilado en Reikiavik, Islandia. El doctor Geist dirigió a todo el mundo la misma mirada crítica que le había dirigido Helmut al hermano de Aria, Mike, cuando descubrió que este guardaba a su tarántula Diddy dentro de una maceta de terracota vacía que Helmut utilizaba para cultivar tulipanes.

Los padres de Hanna se levantaron nerviosos y se acercaron al doctor.

—Su hija sigue inconsciente —dijo despacio el doctor Geist—. Hay pocos cambios. Nos hemos ocupado del brazo roto y estamos comprobando la gravedad de sus lesiones internas.

—¿Cuándo podremos verla? —preguntó el señor Marin.

—Pronto. Pero sigue en estado crítico.

Se volvió para irse, pero el señor Marin lo agarró del brazo.

—¿Cuándo despertará?

El doctor Geist miró su portapapeles.

—Tiene el cerebro muy inflamado, así que ahora mismo es difícil predecir los daños sufridos. Puede que despierte sin problemas, o puede que haya complicaciones.

—¿Complicaciones? —La señora Marin palideció.

—Dicen que la gente en coma tiene menos posibilidades de despertar al cabo de un tiempo concreto —dijo nervioso el señor Marin—. ¿Es eso cierto?

El doctor Geist se restregó las manos en la bata azul.

—Es cierto, sí, pero no adelantemos acontecimientos.

Un murmullo recorrió la sala. Mona volvió a llorar. Aria deseó poder llamar a Emily... pero en ese momento estaba en un avión rumbo a Des Moines, Iowa, por motivos que no le había explicado, solo que la enviaban allí por algo que hizo A. Luego estaba Spencer. Antes de que Hanna la llamara para quedar con ella, Aria había comprendido algo aterrador acerca de Spencer... y confirmó sus peores temores cuando la vio acuclillada entre los árboles, temblando como un animal, justo después de que el todoterreno atropellase a Hanna.

La señora Marin cogió del suelo su enorme bolsón de cuero marrón, sacando a Aria de sus pensamientos.

—Voy a por un café —le dijo en voz baja la madre de Hanna a su exmarido. Luego besó al agente Wilden en la mejilla (Aria sabía de antes que había algo entre ellos) y desapareció camino de los ascensores.

El agente Wilden volvió a desplomarse en su silla. La semana anterior, había visitado a Aria, Hanna y las demás para preguntarles sobre las circunstancias que rodearon la desaparición y muerte de

Ali. En medio de la reunión, A envió un mensaje a todas diciendo que si se atrevían a mencionar sus misivas acabarían lamentándolo. Pero el que no pudiera contarle a Wilden lo que A le había hecho a Hanna no quería decir que no pudiera hablarle de eso tan horrible sobre Spencer que había comprendido.

«¿Puedo hablar contigo?», le dijo a Wilden moviendo la boca en silencio. Este asintió y se levantó. Salieron de la sala de espera hasta un pequeño repecho donde había seis máquinas expendedoras con una amplia selección de productos que iban desde refrescos a comidas completas, sándwiches ignotos y pasteles que a Aria le recordaban la masa informe que su padre, Byron, solía preparar de cena cuando su madre, Ella, trabajaba hasta tarde.

—Mira, si es por lo de tu profesor, hemos dejado que se vaya. —Wilden se sentó en el banco situado junto al microondas, y le dirigió una sonrisa tímida—. No podíamos retenerlo. Y hemos sido discretos. No haremos nada a no ser que quieras presentar cargos. Pero probablemente debería contárselo a tus padres.

La sangre abandonó el rostro de Aria. Naturalmente, Wilden estaba al tanto de lo sucedido la noche anterior entre ella y Ezra Fitz, el amor de su vida y su profesor de literatura. El que sorprendieran a un profesor de literatura de veintidós años besuqueándose con una menor, y que la denuncia proviniera del novio de esa menor, debía ser la comidilla del departamento de policía de Rosewood. Seguro que los policías lo habían comentado entre ellos en el restaurante Hooters que había al lado de la comisaría, entre alitas de Búfalo, patatas con queso y chicas tetonas.

—No quiero presentar cargos —escupió Aria—. Y, por favor, no se lo digas a mis padres. —Lo último que necesitaba era una bronca de su familia disfuncional. Cargó su peso en el otro pie—. Pero no quería hablar contigo de eso. Creo... creo que sé quién mato a Alison.

Wilden alzó una ceja.

—Te escucho.

Aria respiró hondo.

—Lo primero es que Ali se veía con Ian Thomas.

—Ian Thomas... —repitió Wilden, abriendo mucho los ojos—. ¿El novio de Melissa Hastings?

Aria asintió.

—Noté algo en el video que se filtró a la prensa la semana pasada. Si lo miras con atención, ves que Ian y Ali se cogen de la mano. —Carraspeó—. Spencer Hastings también estaba colada por Ian. Ali y Spencer eran muy competitivas y, la noche en que Ali desapareció, tuvieron una pelea horrible. Spencer salió del granero en busca de Ali, y no volvió en al menos diez minutos.

Wilden la miraba, incrédulo.

Aria respiró hondo. A le había enviado varias pistas sobre el asesino de Ali: que era alguien cercano, alguien que quería algo que tenía Ali, y que conocía muy bien el patio trasero de esta. Todas esas pistas, además del hecho de haberse dado cuenta de que Ian y Ali estaban liados, hacían parecer a Spencer la sospechosa más lógica.

—Al cabo de un rato salí en su busca. No las vi por ninguna parte... y tengo la horrible sensación de que Spencer...

Wilden se recostó en el asiento.

—Spencer y Alison pesaban más o menos lo mismo, ¿verdad?

Aria asintió.

—Sí. Supongo.

—¿Tú podrías arrastrar a alguien de tu peso hasta un agujero y arrojarlo en él?

—N-no lo sé —tartamudeó Aria—. ¿Puede? ¿Si estoy lo bastante cabreada?

Wilden negó con la cabeza. Los ojos de Aria se llenaron de lágrimas. Recordó el espeluznante silencio que reinó aquella noche. Ali había estado a solo unos cientos de metros de ellas y no habían oído nada.

—Spencer también habría tenido que calmarse lo bastante como para no parecer sospechosa cuando volvió con vosotras —añadió Wilden—. Hay que ser muy buen actor para hacer eso, y no creo que pueda hacerlo una chica de séptimo. Creo que es evidente que quien lo hizo estaba en los alrededores, pero todo eso le debió de llevar más de diez minutos. —Alzó las cejas—. ¿Esto es lo que hacéis ahora las chicas del Rosewood Day? ¿Acusaros de asesinato unas a otras?

Aria se quedó boquiabierta, sorprendida ante el tono de regañina de Wilden.

—Es que...

—Spencer Hastings es una chica con carácter y muy competitiva, pero no me parece una asesina —la interrumpió Wilden. Entonces le sonrió con tristeza—. Lo entiendo. Esto debe ser muy duro para ti. Solo quieres saber lo que le pasó a tu amiga. No sabía que estuviera saliendo en secreto con el novio de Melissa Hastings. Eso sí que es interesante.

Wilden asintió con la cabeza, se levantó y se dirigió al pasillo. Aria se quedó junto a las máquinas expendedoras, con la mirada fija en el suelo de linóleo verde menta. Se sentía acalorada y desorientada, como si hubiera pasado demasiado tiempo dentro de una sauna. Igual debería avergonzarse de culpar a una antigua mejor amiga. Y las lagunas en su teoría que había visto Wilden tenían mucha lógica. Igual había sido una idiota por fiarse de las pistas de A.

Un escalofrío le recorrió la columna vertebral. Puede que A le enviara esas pistas para desviarla intencionadamente de la senda, y proteger al verdadero asesino. Y puede, solo puede, que el verdadero asesino fuese... A.

Estaba sumida en estos pensamientos cuando, de pronto, sintió una mano en el hombro. Se encogió y se volvió con el corazón acelerado. Detrás de ella estaba su padre, Byron, vestido con una raída sudadera de la universidad de Hollis y unos vaqueros con un agujero en el bolsillo delantero izquierdo. Cruzó los brazos sobre el pecho, sintiéndose incómoda. Hacía semanas que no hablaba con su padre.

—Cielos, Aria, ¿estás bien? —exclamó Byron—. Te he visto en las noticias.

—Estoy bien —dijo Aria con rigidez—. Han atropellado a Hanna, no a mí.

Cuando su padre la atrajo hacia sí para abrazarla, no supo si devolverle el abrazo con fuerza o quedarse de brazos caídos. Lo había echado de menos desde que se fuese de casa un mes antes. Pero le enfurecía que hubiera necesitado un accidente peligroso y una aparición por televisión para despegarse de Meredith e ir a ver a su hija.

—Esta mañana llamé a tu madre para preguntarle cómo estabas, pero me dijo que ya no vivías allí. —Su voz temblaba por la preocupación. Se pasó la mano por la cabeza, poniéndose el pelo todavía más de punta—. ¿Dónde estás viviendo?

Aria miró desolada el cartel con el gráfico de la maniobra Heimlich que asomaba detrás de la máquina de Coca-Cola. Alguien le había dibujado unas tetas a la víctima que se ahogaba, y parecía que la persona que la estaba auxiliando la estaba sobando. Aria había estado viviendo en casa de su novio, Sean Ackard, pero, al enviar a la policía al apartamento de Ezra y dejar sus cosas en la puerta de la casa de este, había dejado muy claro que ya no era bienvenida. ¿Quién le había contado a Sean que Ezra y ella estaban liados? ¡Ding ding ding! A.

No se había parado a pensar en su nueva situación.

—¿En el Olde Hollis Inn? —sugirió.

—En el Olde Hollis Inn hay ratas. ¿Por qué no te vienes conmigo?

Aria negó con fuerza con la cabeza.

—Estás viviendo con...

—Meredith —declaró Byron con firmeza—. Quiero que la conozcas.

—Pero...

Su padre le dirigía su clásica mirada budista. Conocía bien esa mirada; la había visto cuando se negó a dejarla ir a un campamento artístico de verano en los Berkshires, en vez de acudir por cuarto año consecutivo al campamento de día Hollis Happy Hooray, lo que suponía diez largas semanas haciendo títeres con bolsas de papel y compitiendo en carreras de esas donde se sujeta con la boca una cuchara con un huevo. Byron había vuelto a poner esa mirada cuando Aria le preguntó su podía terminar el curso en la Academia Americana de Reikiavik en vez de volver a Rosewood con la familia. Era una mirada que solía ir acompañada de una frase que había aprendido de un monje que conoció cuando se doctoró en Japón: «El obstáculo es el camino». Lo que significaba que lo que no matase a Aria solo la haría más fuerte.

Pero cuando se imaginó yéndose a vivir con Meredith, se acordó de una frase más apropiada: «Hay remedios peores que la enfermedad».

2

Abracadabra, y volvemos a querernos

Ali se apoyó en una cadera y miró fijamente a Spencer Hastings, parada ante ella en el camino trasero que unía el granero de los Hastings con el bosque.

—Intentas robármelo todo —siseó—. Pero no podrás tener esto.

Spencer se estremeció en el frío aire de la noche.

—¿No puedo tener qué?

—Lo sabes —dijo Ali—. Lo has leído en mi diario. —Se echó sobre el hombro el pelo rubio—. Te crees muy especial, pero eres lamentable, actuando como si no supieras que Ian está conmigo. Pero sí que lo sabías, Spence. Por eso te gusta, ¿verdad? ¿Porque yo estoy con él? ¿Porque tu hermana está con él?

Spencer la miró atónita. El aire nocturno se volvió cortante, con un olor casi acre. Ali sacó el labio inferior.

—Oh, Spence. ¿De verdad creíste que le gustabas?

Spencer sintió de pronto un estallido de rabia y sus brazos se dispararon hacia delante, dándole un empujón a Ali a la altura del pecho. Ali se tambaleó hacia atrás, tropezando con las resbaladizas piedras. Solo que ya no era Ali, sino Hanna Marin. El cuerpo de Hanna voló en el aire y golpeó el suelo con un crujido agudo. Y no fue su bolso lo que derramó el contenido del estuche de maquillaje y la BlackBerry como una piñata recién golpeada, sino sus órganos internos los que escaparon de su cuerpo, lloviendo sobre el cemento como granizo.

Spencer se incorporó, el pelo rubio húmedo por el sudor. Era domingo por la mañana y estaba tumbada en su cama, llevando todavía puesto el vestido de satén negro y el incómodo tanga con

que pensaba haber asistido la noche anterior a la fiesta de cumpleaños de Mona Vanderwaal. Una suave luz dorada se filtraba hasta
su escritorio y los estorninos gorjeaban inocentemente en el roble
gigante junto a la ventana. Se había pasado casi toda la noche despierta, esperando noticias sobre Hanna. Pero no la había llamado
nadie. No sabía si ese silencio era bueno... o terrible.

Hanna. Había llamado a Spencer a última hora de la noche,
justo antes de que esta recuperase el recuerdo largo tiempo
reprimido de haber empujado a Ali en el bosque la noche de su
desaparición. Hanna le había dicho que había descubierto algo
importante, y que tenían que verse en los columpios de Rosewood
Day. Spencer llegó con su coche al aparcamiento justo cuando el
cuerpo de Hanna volaba por los aires. Maniobró para aparcar en
un lado de la carretera y luego corrió entre los árboles, asombrada por lo que veía. «¡Que alguien llame a una ambulancia!»,
chillaba Aria. Emily sollozaba de miedo. Hanna estaba inmóvil.
Spencer no había presenciado nada tan aterrador en su vida.

Unos segundos después, el pitido de su Sidekick le anunció un
mensaje de A. Spencer vio, todavía envuelta en las sombras, que Emily
y Aria sacaban también sus teléfonos, y el estómago se le encogió al
darse cuenta de que las tres debían haber recibido el mismo mensaje
espeluznante: «Sabía demasiado». ¿Había adivinado A lo que fuera
que había descubierto Hanna, algo que A intentaba ocultar, y la había
atropellado para silenciarla? Tenía que haber sido eso, pero le costaba
creerse que hubiera pasado de verdad. Le parecía algo diabólico.

Pero puede que Spencer fuese igual de diabólica. Apenas unas
horas antes del accidente de Hanna, había empujado a su hermana
Melissa escaleras abajo. Y por fin recordaba lo que había pasado la
noche que desapareció Ali, su memoria había recuperado aquellos diez
minutos que había reprimido durante tanto tiempo. Había empujado
a Ali al suelo, puede que hasta lo bastante fuerte como para matarla.
No sabía lo que había sucedido luego, pero A sí que parecía saberlo.
Le había enviado un mensaje unos días antes, insinuando que tenía
delante al asesino de Ali. Había recibido el mensaje de texto justo
cuando estaba ante el espejo mirando... su propio reflejo.

Spencer no había corrido hasta el aparcamiento para unirse a sus
amigas, sino que volvió a casa a toda velocidad, desesperadamente

necesitada de reflexionar acerca de todo lo sucedido. ¿Habría matado a Ali? ¿Sería capaz de matar? Pero al cabo de toda una noche en vela seguía sin poder equiparar lo que ella le había hecho a Melissa y a Ali con lo que A le había hecho a Hanna. Sí, Spencer había perdido el control; sí, una provocación podía llevarla al límite, pero en el fondo, seguía considerándose incapaz de matar.

¿Por qué, entonces, estaba A tan convencida de que era la culpable? ¿Sería posible que A se equivocara... o que mintiera? Pero A sabía que Spencer se había besado con Ian Thomas en séptimo curso, estaba al tanto de su relación ilícita con Wren, el novio de Melissa en la universidad, y que fueron ellas cinco quienes dejaron ciega a Jenna Cavanaugh. Y todo eso era cierto. Si A disponía de tanta munición contra ellas, no tenía por qué ponerse a inventarse cosas.

De pronto, mientras se secaba el sudor de la cara, se dio cuenta de algo que hizo que el corazón se le detuviera. Se le ocurría una muy buena razón para que A mintiera e insinuara que Spencer había matado a Ali. Puede que A también tuviera secretos. Puede que A necesitara una cabeza de turco.

—¿Spencer? —La voz de su madre llegó hasta ella—. ¿Puedes bajar?

La chica se sobresaltó y miró su reflejo en el espejo del tocador.

Tenía los ojos hinchados e inyectados en sangre, los labios cortados y el pelo con hojas de cuando se escondió la noche anterior entre los árboles. No estaba en condiciones de tener una reunión familiar.

El primer piso olía a café de Nicaragua recién molido, a pastelitos Fresh Fields y a los lirios recién cortados que Candace, el ama de llaves, compraba cada mañana. El padre de Spencer estaba parado junto a la isla con encimera de granito, vestido con sus pantalones negros de ciclista y su camiseta del Servicio de Correos para montar en bici. Igual era buena señal; no podían estar muy enfadados si su padre había dado su habitual paseo en bicicleta de las cinco de la mañana.

En la mesa de la cocina había un ejemplar del *Philadelphia Sentinel* del domingo. Al principio pensó que estaba allí porque traía la noticia del accidente de Hanna. Pero entonces vio su propia cara devolviéndole la mirada desde la primera página del periódico. Llevaba un elegante traje negro y dirigía a la cámara una sonrisa confiada. «¡Ríndete, Trump!», decía el titular. «¡Llega Spencer Hastings, finalista del concurso de ensayo Orquídea Dorada!» Notó que el estómago le daba un vuelco. Se le había olvidado. El periódico ya estaría en la puerta de todo el mundo. De la despensa salió una figura y Spencer retrocedió asustada. Era Melissa, que la miraba fijamente mientras sujetaba una caja de cereales con pasas con tanta fuerza que parecía a punto de aplastarla. Su hermana mayor tenía un arañazo en la mejilla, una tirita sobre la ceja derecha, un brazalete amarillo de hospital en la muñeca izquierda y una escayola rosa en la derecha, todo recuerdo de su pelea con Spencer el día anterior.

Bajó la mirada, se sentía terriblemente culpable. El día anterior, A le había enviado a Melissa las primeras frases de su antigua redacción para clase de economía, la misma que Spencer había sacado del disco duro de Melissa y modificado para hacerla pasar por suya. La misma redacción que el señor McAdam, su profesor de economía, había presentado al premio Orquídea Dorada, el concurso de ensayos escolares más prestigioso del país. Melissa se había dado cuenta de lo que había hecho, y aunque Spencer le había pedido perdón, ella le había dicho cosas horribles, cosas mucho peores de lo que creía merecerse. La pelea había acabado cuando Spencer, furiosa por sus palabras, empujó accidentalmente a su hermana escaleras abajo.

—Bueno, chicas. —La señora Hastings dejó la taza de café en la mesa e hizo un gesto a Melissa para que se sentara—. Vuestro padre y yo hemos tomado una decisión importante.

Spencer se preparó para lo que se avecinaba. Iban a denunciarla por plagio. No podría ir a la universidad. Tendría que hacer formación profesional. Acabaría trabajando en un servicio de telemárketing, anotando pedidos de absurdos aparatos de gimnasia y de diamantes falsos, y Melissa saldría de rositas como venía siendo habitual. Su hermana siempre encontraba el modo de quedar por encima.

—En primer lugar, no queremos que sigáis viendo a la doctora Evans. —La señora Hastings entrelazó los dedos—. Os ha hecho más mal que bien. ¿Entendido?

Melissa asintió en silencio, pero Spencer encogió la nariz, confusa. La doctora Evans, la psicóloga de Spencer y Melissa, era de las pocas personas que no le lamía el culo a Melissa. Empezó a protestar pero notó la mirada de advertencia en la cara de sus padres.

—Vale —murmuró, sintiéndose un tanto desesperada.

—En segundo lugar —el señor Hastings le dio un golpecito al *Sentinel*, aplastando la cara de Spencer con el pulgar—, plagiar el trabajo de Melissa estuvo muy mal, Spencer.

—Lo sé —dijo Spencer rápidamente, demasiado aterrada como para mirar en dirección a Melissa.

—Pero, tras pensarlo mucho, hemos decidido no hacerlo público. Esta familia lo ha pasado muy mal últimamente. Así que, Spencer, seguirás compitiendo por el orquídea Dorada. No se lo diremos a nadie.

—¿Qué? —Melissa dejó la taza de café en la mesa con un golpe.

—Es lo que hemos decidido —dijo la señora Hastings muy tensa, secándose la comisura de la boca con una servilleta—. Y esperamos que Spencer lo gane.

—¿Que gane? —repitió Spencer, asombrada.

—¿La estáis recompensando? —chilló Melissa.

—Basta. —El señor Hastings utilizó el tono de voz que solía reservar para los subalternos de su bufete cuando se atrevían a llamarle a casa.

—En tercer lugar —dijo la señora Hastings—, vais a volver a ser amigas.

Su madre sacó dos fotos del bolsillo de la chaqueta. En la primera se veía a Spencer y a Melissa, con cuatro y nueve años respectivamente, tumbadas en una hamaca en la casa de la playa que tenía su abuela en Stone Harbor, Nueva Jersey. La segunda foto era de ellas en la sala de juegos de la misma casa, unos años después. Melissa llevaba un sombrero y una capa de mago, y Spencer su biquini Tommy Hilfiger de barras y estrellas con encaje. Iba calzada con las botas negras de motorista que llevó hasta que le quedaron tan pequeñas que le cortaban la circulación de los dedos. Las hermanas estaban haciendo un espectáculo de magia para sus padres. Melissa era la maga, Spencer la encantadora ayudante.

—Las he encontrado esta mañana. —La señora Hastings le entregó las fotos a Melissa, que las miró un momento antes de devolvérselas—. ¿Recordáis lo buenas amigas que erais antes?

Siempre hablabais en el asiento trasero del coche. Ninguna quería ir a ninguna parte sin la otra.

—Eso fue hace diez años, mamá —dijo Melissa cansinamente.

La señora Hastings miró la foto de sus hijas en la hamaca.

—Os encantaba la casa en la playa de Nana. Fuisteis amigas en la casa de la playa de Nana. Así que hemos decidido que hoy iremos a Stone Harbor. Nana no está, pero tenemos las llaves. Así que haced las maletas.

Los padres de Spencer asentían febrilmente, con expresión esperanzada.

—Eso es una estupidez —dijeron Spencer y Melissa a la vez.

Spencer miró a su hermana, sorprendida de que pensaran lo mismo.

La señora Hastings dejó la foto en la encimera y llevó su taza al fregadero.

—Vamos a ir, y no se hable más.

Melissa se levantó de la mesa, sujetándose la muñeca en un ángulo extraño. Miró a Spencer y su mirada se suavizó un instante. Spencer le dirigió una leve sonrisa. Puede que en ese preciso instante hubieran conectado, encontrando un terreno común al odiar el ingenuo plan de sus padres. Igual Melissa podía llegar a perdonarle que la hubiera empujado por las escaleras y que le robase la redacción. De ser así, Spencer podría perdonarle que le hubiera dicho que sus padres no la querían.

Spencer miró la foto y pensó en las funciones de magia que Melissa y ella solían organizar. Cuando se rompió su amistad, se dijo que igual podían volver a ser buenas amigas si musitaba las palabras mágicas que utilizaban de niñas. Ojalá fuera tan fácil.

Cuando alzó la mirada, la expresión de Melissa había cambiado. Estrechó los ojos y se dio media vuelta.

—Cerda —dijo por encima del hombro mientras se alejaba por el pasillo con aires de grandeza.

Spencer cerró los puños, recuperando toda su rabia. Se necesitaba mucho más que magia para que pudieran llevarse bien. Se necesitaría un milagro.

3

El gótico americano de Emily

Al final de la tarde del domingo, Emily Fields seguía a una anciana con andador por un pasillo rodante del aeropuerto internacional de Des Moines, mientras tiraba de su andrajosa bolsa de deporte de lona azul. La bolsa contenía todas sus posesiones mundanas: su ropa, sus zapatos, sus dos morsas de peluche favoritas, su diario, su iPod y varias notitas de Alison DiLaurentis cuidadosamente dobladas de las que no soportaba separarse. Cuando el avión estaba sobrevolando Chicago se dio cuenta de que se había olvidado de la ropa interior. Eso le pasaba por haber hecho las maletas frenéticamente esa mañana. Solo había dormido tres horas, aturdida tras ver el cuerpo de Hanna volando por los aires cuando la golpeó el todoterreno.

Emily llegó a la terminal principal y se metió en el primer lavabo que encontró, rodeando a una mujer muy grande con unos vaqueros demasiado estrechos. Miró su reflejo, con los ojos inyectados en sangre. Sus padres lo habían hecho de verdad. La habían enviado aquí, a Addams, Iowa, a vivir con su tía Helene y su tío Allen. Lo habían hecho porque A la había sacado del armario ante todo el instituto, y porque su madre la había sorprendido abrazando a Maya St. Germain, la chica a la que amaba, en la fiesta de cumpleaños de Mona Vanderwaal que se celebró la noche anterior. Emily era consciente del trato: o prometía ir al programa «Dejar de ser gay» de Tree Tops para deshacerse de sus sentimientos por Maya, o se despedía de Rosewood. Había empezado el programa, pero no tardó en dejarlo cuando descubrió que ni siquiera Becka, su consejera de Tree Tops, podía resistirse a sus impulsos naturales.

El aeropuerto de Des Moines era pequeño, con solo un par de restaurantes, una librería y una tienda que vendía coloridos bolsos de Vera Bradley. Cuando Emily llegó a la zona de recogida de equipaje, miró insegura a su alrededor. Lo único que recordaba de sus tíos es que eran superestrictos. Evitaban cualquier cosa que pudiera despertar sus impulsos sexuales, incluidos ciertos alimentos. Al buscar entre la multitud, Emily medio esperaba ver al severo granjero de cara larga y a la amargada y vulgar esposa del cuadro «Gótico americano», parados junto a la cinta del equipaje.

—Emily.

Se dio la vuelta. Helene y Allen Weaver estaban apoyados en una máquina de carritos de Smarte Carte, con las manos enganchadas en la cintura. La camiseta de golf amarillo-mostaza arremetida en los pantalones que llevaba Allen mostraba de forma prominente su enorme tripa. El pelo corto y gris de Helene parecía barnizado. Ninguno de los dos sonreía.

—¿Has facturado alguna maleta? —preguntó Allen con aspereza.

—Eh, no —dijo Emily con educación, preguntándose si debía abrazarlos. ¿No se alegraban normalmente las tías y los tíos al ver a sus sobrinos? Allen y Helene solo parecían molestos.

—Bueno, entonces, vámonos —dijo Helene—. Hay dos horas de viaje hasta Addams.

Su coche era una vieja camioneta forrada de madera. El interior olía a ambientador de pino, un olor que siempre le hacía pensar en largos viajes campo a través con sus abuelos gruñones. Allen condujo al menos a veinte kilómetros por debajo del límite de velocidad, y les adelantó hasta una frágil anciana que miraba con ojos entrecerrados por encima del volante. Ni su tía ni su tío dijeron una sola palabra en todo el viaje, ni a Emily ni el uno al otro. Todo estaba tan silencioso que la chica podía oír hasta el sonido que hacía su corazón al romperse en mil pedazos.

—Iowa es muy bonito —comentó en voz alta, con un gesto hacia el interminable paisaje llano que la rodeaba.

Nunca había visto un lugar tan desolado, donde no había ni estaciones de servicio. Allen emitió un gruñido. Helene frunció los labios con más fuerza aún. Un poco más y se los tragaría.

Emily sentía que su móvil, liso y frío en el bolsillo de la chaqueta, era uno de los últimos puentes con la civilización que le quedaban. Lo sacó y miró la pantalla. Ningún mensaje nuevo, ni siquiera de Maya. Antes de irse había enviado a Aria un mensaje preguntando cómo estaba Hanna, pero aún no le había respondido. El último mensaje que tenía en la bandeja de entrada era el de A: «Sabía demasiado». ¿Habría sido A quien atropelló a Hanna? ¿Y qué pasaba con lo que le había contado Aria antes del accidente de Hanna? ¿Sería Spencer la asesina de Ali? Las lágrimas asomaron a sus ojos. Era el peor momento para irse de Rosewood.

De pronto, Allen giró bruscamente a la derecha, metiéndose por un camino accidentado. El coche se bamboleó por el terreno desigual, atravesando varias cercas para el ganado y pasando junto a unas cuantas casas destartaladas. Los perros corrían a uno y otro lado del camino, ladrando salvajemente al vehículo. Finalmente se metieron por otro camino polvoriento y llegaron a una verja. Helene salió del coche y la abrió, y Allen la cruzó con el vehículo. Estaban ante una casa de piedra blanca de dos pisos. Era sencilla y modesta, y recordaba un poco a las casas de los amish en Lancaster, Pensilvania, en las que solía parar con sus padres para comprar auténtico pastel de melaza.

—Hemos llegado —dijo Helene suavemente.

—Es preciosa —dijo Emily al salir del coche, intentando parecer animada.

Al igual que las otras casas ante las que habían pasado, la propiedad de los Weaver estaba rodeada por una verja de alambre, y por todas partes había perros, gallinas, patos y cabras. Una cabra curiosa, atada con una larga cadena a la valla del ganado, trotó hasta Emily, y la embistió con sus cuernos de aspecto sucio, haciéndola gritar.

Helene la miró con severidad mientras la cabra se alejaba.

—No grites así. A las gallinas no les gusta.

Perfecto. Las necesidades de las gallinas tenían preferencia sobre las suyas. Señaló a la cabra.

—¿Por qué está encadenada?

—Porque ha sido una chica mala, por eso.

Emily se mordió el labio, nerviosa mientras Helene la guiaba hasta una pequeña cocina que parecía no haberse reformado desde los años cincuenta. Echó de menos inmediatamente la alegre cocina de su madre, con sus adornos de gallinas, sus toallas navideñas para todo el año y los imanes de nevera con forma de monumentos de Filadelfia. Este frigorífico estaba desnudo y sin imanes y olía a verduras en putrefacción. Cuando entraron en un saloncito, su tía señaló a una chica de la edad de Emily sentada en una silla color vómito que leía *Jane Eyre*.

—¿Te acuerdas de Abby?

La prima de Emily vestía un jersey caqui pálido que le llegaba a las rodillas y una recatada blusa bordada. Tenía el pelo recogido en la nuca y no llevaba nada de maquillaje. Emily se sintió como una ramera con su camiseta de «Ama a un animal, abraza a un nadador», sus vaqueros rotos de Abercrombie, su crema hidratante coloreada y su lápiz de labios.

—Hola, Emily —dijo Abby, remilgada.

—Abby ha sido tan amable como para ofrecerse a compartir su cuarto contigo —dijo Helene—. Está en el piso de arriba. Te lo enseñaremos.

Arriba había cuatro dormitorios. El primero era el de Helene y Allen, y el segundo el de John y Matt, los gemelos de diecisiete años.

—Y este es para Sarah, Elizabeth y la pequeña Karen —dijo Helene, haciendo un gesto hacia un cuarto que Emily había tomado por un armario para escobas.

Emily se quedó boquiabierta. Ni siquiera sabía de la existencia de esos primos.

—¿Cuántos años tienen?

—Pues Karen seis meses, Sarah dos años y Elizabeth cuatro. Ahora están con su abuela.

Emily intentó disimular una sonrisa. Para ser gente que abominaba del sexo tenían muchos hijos.

Helene la condujo hasta una habitación casi vacía y señaló los catres gemelos de la esquina. Abby se sentó en su cama, cruzando las manos sobre el regazo. Emily no podía creerse que en esa habitación viviera alguien. Los únicos muebles que había eran las dos camas, un sencillo armario, una pequeña alfombra redonda y una estantería con unos pocos libros. Su habitación de casa estaba cubierta de carteles y de fotos, y la mesa llena de frascos de perfume, recortes de revistas, cedés y libros. Claro que la última vez que había estado en esta granja, Abby le había dicho que iba a hacerse monja, así que igual la vida frugal era parte de su preparación para el convento. Emily se asomó a la gran ventana que había al fondo de la habitación y vio el enorme terreno de los Weaver, que incluía un gran establo y un silo. Sus dos primos mayores, John y Matt, cargaban balas de heno que sacaban del establo para depositarlas en la trasera de un camión. No se veía nada en el horizonte. Nada en absoluto.

—¿Está muy lejos tu instituto? —le preguntó a Abby.

El rostro de Abby se iluminó.

—¿No te lo ha dicho mi madre? Estudiamos en casa.

—Ohh...

El deseo de vivir de Emily la abandonó lentamente por las glándulas sudoríparas de sus pies.

—Mañana te daré el programa de clases. —Helene dejó unas toallas grises en la cama de Emily—. Tendré que hacerte algunos exámenes para ver dónde te sitúo.

—Estoy en primero de preparatoria —comentó Emily—. Incluso voy a alguna clase avanzada.

—Ya veremos dónde te sitúo. —Helene la miró con dureza.

Abby se levantó de la cama y desapareció por el pasillo. Emily miró desesperadamente por la ventana. *Si en los próximos cinco segundos pasa volando un pájaro, para la semana que viene ya habré vuelto a Rosewood.* Cuando pasó un delicado ruiseñor, se acordó de que había abandonado esos jueguecitos supersticiosos. Todo lo sucedido en los meses anteriores (los obreros encontrando el cuerpo de Ali en el agujero del cenador, el suicidio de Toby, lo de A... todo) le habían hecho perder la fe en que todas las cosas pasan por un motivo.

Su móvil sonó. Emily lo sacó y vio que Maya le había enviado un mensaje de texto: «De verdad estás en Iowa? Porfa, llama cuando puedas».

«Ayúdame» empezó a escribir Emily cuando Helene le quitó el teléfono de las manos.

—En esta casa no se permiten los móviles. —Helene apagó el teléfono—. Pero... —protestó Emily—. ¿Y si quiero llamar a mis padres?

—Eso puedo hacerlo yo por ti —canturreó Helene. Acercó su cara a la de ella—. Tu madre me ha contado algunas cosas de ti. No sé cómo se harán las cosas en Rosewood, pero aquí seguimos mis reglas. ¿Está claro?

Emily se encogió. Helene escupía al hablar, y Emily sintió que le mojaba la mejilla.

—Está claro —dijo temblorosa.

—Bien. —Helene salió al pasillo y dejó caer el teléfono en un gran tarro vacío que había sobre una mesita rinconera—. Lo guardaremos aquí.

Alguien había escrito las palabras «Tarro de las palabrotas» en la tapa, pero estaba completamente vacío, a excepción del móvil de Emily.

El teléfono parecía fácil de alcanzar en aquel tarro, pero no se atrevió a desenroscar la tapa; seguro que estaba conectada con una alarma. Volvió al dormitorio vacío y se dejó caer en el catre. Había una barra en medio del somier y la almohada parecía una losa de cemento. Emily sintió que ardientes lágrimas le surcaban el rostro mientras el cielo de Iowa pasaba del rosa al púrpura, y al azul oscuro, y al negro. Si ese era el primer día del resto de su vida, preferiría estar muerta.

La puerta se abrió unas horas después con un lento crujido. Una sombra se alargó en el suelo. Emily se sentó en el catre, con el corazón acelerado. Pensó en la nota de A. «Sabía demasiado.» Y en el cuerpo de Hanna estrellándose contra el pavimento.

Pero solo era Abby. Encendió una lamparita de la mesita de noche y se dejó caer al suelo, bocabajo. Emily se mordió la mejilla por dentro y simuló no darse cuenta. ¿Sería alguna forma rara de rezar que tenían en Iowa?

Abby volvió a sentarse, con un amasijo de tela en las manos. Se quitó el jersey caqui por la cabeza, se desabrochó el sujetador beige, se metió en una minifalda vaquera y se embutió un ajustado top rojo. Después volvió a buscar bajo la cama, localizó una bolsa de maquillaje blanca y rosa y se aplicó rímel en las pestañas y carmín en los labios. Después se soltó el pelo, que llevaba recogido en una coleta, agachó la cabeza y se frotó el cuero cabelludo. Cuando volvió a alzar la cabeza, el pelo suelto y abundante le enmarcaba la cara. Abby miró a Emily a los ojos. Sonrió abiertamente, como diciendo: «Cierra la boca. Se te va a llenar de moscas».

—Te vienes, ¿verdad?

—¿A-a dónde? —tartamudeó Emily cuando encontró la voz.

—Ya lo verás. —Abby se acercó a Emily y le cogió la mano—. Emily Fields, acaba de empezar tu primera noche en Iowa.

4

Si lo crees, entonces es verdad.

Cuando Hanna Marin abrió los ojos, se encontró en un túnel blanco y largo. Detrás de ella solo había oscuridad, y delante solo luz. Físicamente se encontraba fantástica, en vez de hinchada por comer demasiados Cheez-Its, o con la piel seca y el pelo revuelto, o atontada por la falta de sueño o estresada por tanta vida social. De hecho, no estaba segura de cuándo se había sentido tan... perfecta.

No le parecía estar teniendo un sueño corriente, sino algo mucho más importante. De pronto, ante sus ojos aleteó un píxel de luz. Y luego otro, y otro. Lo que la rodeaba empezó a definirse casi línea por línea.

Se encontró sentada con sus tres mejores amigas en el porche trasero de Alison DiLaurentis. Spencer llevaba el pelo rubio ceniza recogido en una coleta, y Aria su ondulada melena negra azulada trenzada. Emily vestía una camiseta aguamarina y unos bóxers con «Natación de Rosewood» escrito en el trasero. Una sensación de temor la invadió, y al mirar su reflejo en la ventana, quien le devolvió la mirada era la Hanna de séptimo curso. El corrector dental tenía gomas verdes y rosas. Su pelo marrón caca estaba retorcido en un moño. Sus brazos parecían jamones y sus piernas pálidas y fofas hogazas de pan. Como para sentirse maravillosa.

—Eh, ¿chicas?

Hanna se volvió. Ali estaba allí. Delante de ella, mirándolas como si hubieran brotado del suelo. A medida que se acercaba, pudo oler su chicle de menta y su perfume de Ralph Lauren. Esas eran sus chanclas Puma color púrpura; se había olvidado de ellas. Y esos eran los pies de Ali; podía cruzar el segundo dedo sobre el dedo gordo y decir que eso le daba suerte. Deseó que cruzara los dedos en ese momento, que hiciera todas las otras cosas que solo hacía ella y que Hanna deseaba recordar desesperadamente.

Spencer se puso en pie.

—¿Por qué te ha echado la bronca?

—¿Te has metido en líos sin nosotras? —gritó Aria—. ¿Y por qué te has cambiado? El top que llevabas era muy bonito.

—¿Quieres que nos vayamos? —preguntó Emily temerosa.

Hanna recordaba ese día concreto. Aún tenía escritas en la mano algunas notas para el examen final de séptimo. Buscó en su bolsa de mensajero de Manhattan Portage y palpó el borde del birrete de algodón blanco para la graduación en Rosewood Day. Lo había recogido en el gimnasio durante el almuerzo, de cara a la ceremonia de graduación del día siguiente.

Pero la graduación no sería lo único que pasaría al día siguiente.

—Ali —dijo Hanna, incorporándose tan bruscamente que derribó una de las velas de citronela de la mesa del patio—. Necesito hablar contigo.

Pero Ali la ignoró, casi como si no hubiera hablado.

—He vuelto a lavar mi ropa de hockey con sus prendas íntimas —les dijo a las otras.

—¿Se ha enfadado contigo por eso? —Emily parecía incrédula.

—Ali. —Hanna agitó las manos ante la cara de Ali—. Tienes que escucharme. Va a pasarte algo horrible. ¡Y tenemos que impedirlo!

Los ojos de Ali pasaron sobre Hanna. Se encogió de hombros y se soltó el pelo, que llevaba sujeto con una cinta de lunares. Volvió a mirar a Emily.

—Ya conoces a mi madre, Em. Es más obsesiva que Spencer.

—¿A quién le importa tu madre? —chilló Hanna. Sentía la piel ardiendo y con un fuerte cosquilleo, como si la hubieran picado un millón de abejas.

—Adivina dónde vamos a celebrar la fiesta de pijamas —estaba diciendo Spencer.

—¿Dónde? —Ali se inclinó hacia delante, apoyándose en los codos.

—¡En el granero de Melissa! —gritó Spencer.

—¡Mola! —exclamó Ali.

—¡No! —gritó Hanna. Se subió a la mesa para obligarla a mirarla. ¿Cómo podía no verla? Estaba gorda como un manatí—. No podemos hacerlo, chicas. Tenemos que ir a otra parte. Alguna parte donde haya gente. Donde estemos a salvo.

La mente le daba vueltas. Puede que hubiera fallado algo en el universo, y que de verdad hubiera vuelto a séptimo curso, justo antes de que Ali muriera, sabiendo todo lo que pasaría en el futuro. Tenía una oportunidad de cambiar las cosas. Podía llamar a la policía de Rosewood y decirles que tenía la horrible sensación de que al día siguiente le pasaría algo a su mejor amiga. Podía construir una verja de alambre de espino alrededor del agujero del patio de los DiLaurentis.

—Igual no deberíamos celebrar la fiesta de pijamas —dijo Hanna frenética—. Igual deberíamos dejarlo para otra noche.

Al final Ali cogió a Hanna por las muñecas y la bajó de la mesa.

—Para ya —susurró—. Estás montando un número por nada.

—¿Un número por nada? —protestó Hanna—. Ali, vas a morir mañana. Te irás del granero durante la fiesta de pijamas y... desaparecerás.

—No, Hanna, escucha. Eso no pasará.

Una sensación pegajosa bañó a Hanna. Ali la miraba fijamente a los ojos.

—¿No... pasará? —tartamudeó.

Ali le tocó la mano a Hanna. Era una caricia de consuelo, la clase de gesto que solía hacerle su padre cuando estaba enferma.

—No te preocupes —le dijo suavemente al oído—. Estoy bien.

Su voz sonaba tan cercana. Tan real. Hanna pestañeó y abrió los ojos, pero ya no estaba en el jardín de Ali. Estaba en una habitación blanca, tumbada de espaldas. Con fluorescentes en el techo. Oyó pitidos en alguna parte a su izquierda y el siseo constante de una máquina, dentro y fuera, dentro y fuera.

Una figura borrosa se acercó a ella. La chica tenía la cara en forma de corazón, alegres ojos azules y brillantes dientes blancos.

Acarició despacio la mano de Hanna. Se esforzó por enfocar la mirada. Parecía...

—Estoy bien —volvió a decir la voz de Ali, su aliento cálido contra la mejilla.

Hanna jadeó. Abrió y cerró los puños. Forcejeó para retener ese momento, esa revelación, pero entonces todo se desvaneció... todos los sonidos, todos los olores, la sensación de la mano de Ali tocando la suya. Y solo hubo oscuridad.

5

Es la guerra

Al final de la tarde del sábado, tras salir del hospital (el estado de Hanna no había cambiado), Aria subió los escalones desiguales del porche de la casa donde vivía Ezra, en Hollis. El apartamento estaba a solo dos manzanas de distancia de la casa que Byron compartía con Meredith, y aún no estaba preparada para ir allí. No esperaba encontrar a Ezra en casa, pero le había escrito una carta diciéndole dónde podría encontrarla y que esperaba que pudieran hablar. Cuando forcejeaba para meter la carta por la ranura del buzón, oyó un crujido detrás de ella.

—Aria. —Ezra apareció en el vestíbulo, llevaba unos vaqueros descoloridos y una camiseta roja de Gap—. ¿Qué haces?

—Estaba... —Tenía la voz tensa por la emoción. Alzó la nota, que se había arrugado un poco al intentar meterla en el buzón—. Iba a dejarte esto. Solo dice que me llames. —Dio un paso inseguro hacia él, temiendo tocarlo. Olía exactamente igual que la noche anterior, cuando estuvo allí: un poco a whisky escocés, un poco a crema hidratante—. No pensé encontrarte aquí. ¿Estás bien?

—Bueno, no he tenido que pasar la noche en la cárcel, lo que ha estado bien. —Se rió, pero entonces frunció el ceño—. Pero... me han despedido. Tu novio se lo ha contado todo a la dirección del instituto. Tenía fotos para demostrarlo. Nadie dirá nada, así que no constará en mi expediente si tú no me denuncias. —Metió el pulgar en una de las presillas del cinturón—. Se supone que mañana debo ir a llevarme mis cosas del despacho. Supongo que el resto del curso tendréis un profesor nuevo.

Aria se llevó las manos a la cara.

—Lo siento mucho.

Le cogió la mano. Al principio, Ezra se resistió, pero suspiró y acabó cediendo. La atrajo hacia sí y la besó con fuerza, y Aria le devolvió el beso como nunca había besado a nadie. Él deslizó las manos bajo el cierre de su sujetador. Aria le agarró la camiseta, quitándosela. No les importaba estar en la calle, ni que los estuviera mirando un grupo de universitarios fumetas desde el porche contiguo. Ella le besó el cuello, y él le rodeó la cintura con las manos.

Pero se separaron, sobresaltados, al oír la sirena de un coche de la policía.

Aria se escondió en el porche. Ezra se agachó a su lado, con el rostro acalorado. Un coche de policía pasó lentamente ante la casa. El agente estaba hablando por su móvil y no les prestaba atención. Cuando Aria se volvió hacia Ezra, la tensión sexual se había apagado.

—Pasa —dijo él, volviendo a ponerse la camiseta y entrando en el apartamento.

Aria lo siguió, sorteando la puerta principal, que seguía arrancada de las bisagras de cuando los policías la derribaron el día anterior. El apartamento olía como siempre, a polvo y macarrones con queso Kraft.

—Puedo intentar encontrarte otro trabajo —sugirió Aria—. Igual mi padre necesita un ayudante. O tirar de algunos hilos en Hollis.

—Aria...

Había rendición en la cara de Ezra. Y entonces Aria vio las cajas para la mudanza que había tras él. La bañera que había en medio de la sala de estar estaba vaciada de libros. En la repisa no estaban las velas azules. Y Bertha, la doncella francesa hinchable que le habían regalado unos amigos de la universidad a modo de broma, ya no colgaba de una de las sillas de la cocina. De hecho no se veía ninguno de sus objetos personales. Solo unos pocos muebles.

La inundó una sensación fría e incómoda.

—Te vas.

—Tengo un primo en Providence —farfulló Ezra sin mirarla—. Voy a pasar una temporada con él. Para despejarme. Tomar clases de cerámica en la Escuela de Artes Aplicadas de Rhode Island. No sé.

—¡Llévame contigo! —exclamó Aria. Se acercó a él y tiró del borde de su camiseta—. Siempre he querido ir a la EAARI. Es mi primera opción. Igual puedo adelantar mi ingreso. —Alzó los ojos para mirarlo—. Me voy a vivir con mi padre y con Meredith, que prácticamente es un destino peor que la muerte. Y... y nunca me he sentido como me siento a tu lado. No sé si volveré a sentirme así.

Ezra cerró los ojos con fuerza, mientras columpiaba las manos de Aria adelante y atrás.

—Creo que deberías venir a buscarme en unos años. Porque, verás, yo también me siento así contigo. Pero tengo que irme. Tú lo sabes, y yo lo sé.

Aria le soltó las manos. Se sentía como si alguien le hubiera abierto el pecho y arrancado el corazón. La noche anterior todo había sido perfecto, aunque solo hubiera sido por unas horas. Pero, entonces, Sean, y A, lo habían echado todo a perder.

—Oye —dijo Ezra, al ver las lágrimas que se derramaban por las mejillas de Aria. La atrajo hacia sí y la abrazó con fuerza—. No pasa nada. —Miró en una de sus cajas y le entregó su tentetieso de William Shakespeare—. Quiero que tengas esto.

Aria le dirigió una sonrisita.

—¿De verdad?

La primera vez que había estado allí, después de la fiesta de Noel Kahn a principios de septiembre, le había dicho que era una de sus posesiones más preciadas.

Ezra recorrió el borde de la mandíbula de Aria con la punta del dedo índice, empezando por el mentón y acabando en el lóbulo de la oreja. Ella sintió que un escalofrío le recorría la columna vertebral.

—De verdad —susurró.

Aria se volvió hacia la puerta y pudo sentir los ojos de él clavados en su espalda.

—Aria —llamo él cuando pasaba sobre una pila de viejas guías telefónicas para salir al vestíbulo.

Se detuvo, con el corazón alegre. La expresión de Ezra era sabia, tranquila.

—Eres la chica más fuerte que he conocido. Así que... que les den, ¿sabes? Estarás bien.

Y se agachó para ponerse a cerrar cajas con precinto transparente. Aria salió del apartamento caminando hacia atrás, aturdida, preguntándose por que se había puesto de pronto en plan consejero con ella. Era como si le dijera que él era el adulto con responsabilidades, que sus actos tenían consecuencias y que ella solo era una niña, con toda la vida por delante.

Era justo lo que no necesitaba oír en ese momento.

—¡Aria! ¡Bienvenida! —gritó Meredith.

Estaba parada en el borde de la cocina, con un delantal a rayas blancas y negras, que Aria intentaba ver como un uniforme carcelario, y una manopla de cocina con forma de vaca en la mano derecha. Sonreía como un tiburón a punto de tragarse un pececito.

Aria arrastró dentro la última de las bolsas que Sean había arrojado la noche anterior a sus pies y miró a su alrededor. Sabía que Meredith tenía un gusto peculiar —era pintora y enseñaba en la universidad Hollis, el mismo sitio donde Byron era profesor— pero esa sala de estar parecía decorada por un psicópata. En una esquina había un sillón de dentista, con bandeja e instrumentos de tortura incluidos. Había toda una pared cubierta con fotos de ojos. Se expresaba artísticamente tallando mensajes en madera y en la repisa de la chimenea había un gran madero que decía «La belleza solo es superficial, pero la fealdad llega hasta el hueso». En la mesa de la cocina había pegada una silueta de la Bruja Mala del Oeste. Aria se sintió tentada a señalarla y decir que no sabía que la madre de Meredith fuera de Oz. Entonces vio un mapache en una esquina y gritó.

—No te preocupes, no te preocupes —dijo rápidamente Meredith—. Está disecado. Lo compré en una tienda de taxidermia de Filadelfia.

Aria arrugó la nariz. La casa rivalizaba con el museo Mütter de rarezas médicas de Filadelfia, que a su hermano le gustaba casi tanto como los museos del sexo que habían visto en Europa.

—¡Aria! —Byron apareció por una esquina, secándose las manos en los vaqueros. Aria se fijó en que llevaba vaqueros oscuros, ¡con cinturón!, y un jersey gris claro. Puede que su habitual uniforme, compuesto por una camiseta de los Sixers manchada de sudor y unos bóxers raídos no fuera lo bastante bueno para Meredith—. ¡Bienvenida!

Aria gruñó, volviendo a levantar la bolsa de lona. Olfateó el aire y percibió una combinación de madera quemada y copos de avena. Miró con sospecha el cazo que había en el fuego. Puede que Meredith estuviera preparando gachas como una malvada directora de colegio de una novela de Dickens.

—Deja que te enseñe tu habitación.

Byron la cogió de la mano y la condujo por el pasillo hasta una gran habitación cuadrada que contenía unos trozos de madera, unos hierros de marcar, una enorme sierra y herramientas para soldar. Aria supuso que era el estudio de Meredith, o el lugar donde remataba a sus víctimas.

—Por aquí —dijo Byron, conduciéndola hasta un rincón del estudio aislado del resto de la habitación por una cortina floreada. Cuando apartó las cortinas, cacareó—: ¡Ta-chaaaan!

Una cama doble y un tocador al que le faltaban tres cajones ocupaban un espacio solo ligeramente más grande que una ducha. Byron había ido antes a por sus otras maletas y las había apilado en la cama, al no haber sitio en el suelo. En la cabecera había una almohada plana y amarillenta, y alguien había puesto un pequeño televisor portátil en equilibrio en el repecho de la ventana. Tenía una pegatina que rezaba «Save a Horse, Ride a Welder»[1] en viejas letras de los sesenta.

Aria se volvió hacia Byron, sintiendo nauseas.

—¿Tengo que dormir en el estudio de Meredith?

—No trabaja por las noches —dijo enseguida Byron—. ¡Y mira! ¡Tienes televisión propia, y hasta chimenea propia! —Señaló a una monstruosidad de ladrillo que ocupaba casi toda la pared de enfrente. La mayoría de las casas del barrio viejo de Hollis tenían chimenea en todas las habitaciones porque la calefacción central era una mierda—. ¡Estarás de lo más a gusto por las noches!

---

[1] Literalmente «Salva un caballo, monta un soldador», juego de palabras intraducible con la canción «Save a Horse, Ride a Cowboy» del grupo de country Welder's Daughter.

—Papá, no tengo ni idea de cómo se enciende una chimenea.

—Entonces vio una hilera de cucarachas que iba de un lado a otro del techo—. ¡Dios! —gritó, señalándolas y escondiéndose detrás de Byron.

—No son de verdad —la tranquilizó Byron—. Las pintó Meredith. Ha personalizado esta casa con un toque artístico.

Aria sintió que hiperventilaba.

—¡A mí me parecen de verdad!

Byron la miró, sinceramente sorprendido.

—Creí que te gustaría esto. Es lo mejor que hemos podido hacer con tan poco tiempo.

Aria cerró los ojos. Echaba de menos el pequeño y desordenado apartamento de Ezra, con su bañera y sus miles de libros y las cortinas del baño con el mapa del metro de Nueva York. Y ahí no había cucarachas, ni de verdad ni de mentira.

—¿Cariño? —dijo la voz de Meredith desde la cocina—. La cena está lista.

Byron dirigió a Aria una sonrisa tensa y se volvió para ir a la cocina. Aria supuso que debía seguirlo. En la cocina, Meredith estaba poniendo cuencos sobre cada uno de sus platos. Afortunadamente, la cena no eran gachas sino una sopa de pollo de aspecto inocente.

—Pensé que esto sería lo mejor para mi estómago —admitió.

—Meredith tiene problemas de estómago —explicó Byron.

Aria se volvió hacia la ventana y sonrió. Igual tenía suerte y Meredith había contraído la peste bubónica.

—Es baja en sal. —Meredith le dio a Byron un puñetazo amistoso en el hombro—. Así que también es buena para ti.

Aria miró a su padre con curiosidad. Byron solía echar sal a cada bocado mientras lo tenía en el tenedor.

—¿Desde cuándo comes con poca sal?

—Tengo la tensión alta —respondió él, señalándose el corazón.

Aria arrugó la nariz.

—No, no es cierto.

—Sí que lo es. —Byron se metió la servilleta en el cuello—. Hace un tiempo que la tengo así.

—Soy una negrera —insistió Meredith, echando atrás una silla y sentándose. Había puesto el plato de Aria del lado de la cabeza

de la Bruja Mala. Aria movió su cuenco para tapar la cara verde guisante—. Lo tengo a régimen. Hasta le hago tomar vitaminas.

Aria se derrumbó, el temor se acumuló en su estómago. Meredith ya se comportaba como si fuera su esposa, y apenas hacía un mes que vivía con ella.

—¿Qué llevas ahí? —Meredith señaló la mano de Aria.

Aria miró su regazo y se dio cuenta de que seguía sosteniendo el tentetieso de Shakespeare que le había dado Ezra.

—Oh. Es solo... algo de un amigo.

—Un amigo al que le gusta la literatura, supongo.

Meredith alargó la mano e hizo que la cabeza de Shakespeare se moviera arriba y abajo. Había un brillo en su mirada.

Aria se quedó paralizada. ¿Podía saber Meredith lo de Ezra? Miró a Byron. Su padre sorbía la sopa ajeno a todo. No estaba leyendo en la mesa, cosa que en casa hacia constantemente. ¿De verdad había sido Byron infeliz en casa? ¿De verdad quería a esa pintora de cucarachas y amante de la taxidermia más que a su dulce, amable y cariñosa madre? ¿Y por qué creía Byron que Aria se cruzaría de brazos y lo aceptaría?

—Oh, Meredith tiene una sorpresa para ti —intervino Byron—. Todos los semestres tiene la oportunidad de cursar una asignatura gratis en Hollis, y dice que tú podrías utilizar sus créditos, si quieres.

—Eso es. —Meredith le pasó a Aria el libro de los cursos de la Universidad Hollis—. Igual quieres asistir a una de mis asignaturas de arte.

Aria se mordió con fuerza el interior de la mejilla. Preferiría tener astillas de cristal clavadas eternamente en la garganta que pasar un solo momento de más con ella.

—Venga, elige una clase —insistió Byron—. Sé que quieres.

¿Así que iban a obligarla a hacerlo? Abrió el libro de golpe. Igual podía encontrar algo sobre cine alemán, o microbiología, o sobre niños abandonados y conducta familiar inapropiada.

Entonces, algo le llamó la atención. «Arte inconsciente: crea obras únicas que sintonicen con las necesidades, deseos y anhelos de tu alma. Mediante el tacto y la escultura, los estudiantes aprenden a depender menos de sus ojos y más de su yo interior.»

Marcó la clase con un lápiz gris del departamento de Geología de Hollis con una inscripción de «Las rocas molan» que encontró dentro del libro. La clase sonaba absurda. Puede que hasta fuera como una de esas clases islandesas de yoga donde en vez de estiramientos acababan todos bailando con los ojos cerrados y haciendo ruidos de halcones. Pero en ese momento necesitaba algo que no la obligara a pensar. Además, era de las pocas que Meredith no daba. Lo cual la hacía perfecta.

Byron se disculpó y se levanto de la mesa para ir al minúsculo cuarto de baño de Meredith. En cuanto él encendió el ventilador del techo, la mujer dejó el tenedor y miró de frente a Aria.

—Sé lo que estás pensando —dijo con calma, frotándose con el pulgar la telaraña rosa tatuada en la muñeca—. Odias que tu padre esté conmigo. Pero será mejor que te vayas acostumbrando. Byron y yo nos casaremos en cuanto tus padres se hayan divorciado.

Aria se tragó accidentalmente un bocado de fideos sin masticar. Tosió el caldo, escupiéndolo por toda la mesa. Meredith se echó hacia atrás, con los ojos muy abiertos.

—¿Te ha sentado algo mal? —dijo tontamente.

Aria apartó la mirada, con la garganta ardiéndole. Algo le había sentado mal, sí, pero no había sido la sopa de la Bruja Mala.

6

Emily no es más que una muchacha dulce e inocente del Medio Oeste

—¡Vamos! —urgió Abby, tirando de Emily por el patio de la granja.

El sol se ponía en el monótono horizonte de Iowa, mientras toda clase de insectos de patas largas del Medio Oeste salían a jugar en el campo. Parecía que Emily, Abby y Matt y John, los dos primos mayores de Emily, también salían a jugar.

Los cuatro se detuvieron al borde de la carretera. John y Matt se habían cambiado de ropa, quitándose las camisetas blancas y los pantalones de trabajo para ponerse vaqueros abolsados y camisetas con eslóganes de cerveza. Abby se tiró del corpiño del top y comprobó los labios en su espejito. Emily, con los mismos vaqueros y la camiseta de nadadora que llevaba al llegar, se sentía fea y mal vestida, que era como se sentía prácticamente siempre en Rosewood.

Miró hacia la granja por encima del hombro. Las luces estaban apagadas, pero los perros seguían corriendo enloquecidos por doquier y la cabra seguía encadenada a la valla del ganado, haciendo sonar una y otra vez el cencerro que llevaba colgado del cuello. Era increíble que Helene y Allen no les pusieran cencerros a sus hijos.

—¿Seguro que esto es buena idea? —se preguntó en voz alta.

—No pasa nada —respondió Abby, con los aros de sus orejas balanceándose a uno y otro lado—. Papá y mamá se meten en la cama a las ocho, como un reloj. Cosas que pasan cuando te levantas a las cuatro.

—Hace meses que hacemos esto y no nos han cogido ni una sola vez —le aseguró Matt.

De pronto, en el horizonte apareció una camioneta plateada levantando polvo a su paso. Se acercó lentamente hasta donde estaban y se detuvo. De ella brotaba una canción de hip-hop que Emily no consiguió identificar y un fuerte olor a tabaco mentolado. Un sosias moreno de Noel Kahn le hizo una seña a los primos, y sonrió a Emily.

—Vayaaa... Así que esta es vuestra prima, ¿eh?

—Así es —dijo Abby—. Es de Pensilvania. Emily, este es Dyson.

—Subid. —Dyson dio una palmadita en el asiento.

Abby y Emily subieron a la cabina y Matt y John a la parte trasera. Mientras se alejaban, Emily volvió a mirar a la granja que se perdía en la distancia, sintiendo que algo la corroía.

—¿Qué te trae por la elegante Addams? —Dyson cambió aparatosamente de marcha.

Emily miró a Abby.

—Me han enviado mis padres.

—¿Te han aislado de todo?

—Absolutamente —interrumpió Abby—. Dicen que has sido muy mala, Emily. —Miró a Dyson—. Mi prima vive al límite.

Emily contuvo una risa. La única vez que había hecho algo prohibido delante de Abby fue cuando cogió una Oreo de más para el postre. Se preguntó si sus primos sabrían porqué la habían desterrado realmente. Seguramente no. «Lesbiana» debía ser una palabra para el tarro de las palabrotas.

Al cabo de unos minutos, subían por un camino desigual hasta llegar a un gran silo naranja tostado, para aparcar en la hierba junto a un coche con una etiqueta de «Freno por unas tetazas» en el parachoques. De una camioneta roja bajaron dos chicos pálidos y chocaron puños con una pareja de chicos gorditos con el pelo rubio claro que bajaron de un Dodge Ram negro. Emily sonrió. Siempre había pensado que describir a alguien de Iowa diciendo «alimentado con maíz» era un lugar común, pero en ese momento solo se le ocurría esa descripción.

Abby apretó el brazo de Emily.

—Aquí el ratio de chicos y chicas es de cuatro a una —susurró—. Así que esta noche ligarás con alguien. Yo siempre lo hago.

Así que Abby no sabía lo de Emily.

—Oh. Estupendo.

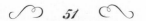

Emily intentó sonreír. Abby le guiñó un ojo y bajó de la camioneta de un salto. Emily los siguió al silo. El aire olía a perfume Clinique Happy, flores, cerveza y hierba seca. Al entrar, esperaba ver balas de heno, uno o dos animales de granja y, quizá, alguna destartalada escalera de madera que conducía al dormitorio de alguna friki, como en *La señal*. Pero, en vez de eso, el silo estaba despejado y del techo colgaban luces navideñas. Había sofás color ciruela pegados a las paredes, un tocadiscos en una esquina y al fondo un montón de enormes barriles.

Abby, que ya había cogido una cerveza, empujó a un par de chicos hacia Emily. Habrían sido populares hasta en Rosewood, con su pelo largo, su rostro anguloso y sus brillantes dientes blancos.

—Brett, Todd, Xavi... Esta es mi prima Emily. Es de Pensilvania.

—Hola —dijo Emily, estrechándole la mano a los chicos.

—Pensilvania. —Los chicos asintieron apreciativamente, como si hubiera dicho que venía de la tierra del sexo sucio y perverso.

Mientras Abby se alejaba con uno de ellos, Emily se dirigió hacia el barril de cerveza. Hizo cola tras una pareja rubia que se restregaba mutuamente. El DJ puso a Timbaland, que era lo que también estaba de moda en Rosewood. La verdad era que la gente de Iowa no parecía muy distinta de la de su instituto. Todas las chicas llevaban falda vaquera y zapatos de plataforma, y los chicos sudaderas con capucha y vaqueros abolsados, y parecían experimentar con el vello facial. Se preguntó si todos irían al instituto o si sus padres también les daban clase en casa.

—¿Eres la nueva?

Detrás de ella había una chica alta y rubia con una camisa a rayas y vaqueros oscuros. Tenía los hombros anchos y la postura vigorosa de una jugadora profesional de vóleibol, y cuatro pendientes le adornaban la oreja izquierda. Pero había algo muy dulce y franco en su rostro redondo, sus ojos azul claro y sus pequeños y bonitos labios. Y, a diferencia de prácticamente todas las chicas del silo, no tenía las manos de un chico cogiéndole las tetas.

—Eh, sí —replicó Emily—. He llegado hoy.

—Y eres de Pensilvania, ¿verdad? —Se balanceó sobre las caderas y estudió cuidadosamente a Emily—. Yo estuve allí una vez. Fuimos a Harvard Square.

—Creo que te refieres a Boston, en Massachusetts —la corrigió—. Ahí es donde esta Harvard. En Pensilvania está Filadelfia, la Campana de la Libertad, las cosas de Ben Franklin y todo eso.

—Oh. —La chica se puso seria—. Entonces no he estado en Pensilvania. —Bajó la barbilla hacia Emily—. Si fueras un dulce, ¿de qué clase serías?

—¿Perdona? —Emily pestañeó.

—Vamos —insistió la chica—. Yo sería un M&M.

—¿Por qué?

La chica entornó los ojos, seductora.

—Porque me derrito en tu boca, claro. Bueno, ¿y tú?

Emily se encogió de hombros. Era la pregunta para conocerse más rara que le había hecho nadie, pero le gustaba.

—No lo había pensado nunca. ¿Un Tootsie Roll?

La chica negó violentamente con la cabeza.

—Tú nunca serías un Tootsie Roll. Eso parece un zurullo. Tú tienes que ser algo mucho más sexi.

Emily aspiró aire muy, muy despacio. ¿Estaba ligando con ella?

—Eh, creo que tendría que conocer tu nombre antes de poder hablar contigo de... dulces sexis.

La chica alargó la mano.

—Soy Trista.

—Emily.

Al estrecharse la mano, Trista le acarició la palma de la mano con el pulgar, sin dejar de mirarla a la cara.

Puede que fuera el modo en que se saludaban por allí.

—¿Quieres una cerveza? —tartamudeó Emily, volviéndose hacia el barril.

—Por supuesto. Pero deja que te la sirva yo, Pensilvania. Seguro que no sabes tirarla como es debido.

Emily miró cómo Trista empujaba un par de veces la bomba antes de dejar que la cerveza cayera despacio hasta el vaso, produciendo muy poca espuma.

—Gracias —respondió Emily, dando un sorbo.

La chica se sirvió una y se llevó a Emily fuera de la cola, hacia uno de los sofás alineados a las paredes del silo.

—¿Tu familia se ha mudado aquí?

—Voy a pasar una temporada con mis primos —dijo, señalando a Abby, que estaba bailando con un chico alto y rubio, y a Matt y John, que fumaban con una pelirroja bajita vestida con un jersey rosa ajustado y pantalones de pitillo.

—¿Estás de vacaciones? —preguntó Trista, agitando las pestañas.

Emily no estaba segura, pero tenía la sensación de que Trista se pegaba más y más a ella en el sofá, mientras que ella hacía todo lo posible por no tocar las largas piernas de la chica, que colgaban a centímetros de las suyas.

—No exactamente —farfulló—. Mis padres me echaron de casa porque no podía vivir siguiendo sus reglas.

Trista jugueteó con el cordón de sus botas marrones.

—Mi madre también es así. Cree que ahora estoy en un recital del coro. O no me habría dejado salir.

—Yo también solía mentir a mis padres para ir a fiestas —dijo Emily, repentinamente asustada de volver a echarse a llorar.

Intentó imaginarse lo que estaría pasando en ese momento en su casa. Su familia se habría reunido ante el televisor después de cenar. Estarían su madre, su padre, y Carolyn, hablando felices entre ellos, alegres de que Emily, la impía, no estuviera allí. Le dolió tanto que sintió nauseas. Trista la miró compasiva, como si sintiera que le pasaba algo.

—Oye. Ahí va otra. Si fueras una fiesta, ¿qué clase de fiesta serías?

—¿Una fiesta sorpresa? —soltó. Esa parecía ser últimamente la historia de su vida: una gran sorpresa tras otra.

—Muy bueno. —Trista sonrió—. Yo sería una fiesta de la toga.

Se sonrieron durante un largo rato. Había algo en la cara en forma de corazón de la chica, y en sus grandes ojos azules, que hacía que Emily se sintiera... a salvo. Trista se inclinó hacia delante, y también Emily. Fue casi como si fueran a besarse, pero entonces Trista se agachó muy despacio y se ató el cordón de la bota.

—Bueno, ¿y por qué te han enviado aquí? —preguntó Trista cuando se incorporó.

Emily dio un gran trago a su cerveza.

—Porque me pillaron besando a una chica —espetó.

Cuando Trista se echó atrás y abrió mucho los ojos, Emily pensó que había cometido un terrible error. Puede que Trista solo estuviera mostrándose amigable al estilo del Medio Oeste y que ella la hubiera interpretado mal. Pero entonces, Trista sonrió tímidamente y acercó los labios al oído de Emily.

—Tú nunca podrías ser un Tootsie Roll. Serías una gominola de corazón de color rojo intenso.

Su propio corazón dio tres saltos mortales. Trista se levantó y le ofreció la mano. Emily la cogió y se dejó arrastrar hasta la pista de baile, donde Trista se puso a bailar sensualmente al ritmo de la música. La canción se cambió por una rápida, y Trista gritó y empezó a saltar como si estuviera en una cama elástica. Su energía era embriagadora. Emily sintió que podía soltarse con Trista, en vez de mostrarse recatada y distante como siempre sentía que debía ser con Maya.

Maya. Emily se detuvo, jadeando en el aire rancio y húmedo del silo. La noche anterior, Maya y ella se habían dicho que se querían. ¿Seguían siendo una pareja ahora que Emily estaba atrapada allí, quizá de forma permanente, entre todo ese maíz y estiércol de vaca? ¿Podría considerarse esto una traición? ¿Y qué quería decir que no hubiera pensado en ella ni una sola vez en toda la noche?

El móvil de Trista sonó. Salió del círculo de bailarines y se lo sacó del bolsillo.

—La idiota de mi madre, que me mensajea por millonésima vez en esta noche —gritó sobre la música, negando con la cabeza.

Emily sintió un shock. En cualquier momento también ella recibiría un mensaje a su vez. De A. Siempre parecía saber cuándo tenía pensamientos inapropiados. Solo que el móvil estaba... en el tarro de las palabrotas.

Lanzó una carcajada de alegría. Su móvil estaba en el tarro de las palabrotas. Estaba en una fiesta en Iowa, a miles de kilómetros de Rosewood. A no tenía forma de saber lo que estaba haciendo, a no ser que fuera un ente sobrenatural.

De pronto, Iowa no le pareció tan mal. Para nada.

7

Muñeca Barbie... ¿o de Vudú?

El domingo por la tarde, Spencer se columpiaba suavemente en la hamaca del porche que circundaba la casa de verano de su abuela. Una sombra cayó sobre ella cuando estaba mirando cómo otro surfista musculoso y buenorro se subía a una ola de La Monja, la playa que había al otro lado del camino que bordeaba un convento.

—Tu padre y yo nos vamos un rato al club náutico —dijo su madre, metiendo las manos en los pantalones beige de lino.

—Oh. —Spencer luchó por bajarse de la hamaca sin pillarse los pies en la red. El club náutico de Stone Harbor era un viejo edificio junto al mar que olía a salmuera y moho. Spencer sospechaba que a sus padres les gustaba ir solo porque era únicamente para socios—. ¿Puedo ir?

Su madre la cogió del brazo.

—Melissa y tú os quedáis aquí.

Una brisa que olía a pescado y cera para tablas de surf golpeó a Spencer en la cara. Intentaba ver las cosas desde el punto de vista de su madre (debía ser una mierda ver a tus dos hijas peleándose de forma tan salvaje), pero también deseaba que su madre comprendiera su punto de vista. Melissa era una superzorra malvada, y Spencer no quería hablar con ella en lo que le quedaba de vida.

—Vale —dijo, con tono trágico.

Abrió la puerta corrediza de cristal y entró en el gran salón familiar. Aunque la casa de arquitectura Craftsman de la abuela Hastings tenía ocho dormitorios, siete cuartos de baños, un camino privado hasta la playa, una sala de juegos de lujo, un cine, una cocina para *gourmets* y muebles Stickley por todas partes, su familia siempre la llamaba cariñosamente el «puesto de tacos». Quizá fuera porque la otra mansión de Nana, la del cayo Longboat, en Florida, tenía frescos en las paredes, suelos de mármol, tres pistas de tenis y una bodega de temperatura controlada.

Spencer pasó altivamente ante Melissa, sentada en uno de los sofás de cuero, mientras murmuraba a su iPhone. Seguramente hablaba con Ian Thomas.

—Estaré en mi cuarto —chilló teatralmente al pie de las escaleras—. Toda la noche.

Se dejó caer en su cama de trineo, encantada de que su dormitorio siguiera tal y como lo había dejado cinco años atrás. La última vez que estuvo allí había sido con Alison, y se pasaron las horas mirando desde la azotea a los surfistas con el antiguo catalejo de caoba del difunto abuelo Hastings. Fue a principios de otoño, justo antes de empezar séptimo. Las cosas todavía eran bastante normales entre ellas, puede que Ali aún no hubiera empezado a verse con Ian.

Spencer se estremeció. Ali se había estado viendo con Ian. ¿Lo sabría A? ¿Sabría también lo de la pelea que había tenido Emily con ella la noche que desapareció? ¿Había estado A allí? Spencer deseó poder contarle a la policía lo de A, pero A parecía más allá de la ley. Miro a su alrededor sobresaltada, repentinamente asustada. El sol se había puesto bajo los árboles, llenando el cuarto de escalofriante oscuridad.

Su móvil sonó y dio un salto. Lo sacó del bolsillo de la bata y miró el número de reojo. Al no reconocerlo, se lo llevó al oído y contestó dubitativa.

—¿Spencer? —dijo la voz suave y cantarina de una chica—. Soy Mona Vanderwaal.

—Oh. —Spencer se sentó demasiado deprisa, y la cabeza empezó a darle vueltas. Solo había una razón para que Mona la llamara—. ¿Está... Hanna... bien?

—Pues... no. —Mona parecía sorprendida—. ¿No te has enterado? Está en coma. Llamo desde el hospital.

—Oh, Dios mío —susurró Spencer—. ¿Se va a poner bien?

—Los médicos no lo saben. —La voz de Mona vaciló—. Puede que no despierte.

Spencer empezó a caminar en círculo por la habitación.

—Ahora mismo estoy en Nueva Jersey con mis padres, pero volveré mañana por la mañana, así que...

—No llamo para hacer que te sientas culpable —la interrumpió Mona. Suspiró—. Perdona. Estoy estresada. Te llamo porque me han dicho que eres buena organizando eventos.

En el dormitorio hacía frío y olía un poco a arena. Spencer tocó el borde de la enorme concha que había encima del escritorio.

—Sí, claro.

—Bien. Quiero una vigilia con velas para Hanna. Sería estupendo que todo el mundo hiciera piña por nuestra amiga.

—Eso suena genial —dijo Spencer despacio—. Mi padre me ha hablado de una fiesta a la que fue hace un par de semanas en una preciosa carpa en el green quince del club de campo. Igual podríamos celebrarla ahí.

—Perfecto. Que sea para el viernes; eso nos da cinco días para prepararlo todo.

—De acuerdo, el viernes.

Spencer colgó después de que Mona dijera que se encargaría de las invitaciones si ella contrataba el sitio y el catering. Volvió a dejarse caer en la cama y miró el dosel de encaje. ¿Hanna podía morirse? Se la imaginó sola e inconsciente en una habitación de hospital. Notó que la garganta le ardía.

Tap... tap... tap...

El viento amainó y hasta el océano estaba en calma. Spencer aguzó el oído. ¿Había alguien fuera?

Tap... tap... tap...

Se incorporó y se sentó.

—¿Quién anda ahí?

La ventana del dormitorio ofrecía un paisaje de arena. El sol se había puesto tan deprisa que lo único que podía verse en la distancia era la desvencijada caseta de madera del salvavidas. Salió al pasillo. Vacío. Corrió hasta uno de los dormitorios de invitados y miró al porche delantero de abajo. Nadie.

Spencer se pasó las manos por el rostro. *Calma*, se dijo. *Tampoco es que A pueda estar aquí.* Se tambaleó al salir de la habitación y bajar las escaleras, casi tropezado con una pila de toallas de baño. Melissa seguía en el sofá, sujetando un ejemplar de *Architectural*

Digest con una mano, mientras apoyaba la muñeca rota en un enorme cojín de terciopelo.

—Melissa —dijo Spencer, jadeando—. Creo que hay alguien fuera.

Su hermana se volvió, con mala cara.

—¿Eh?

Tap... tap... tap...

—¡Escucha! —Spencer señaló la puerta—. ¿Has oído eso?

Melissa se puso en pie, frunciendo el ceño.

—Sí... —Miró a Spencer preocupada—. Vamos a la sala de juegos. Desde allí se ven bien los alrededores.

Las hermanas comprobaron una y otra vez los cerrojos antes de subir corriendo las escaleras hasta la sala de juegos del segundo piso. La habitación olía a cerrado y a polvo, y parecía como si unas Melissa y Spencer mucho más jóvenes acabaran de irse a cenar y pudieran volver en cualquier momento para seguir jugando. Estaba la aldea de Lego que habían tardado tres semanas en montar. Estaba la caja para hacerte tus propias joyas, con las cuentas y los cierres aún dispersos por la mesa. Varios hoyos de plástico de su minigolf de juguete seguían repartidos por toda la habitación, y el enorme cofre lleno de muñecas estaba abierto.

Melissa llegó la primera a la ventana. Apartó la cortina con veleros estampados y miró al patio delantero, con su suelo de gravilla y sus flores tropicales. La escayola rosa hizo un sonido hueco al golpear el marco de la ventana.

—No veo a nadie.

—Yo ya he mirado delante. Igual han dado la vuelta.

De pronto, volvieron a oírlo. *Tap... tap.* Cada vez sonaba más fuerte. Spencer cogió a Melissa del brazo. Las dos volvieron a mirar por la ventana.

Entonces, un tubo de desagüe en la parte inferior de la casa se agitó un poco y algo salió de él. Era una gaviota. Se había quedado atrapada en la tubería, y debía haber hecho los ruidos con el pico y las alas al intentar liberarse. El pájaro se alejó tambaleándose, sacudiendo las plumas.

Spencer se dejó caer en el viejo caballito balancín de FAO Schwarz. Al principio, Melissa pareció enfadada, pero luego se curvaron las comisuras de su boca. Bufó soltando una carcajada.

Spencer se rió también.

—Estúpido pájaro.

—Sí. —Melissa lanzó un suspiro. Miró a su alrededor, a la habitación, primero a los Lego y luego a las seis cabezas tamaño grande de Mi Pequeño Poni que había en una mesa. Las señaló—. ¿Te acuerdas de cuando los maquillábamos?

—Claro.

La señora Hastings les daba sus lápices de labios y sombra de ojos de Chanel viejos y se pasaban horas embadurnando a los ponis.

—Les ponías sombra de ojos en los agujeros de la nariz —se burló Melissa.

Spencer se rió, acariciando la crin azul y púrpura de un poni rosa.

—Quería que los tuvieran tan bonitos como el resto de su cara.

—¿Y te acuerdas de estas? —Melissa se dirigió al enorme cofre y miró dentro—. No puedo creerme que tuviéramos tantas muñecas.

No solo había más de cien muñecas, desde Barbies a antigüedades alemanas que seguramente no debieron meterse descuidadamente en un cofre de juguetes, sino que había toneladas de vestidos, con zapatos, bolsos, coches, caballos y perros a juego. Spencer sacó una Barbie vestida con una sobria chaqueta azul y una falda de tubo.

—¿Te acuerdas de que jugábamos a que eran consejeras delegadas? La mía era consejera delegada de una fábrica de algodón de azúcar, y la tuya de una compañía de cosméticos.

—A esta la hicimos presidenta. —Melissa sacó una muñeca que tenía el pelo rubio cortado a la altura de la barbilla, tal como lo llevaba ella.

—Y esta tenía muchos novios. —Spencer sacó una muñeca muy bonita con el pelo largo y un rostro en forma de corazón.

Las hermanas suspiraron. Spencer sintió un nudo en la garganta. En aquellos tiempos se pasaban horas jugando. La mitad de las veces no querían ni bajar a la playa, y cuando llegaba la hora de acostarse, Spencer siempre lloraba y suplicaba a sus padres que la dejaran dormir en la habitación de Melissa.

—Siento lo del Orquídea Dorada —soltó de pronto Spencer—. Ojalá no hubiera pasado.

Melissa cogió la bonita muñeca que su hermana tenía antes, la de los numerosos novios.

—Querrán que vayas a Nueva York, ¿sabes? Y hablar de tu redacción ante un tribunal de profesores. Tendrás que dominar el tema a fondo.

Spencer apretó a la Barbie consejera delegada por la cintura imposiblemente desproporcionada. Si sus padres no la castigaban por hacer trampas, lo haría el comité del Orquídea Dorada.

Melissa caminó hasta el final de la habitación.

—Pero lo harás bien. Seguramente ganarás. Y sabes que papá y mamá te regalarán algo increíble si lo consigues.

Spencer pestañeó.

—¿Y no te importa? ¿Aunque sea... tu trabajo?

Melissa se encogió de hombros.

—Ya lo he superado. —Hizo una pausa; buscó en un armarito alto en el que Spencer nunca se había fijado. Cuando sacó la mano, sujetaba una larga botella de vodka Grey Goose. La sacudió y el líquido claro se agitó dentro del cristal—. ¿Quieres un poco?

—Cl-claro —tartamudeó Spencer.

Melissa se dirigió hasta el aparador que había sobre la mininevera de la habitación y cogió dos tazas del conjunto de té de porcelana en miniatura. Vertió con torpeza el vodka en las tazas usando su única mano buena. Sonrió nostálgica y le dio a Spencer la taza azul pálido que antes era su favorita. Montaba en cólera si tenía que beber en alguna de las otras. Le asombraba que su hermana se acordara.

Spencer dio un sorbo, sintiendo que el vodka le quemaba la garganta.

—¿Cómo sabías que la botella estaba ahí?

—Ian y yo vinimos aquí hace años para festejar nuestra graduación —explicó Melissa. Se sentó en una silla para niños pequeños a rayas rosas y púrpuras, recogiendo las rodillas y apoyando la barbilla en ellas—. Había policía en todas las carreteras y nos aterraba que nos sorprendieran con alcohol, así que escondimos la botella aquí. Pensábamos volver más tarde... pero no lo hicimos.

Melissa tenía la mirada perdida. Ian y ella rompieron inesperadamente poco después de esa semana, el mismo verano en que desapareció Ali. Aquel verano Melissa había estado superatareada, con dos trabajos a media jornada y otro de voluntaria en el museo de Brandywine River. Spencer sospechaba, aunque ella nunca lo habría admitido, que procuraba mantenerse ocupada porque la ruptura con Ian la había destrozado de verdad. Quizá fuera su mirada herida, o que acabara de decirle que seguramente ganaría el Orquídea Dorada, pero, de pronto, quiso contarle la verdad.

—Hay algo que deberías saber —soltó Spencer—. En séptimo curso besé a Ian cuando aún salía contigo. —Tragó saliva—. Solo fue un beso, y no significaba nada. Te lo juro. —Ahora que lo había dicho, no podía detenerse—. No fue como lo que Ian tenía con Ali.

—Lo que Ian tenía con Ali —repitió Melissa, mirando a la Barbie que sujetaba en su mano.

—Sí. —Spencer sentía las entrañas de lava fundida, como un volcán rebosante, rugiendo, a punto de derramarse—. Me lo dijo Ali justo antes de desaparecer, pero creo que mi mente bloqueó ese recuerdo.

Melissa se puso a peinar a la preciosa Barbie rubia, frunciendo ligeramente los labios.

—También bloqueé otras cosas —continuó Spencer, temblando, sintiéndose algo insegura—. Aquella noche, Ali me provocó de verdad. Dijo que me gustaba Ian, que intentaba quitárselo. Fue como si quisiera que me enfadara con ella. Y entonces la empujé. No quería hacerle daño, pero me temo que...

Spencer se tapó la cara con las manos. Contarle eso a Melissa le hacía revivir otra vez aquella noche espantosa. *Los gusanos que habían salido con la lluvia de la noche anterior reptaban por el camino. El tirante del sujetador rosa de Ali resbalaba de su hombro, y el anillo del dedo gordo del pie reluciendo a la luz de la luna.* Fue real. Había pasado.

Melissa dejó la Barbie en su regazo y bebió despacio de su vodka.

—En realidad, sabía que Ian te había besado. Como sabía que Ian y Ali estaban liados.

Spencer se quedó boquiabierta.

—¿Ian te lo contó?

Melissa se encogió de hombros.

—Lo adiviné. Él no es muy bueno guardando secretos de ese tipo. No conmigo.

Spencer miró a su hermana, un escalofrío repentino le recorrió la columna vertebral. Melissa hablaba con tono cantarín, casi como conteniendo una risita. Entonces se volvió para mirarla de frente. Sonrió abiertamente, de forma extraña.

—En cuanto a preocuparte por haber sido tú quien matara a Ali, no creo que pudieras hacerlo.

—¿Ah... no?

Melissa negó despacio con la cabeza, e hizo que la muñeca de su regazo imitara su gesto.

—Hay que ser una persona muy especial para matar a alguien, y tú no eres así.

Dejó su copa de vodka en el suelo, vacía. Y entonces, con su mano buena, agarró a la Barbie por el cuello y le arrancó la cabeza. Le entregó la cabeza sin cuerpo a Spencer, con los ojos muy abiertos.

—Nunca has sido así.

La cabeza de la muñeca encajaba perfectamente en el hueco de la palma de la mano de Spencer, con los labios fruncidos en una sonrisa insinuante, los ojos de un azul zafiro brillante. Spencer sintió que la recorría una oleada de náuseas. No se había fijado antes, pero la muñeca era igualita a... Ali.

8

¿Es que la gente no habla de estas cosas en los hospitales?

El lunes por la mañana, Aria corrió hacia la salida del Rosewood Day en vez de hacerlo hacia clase de literatura inglesa antes de que sonara el timbre. Su Treo acababa de recibir un mensaje de texto de Lucas. Decía: «Aria, ven al hospital si puedes. Por fin nos dejan visitar a Hanna».

Estaba tan concentrada y ensimismada que no vio a su hermano Mike hasta que lo tuvo delante. Llevaba una camiseta con el logo de Playboy bajo su chaqueta del Rosewood Day, y un brazalete azul del equipo de lacrosse del instituto. En la pulsera de goma tenía grabado su apodo en el equipo que, por el motivo que fuese, era Búfalo. Aria no se atrevía a preguntarle por qué, pero probablemente sería por algún chiste interno acerca de su pene o algo así. El equipo de lacrosse se parecía cada día más a una fraternidad.

—Hola —dijo Aria algo distraída—. ¿Cómo estás?

Mike parecía tener las manos pegadas a las caderas. La sonrisa burlona de su rostro indicaba que no estaba para conversaciones intrascendentes.

—Tengo entendido que ahora vives con papá.

—Como último recurso —dijo Aria rápidamente—. Sean y yo hemos roto.

Mike entrecerró los ojos azul hielo.

—Lo sé. También me he enterado de eso.

Aria retrocedió, sorprendida. Mike no sabía lo de Ezra, ¿verdad?

—Solo quería decirte que papá y tú os merecéis el uno al otro —soltó Mike, dando media vuelta y casi chocando con una chica con uniforme de animadora—. Hasta luego.

—¡Mike, espera! —gritó Aria—. ¡Voy a arreglar esto, te lo prometo!

Pero siguió alejándose. La semana anterior, Mike había descubierto que hacía tres años que Aria sabía lo del lío de su padre. Por fuera, aparentaba entereza y calma ante la desintegración del matrimonio de sus padres. Jugaba en el equipo de lacrosse, les hacía comentarios lascivos a las chicas e intentaba pellizcarles los pezones a sus compañeros en los pasillos. Pero Mike era como una canción de Bjork, alegre y feliz en la superficie, pero con el dolor y el sufrimiento bullendo por dentro. No podía imaginarse lo que pensaría si descubría que Byron y Meredith planeaban casarse.

Suspiró hondo y siguió caminando hacia la puerta lateral cuando vio que una figura vestida con un traje de tres piezas la miraba desde el otro lado del pasillo.

—¿Va a alguna parte, señorita Montgomery? —preguntó el director Appleton.

Aria se sobresaltó y sintió calor en las mejillas. No lo veía desde que Sean le contó lo de Ezra a la cúpula directiva del instituto. Pero Appleton no parecía precisamente cabreado, más bien... nervioso. Casi como si Aria fuera alguien a quien debía tratar con mucha, mucha delicadeza. La chica intentó simular una sonrisa. Appleton no debía querer que Aria demandara a Ezra o que volviera a hablar del incidente. Atraería una atención no deseada sobre el instituto, y eso era malo para el Rosewood Day.

Aria se volvió, con fuerzas renovadas por el poder que poseía.

—Tengo que estar en otra parte —insistió.

Saltarse una clase iba contra la política del Rosewood Day, pero Appleton no hizo nada por detenerla. Puede que al final le sirviera de algo lo de Ezra.

Llegó al hospital enseguida y corrió hasta la unidad de cuidados intensivos del tercer piso. Era una sala comunal y los pacientes estaban situados en círculo, separados solo por cortinas. En medio de la sala había un largo escritorio en forma de «u» para las enfermeras. Aria pasó ante una anciana negra que parecía muerta, un hombre de pelo negro con un collarín, y un cuarentón con aire atontado que musitaba para sus adentros. La zona de Hanna estaba pegada a una de las paredes. Su amiga, con su largo y sedoso cabello castaño, su piel lisa y su cuerpo joven y vigoroso era quien estaba allí más fuera de lugar. Su zona estaba llena de flores, cajas de bombones, montones de revistas y animales de peluche. Alguien le había llevado un gran oso blanco con un vestido estampado. Cuando Aria abrió la etiqueta que colgaba del brazo afelpado, vio que el oso se llamaba Diane von FurstenBEAR. El brazo de Hanna tenía una escayola nueva y blanca. Ya habían firmado en ella sus padres, Lucas Beattie y Mona Vanderwaal.

Lucas se encontraba en una silla de plástico amarillo junto a la cama, con un *Teen Vogue* en el regazo.

—«Hasta las piernas más blancas saldrán beneficiadas con la *mousse* de Lancôme Soleil Flash Browner, que da a la piel un brillo sutil» —leía, mojándose los dedos para pasar la página. Se interrumpió al ver a Aria, y una mirada tímida atravesó su rostro—. Los médicos dicen que es bueno hablarle, que puede oír. Pero puede que el otoño sea un momento idiota para hablar de bronceadores. ¿No será mejor que le lea el artículo sobre Coco Chanel? ¿O el de las nuevas becarias del *Teen Vogue*? Dicen que son mejores que las del *Hills*.

Aria miró a Hanna, mientras se le hacía un nudo en la garganta. Una barandilla metálica protegía los lados de su cama, como si fuera un bebé que corre peligro de caerse. Tenía moratones verdes en el rostro, y los ojos cerrados. Era la primera vez que Aria veía de cerca a un paciente en coma. Un monitor controlaba sus latidos y su presión sanguínea emitiendo un *biip, biip, biip* constante que la incomodaba. No podía evitar pensar que el pitido acabaría apagándose, y que el gráfico marcaría una señal plana, como pasaba en las películas antes de que alguien muriera.

—¿Han dicho algo sobre su evolución? —preguntó Aria temblorosa.

—Bueno, su mano se agita. Así, ¿ves? —Lucas hizo un gesto hacia la mano derecha de Hanna, la escayolada. Parecía que alguien le había pintado las uñas de coral brillante—. Lo cual parece prometedor. Pero los médicos dicen que igual no significa nada, y siguen sin estar seguros de si tiene lesiones cerebrales o no.

Aria sintió que se le caía el alma a los pies.

—Pero intento ser positivo. Ese agitar de su mano significa que está a punto de despertarse. —Lucas cerró la revista y la dejó en la mesita de Hanna—. Y parece ser que su electro indica que igual anoche se despertó... pero no lo vio nadie. —Suspiró—. Voy a por un refresco. ¿Quieres algo?

Aria negó con la cabeza. Lucas se levantó de la silla y Aria ocupó su lugar. Antes de irse, tamborileó con los dedos en la estructura metálica que sujetaba las cortinas.

—¿Te has enterado de que el viernes habrá una vigilia con velas por Hanna?

Aria se encogió de hombros.

—¿No te parece raro que se celebre en un club de campo?

—Algo —susurró Lucas—. Aunque extrañamente apropiado.

Sonrió a Aria y se alejó. Ella sonrió a su vez cuando él pulsó el botón de la puerta automática y salió de la UCI. Le caía bien Lucas. Parecía tan harto como ella de las chorradas pretenciosas de Rosewood. Y, desde luego, era un buen amigo. Aria no sabía cómo podía permitirse perderse tantas clases para poder estar con Hanna, pero era bonito que hubiera alguien a su lado.

Alargó la mano y tocó la de Hanna, y los dedos de su amiga rodearon los suyos. Aria se apartó sorprendida, y luego se regañó a sí misma. Tampoco es que Hanna estuviera muerta. Tampoco le había cogido la mano a un cadáver y el cadáver le había devuelto el apretón.

—Vale, puedo pasar esta tarde por allí, y repasamos juntos las fotos —dijo una voz detrás de ella—. ¿Cómo lo ves?

Aria se volvió en redondo, casi cayéndose de la silla. Spencer presionó el botón de apagado de su Sidekick y dirigió a Aria una sonrisa de disculpa.

—Perdona —dijo, poniendo los ojos en blanco—. Los del anuario no pueden hacer nada sin mí. —Miró a Hanna y palideció—. He venido en cuanto he tenido una hora libre. ¿Cómo está?

Aria se chasqueó los nudillos con tanta fuerza que la articulación del pulgar hizo un ruido desconcertante. Era increíble que, en medio de todo aquello, Spencer siguiera dirigiendo ocho mil comités y hasta tuviera tiempo para salir en la primera página del *Philadelphia Sentinel* de ayer. Aunque Wilden había exonerado más o menos a Spencer, seguía notando algo en ella que le daba que pensar.

—¿Dónde has estado? —preguntó Aria cortante.

Spencer retrocedió un paso, como si Aria la hubiera empujado.

—He tenido que irme con mis padres. A Nueva Jersey. He vuelto en cuanto he podido.

—¿Recibiste el sábado el mensaje de A? —exigió saber—. ¿«Sabía demasiado»?

Spencer asintió pero no habló. Jugó con las borlas de su bolso Kate Spade de *tweed* y miró con aprensión a todos los aparatos médicos electrónicos de Hanna.

—¿Te dijo Hanna quién es? —la pinchó Aria.

Spencer frunció el ceño.

—¿Quién es quién?

—A. —Spencer seguía pareciendo confusa, y una sensación cortante atravesó las entrañas de Aria—. Hanna sabía quién era A. —La miró con atención—. ¿No te dijo por qué quería que nos viéramos?

—No. —La voz de Spencer se quebró—. Solo que tenía que contarme algo importante.

Expulsó el aire lentamente.

Aria pensó en los ojos enloquecidos de Spencer, que espiaba entre los árboles del Rosewood Day.

—Te vi, ¿sabes? —espetó—. Te vi el sábado entre los árboles. Estabas allí... parada. ¿Qué hacías?

El color desapareció de la cara de Spencer.

—Estaba asustada —susurró ella—. No había visto nada tan aterrador en mi vida. No podía creerme que alguien pudiera hacerle eso a Hanna.

Spencer parecía aterrorizada y Aria sintió que sus sospechas la abandonaban de repente. Se preguntó lo que pensaría ella de saber que la había creído la asesina de Ali, y que hasta se lo había dicho a Wilden. «¿Esto es lo que hacéis ahora las chicas? ¿Acusaros de asesinato unas a otras?»

Puede que Wilden tuviera razón. Spencer había participado en algunas obras de teatro escolares, pero no era tan buena actriz como para matar a Ali, volver al granero y convencer a las mejores amigas que le quedaban de que era tan inocente como ellas.

—Yo tampoco puedo creerme que alguien le hiciera esto —dijo Aria bajando la voz. Suspiró—. El sábado por la noche me di cuenta de algo. Creo... creo que Ali salía con Ian Thomas cuando estábamos en séptimo.

Spencer se quedó boquiabierta.

—Yo también lo supuse el sábado.

—¿No lo sabías de antes? —Aria se rascó la cabeza, sorprendida.

Spencer dio otro paso dentro de la habitación. Tenía la mirada fija en el líquido claro que llenaba la bolsa para solución intravenosa de Hanna.

—No.

—¿Crees que lo sabía alguien más?

Una expresión indescriptible cruzó el rostro de Spencer. Parecía incomodarla mucho hablar de ello.

—Creo que mi hermana.

—¿Melissa lo ha sabido todo este tiempo pero nunca ha dicho nada? —Aria se pasó la mano por el borde de la barbilla—. Qué raro.

Pensó en las tres pistas que le había dado A sobre el asesino de Ali: que era alguien cercano, que quería algo que tenía Ali, y que conocía hasta el último centímetro del patio de los DiLaurentis. Esas tres cosas solo eran aplicables a un puñado de personas. Y si Melissa sabía lo de Ali e Ian, era una de ellas.

—¿Deberíamos contarle a la policía lo de Ian y Ali? —sugirió Spencer.

Aria se estrujó las manos.

—Yo se lo mencioné a Wilden.

Un sonrojo de sorpresa pasó por el rostro de Spencer.

—Oh —dijo con una vocecita.

—¿Te parece bien? —preguntó Aria, alzando una ceja.

—Claro —dijo animosa, recuperando la compostura—. ¿Y... y crees que deberíamos contarle lo de A?

Aria abrió mucho los ojos.

—Si lo hacemos, A podría...

Las nauseas le impidieron acabar la frase.

Spencer la miró durante un buen rato.

—A nos ha arruinado la vida —susurró.

Hanna seguía inmóvil en su cama. Aria se preguntó si de verdad podía oírlas, como decía Lucas. Puede que hubiera oído todo lo que acaban de decir de A, y quisiera decirles lo que sabía, solo que estaba atrapada en su coma. O puede que lo hubiera oído todo y le desagradara que hablaran de eso en vez de preocuparse por si llegaba a despertar alguna vez.

Aria alisó las sábanas sobre el pecho de Hanna, arropándola hasta la barbilla como solía hacerle Ella cuando tenía gripe. Entonces le llamo la atención un reflejo fugaz en la abertura que había en el box, detrás de la cama de Hanna. Se incorporó, con los nervios a flor de piel. Parecía que había alguien al otro lado de la cortina de Hanna, acechando junto a una silla de ruedas vacía, intentando no ser visto.

Se volvió en redondo, con el corazón acelerado, y apartó la cortina.

—¿Qué? —gritó Spencer, volviéndose también.

Aria respiró hondo.

—Nada.

Fuera quien fuera, se había ido.

9

No es divertido servir de chivo expiatorio

La luz inundó la cara de Emily. Abrazó la almohada y volvió a sumirse en su sueño. Los sonidos matinales de Rosewood eran tan predecibles como el amanecer: el ladrido del perro de los Kloses al empezar su paseo alrededor de la manzana, el traqueteo del camión de la basura, los sonidos del *Today Show* que su madre veía todas las mañanas, y el canto del gallo.

Abrió los ojos de golpe. ¿Un gallo?

La habitación olía a heno y vodka. La cama de Abby estaba vacía. Como los primos habían querido quedarse en la fiesta hasta más tarde que ella, Trista la había dejado en la puerta de los Weaver. Igual Abby no había vuelto aún. La última vez que la vio, se estaba enrollando con un chico con una camiseta de la Universidad de Iowa, en cuya espalda se veía un ceñudo Herky el Halcón, mascota de la institución.

Cuando volvió la cabeza vio a su tía Helene parada en el umbral. Emily chilló y se tapó con las sábanas. Su tía ya estaba vestida con un gran pichi de retales y una camiseta de bordes arrugados. Las gafas pendían precariamente de la punta de su nariz.

—Veo que has despertado —dijo—. Baja, por favor.

Emily salió despacio de la cama, se puso una camiseta, unos pantalones de pijama del equipo de natación de Rosewood Day y unos calcetines a rombos. El resto de lo sucedido la noche anterior volvió a ella, tan reconfortante como un largo baño caliente. Emily y Trista se habían pasado la noche inventándose un absurdo baile vaquero, y se les había unido un grupo de chicos. Habían hablado sin parar durante todo el camino de vuelta a casa de los Weaver, pese a estar las dos agotadas. Antes de salir del coche, Trista le había tocado la muñeca.

—Me alegro de haberte conocido —le había susurrado Trista.

Y Emily también se alegraba.

John, Matt y Abby estaban a la mesa de la cocina, mirando adormilados las tazas de Cheerios. En medio de la mesa había un plato con tortitas.

—Hola, chicos —dijo Emily alegre—. ¿Hay para desayunar algo que no sean Cheerios o tortitas?

—No creo que ahora debas preocuparte por el desayuno, Emily.

Esta se volvió, y la sangre se le heló en las venas. El tío Allen estaba parado ante la encimera, rígido, con una mirada de decepción en el rostro arrugado y curtido. Helene se apoyaba en el horno, con la misma severidad. Emily miró nerviosa a Matt, a John y a Abby, pero ninguno de ellos le devolvió la mirada.

—Bueno. —Helene empezó a caminar por la habitación, y sus zapatos de punta cuadrada resonaron contra el suelo de madera—. Sabemos lo que hicisteis los cuatro anoche.

Emily se desplomó en una silla, el calor subiéndole por las mejillas. El corazón empezó a latirle más deprisa.

—Quiero saber de quién fue la idea. —Helene rodeó la mesa como un halcón acercándose a su presa—. ¿Quién quiso alternar con esos chicos de la escuela pública? ¿Quién pensó que estaría bien beber alcohol?

Abby hundió un Cheerio de su taza. John se rascó la barbilla. Emily mantuvo los labios cerrados. Desde luego ella no pensaba decir nada. Sus primos y ella formarían un lazo de solidaridad, guardando silencio por el bien de todos. Así habían actuado Ali y ella y las demás en las raras ocasiones en las que alguien las sorprendía haciendo algo malo.

—¿Y bien? —dijo Helene, cortante.

A Abby le tembló la barbilla.

—Fue Emily —explotó—. Me amenazó, mamá. Se enteró de lo de la fiesta y me exigió que la llevara. Hice que John y Matt me acompañaran para que no nos pasara nada.

—¿Qué? —exclamó Emily con un sobresalto. Se sentía como si Abby la hubiera golpeado en el pecho con la gran cruz de madera que colgaba sobre la puerta—. ¡Eso no es verdad! ¿Cómo pude enterarme yo de esa fiesta? ¡Si no conozco a nadie más aparte de vosotros!

Helene parecía disgustada.

—¿Chicos? ¿Fue Emily?

Matt y John miraron a sus tazas de cereal y asintieron despacio. Emily miró alrededor de la mesa, demasiado furiosa y traicionada para respirar. Quería gritar lo que había pasado de verdad. Matt había bebido chupitos del ombligo de una chica. John había bailado a ritmo de rap llevando solo los calzoncillos. Abby se había morreado con cinco chicos y puede que con una vaca. Le flaquearon las piernas. ¿Por qué hacían eso? ¿Es que no eran sus amigos?

—¡Ninguno de vosotros pareció sentirse mal por estar allí!

—¡Eso es mentira! —chilló Abby—. ¡Nos sentíamos muy mal!

Allen tiró del hombro de Emily, poniéndola en pie a la fuerza de un modo que Emily no había sentido en la vida.

—Esto no funcionará —dijo con voz grave, pegando su cara a la de ella. Olía a café y a algo orgánico, quizá tierra—. Ya no eres bienvenida aquí.

Emily retrocedió un paso, con el corazón en un puño.

—¿Qué?

—Le hacíamos un gran favor a tus padres —gruñó Helene—. Dijeron que eras problemática, pero no nos esperábamos esto. —Pulsó el botón de llamada del teléfono inalámbrico—. Voy a llamarlos ahora. Te llevaremos de vuelta al aeropuerto, pero a ellos les tocará pensar el modo de pagarte el viaje de vuelta a casa. Y serán ellos quienes decidan lo que deben hacer contigo.

Emily sintió los cinco pares de ojos de los Weaver clavados en ella. Hizo un esfuerzo para no llorar, dando grandes bocanadas del aire estancado de la granja. Sus primos la habían traicionado. Ninguno de ellos estaba de su lado. Nadie lo estaba.

Se dio media vuelta y corrió hasta el pequeño dormitorio. Una vez allí metió su ropa en la bolsa de natación. La mayoría de sus prendas seguían oliendo a su casa, a una mezcla de suavizante Snuggle con las especias que su madre usaba para cocinar. Se alegró de que nunca llegasen a oler como ese horrible lugar.

Se detuvo justo antes de cerrar la bolsa de lona. Helene debía estar hablando con sus padres, contándoles todo. Se imaginó a su madre parada en su cocina de Rosewood, sosteniendo el teléfono junto a la oreja y diciendo: «Por favor, no nos envíes a Emily de vuelta. Nuestra vida es perfecta sin ella».

Las lágrimas le nublaron la vista, el corazón le dolió, literalmente. Nadie la quería. ¿Y cuál sería la opción alternativa de Helene? ¿Enviarla a otra parte? ¿A una escuela militar? ¿A un convento? ¿Existían todavía?

—Tengo que salir de aquí —susurró en la fría habitación.

Seguía teniendo el móvil en el tarro de las palabrotas. La tapa se desenrroscó con facilidad, sin que sonara alarma alguna. Dejó caer el teléfono en un bolsillo, cogió las bolsas y bajó las escaleras. Estaba segura de que si podía salir de la propiedad de los Weaver encontraría una minúscula tienda de alimentación que había a kilómetro y medio de distancia. Una vez allí, planearía su siguiente movimiento.

Cuando salió al porche delantero, casi no vio a Abby encogida en el columpio de cadenas del porche. Emily se sobresaltó tanto que dejó caer la bolsa de lona sobre sus pies.

La boca de Abby mostraba una mueca de disgusto.

—Nunca nos pilla. Así que has debido hacer algo que llamara su atención.

—Yo no hice nada —dijo Emily impotente—. Lo juro.

—Y ahora, por tu culpa, nos pasaremos meses encerrados. —Puso los ojos en blanco—. Y, para que lo sepas, Trista Taylor es un putón de cuidado. Se enrolla con todo lo que se mueva, sea chico o chica.

Emily retrocedió, sin saber qué decir. Cogió la bolsa y corrió por el camino principal. Cuando llegó a la valla del ganado, al poste metálico seguía atada la misma cabra, con el cencerro sonando suavemente en su cuello. La cuerda no era lo bastante larga como para que pudiera tumbarse, y parecía que Helene ni siquiera le había puesto agua. Al mirar a los ojos amarillos y las extrañas pupilas cuadradas de la cabra, sintió una conexión con ella, de chivo expiatorio a chivo «malo». Sabía lo que era ser castigada de forma cruel e injusta.

Respiró hondo y le quitó la cuerda del cuello, abriendo luego la puerta de la cerca y agitando los brazos.

—Vamos, chica —susurró—. Eaaaa.

La cabra miró a Emily sin expresión. Dio un paso adelante, luego otro. En cuanto cruzó la valla del ganado, rompió a trotar, alejándose por el camino. Parecía feliz de ser libre.

Emily cerró la puerta tras el animal. También ella estaba condenadamente feliz de haberse largado de ese lugar.

10

Lo menos inconsciente que podía ser Aria

Las nubes hicieron su aparición la tarde del lunes, ennegreciendo el cielo y trayendo vientos que agitaron las hojas amarillas de los arces. Aria se bajó la boina de lana merina color fresa hasta las orejas y corrió hacia el edificio Frank Lloyd Wright de artes visuales donde asistiría a su primera clase de Arte Inconsciente. Las paredes del vestíbulo estaban llenas de cuadros de estudiantes, así como de anuncios de venta de cuadros y de «se busca compañero de piso». Aria se fijó en una hoja donde ponía «¿Has visto al acechador de Rosewood?». Incluía una fotografía de una figura acechando entre árboles, tan borrosa y críptica como las imágenes desvaídas del monstruo del lago Ness. La semana anterior se habían dado toda clase de noticias sobre el acechador, que seguía a la gente para espiar todo lo que hacía, pero llevaban varios días sin noticias suyas... Casi los mismos que A guardaba silencio.

El ascensor no funcionaba, así que Aria subió a pie los fríos escalones de cemento hasta el segundo piso. Localizó la clase de Arte Inconsciente y se sorprendió al encontrarla silenciosa y oscura. Una forma difusa se movió ante la ventana al final del aula y, a medida que sus ojos se fueron acostumbrando a la oscuridad, se dio cuenta de que la clase estaba llena.

—Pasa —dijo una voz ronca de mujer.

Aria tanteó hasta llegar a la pared. El viejo edificio de Hollis crujía y gemía. Alguien cerca de ella olía a menta y ajo. Otro olía a cigarrillos. Oyó una risita.

—Creo que ya estamos todos —dijo la voz—. Me llamo Sabrina. Bienvenidos a Arte Inconsciente. Probablemente os preguntaréis qué hacemos aquí con las luces apagadas. El arte consiste en ver, ¿verdad? Pues ¿sabéis algo? No es así, no del todo. El arte es tocar y oler... y sobre todo sentir. Pero, más que nada, es dejarse llevar. Es coger todo las cosas que creías ciertas y arrojarlas por la ventana. Es abrazar lo impredecible de la vida, abandonar las limitaciones y empezar de cero.

Aria contuvo un bostezo. Sabrina hablaba con un tono pausado y soporífero que le daba ganas de acurrucarse y cerrar los ojos.

—He apagado las luces para hacer un pequeño ejercicio —dijo Sabrina—. Todos tenemos tendencia a formarnos una primera opinión de alguien a partir de unas pistas sencillas. Como la forma en que suena su voz. La música que le gusta. Quizá lo que sabemos de su pasado. Pero, a veces, nuestras opiniones no son acertadas; de hecho, a veces son muy equivocadas.

Años antes, Aria y Ali solían ir cada sábado a clase de arte. Si Ali estuviera acompañándola en este momento, habría puesto los ojos en blanco y dicho que Sabrina era una chiflada que no se depilaba las axilas. Pero a Aria le parecía que lo que decía tenía sentido, sobre todo en lo referente a Ali. Últimamente estaba descubriendo que todo lo que creía saber de su amiga era falso. Nunca había sospechado de lo del rollo secreto con el novio de la hermana de Spencer, pero eso explicaba su actitud extraña y reservada antes de desaparecer. Aquellos últimos meses había veces en que Ali no aparecía durante fines de semana enteros. Decía haber salido de Rosewood con sus padres, pero en realidad seguro que había estado con Ian. Como esa vez en que Aria fue en bici hasta su casa para darle una sorpresa y se la encontró sentada en uno de los peñascos de su jardín susurrando a su móvil.

—Te veré el fin de semana, ¿vale? —estaba diciendo—. Hablaremos entonces.

Cuando Aria la llamó, Ali se volvió en redondo, sorprendida.

—¿Con quién hablas? —preguntó Aria inocentemente.

Ali cerró enseguida el móvil y entrecerró los ojos. Meditó un momento sus palabras y entonces dijo:

—¿Sabes esa chica que estaba besando tu padre? Seguro que es una de esas universitarias salvajes que se tiran al primero que pillan. Porque, vamos, hay que tener mucho valor para liarse con tu profesor.

Aria se había ido mortificada. Ali estuvo con ella el día en que sorprendió a Byron besándose con Meredith, y no paraba de recordárselo. Hasta que no estuvo a medio camino de regreso a casa no se dio cuenta de que Ali no había contestado a su pregunta.

—Así que esto es lo que quiero que hagamos —dijo Sabrina alzando la voz, interrumpiendo los recuerdos de Aria—. Buscad a la persona que tengáis más cerca, y cogeos de la mano. Intentad imaginar cómo es solo por el tacto de sus manos. Entonces encenderemos las luces para que podáis dibujar su retrato según lo que visteis en vuestra mente.

Aria buscó en la azulada oscuridad. Alguien la cogió de la mano, tanteándole los huesos de la muñeca y la forma de la palma de la mano.

—¿Qué clase de cara veis al tocar a esa persona?

Aria cerró los ojos, intentando pensar. La mano era pequeña y algo fría y seca. Un rostro empezó a formarse en su mente. Primero unos pómulos marcados, luego unos brillantes ojos azules. Pelo rubio y largo, labios rosados y arqueados.

Notó un nudo en el estómago. Estaba pensando en Ali.

—Y ahora apartaos de vuestro compañero —ordenó Sabrina—. Sacad los cuadernos de dibujo, y encenderé la luz. No miréis a vuestro compañero. Quiero que dibujéis exactamente lo que habéis visto en vuestra mente, y así veremos cuánto os habéis acercado a la realidad.

Las brillantes luces del techo hirieron los ojos de Aria en el momento que abría el cuaderno de dibujo. Pasó el carboncillo por el papel, pero no podía dejar de dibujar la cara de Ali por mucho que lo intentase. Cuando se echó atrás para verlo mejor, sintió un nudo en la garganta. Había una insinuación de sonrisa en los labios y un brillo travieso en los ojos.

—Muy bien —dijo Sabrina, que tenía exactamente el aspecto que le correspondía a su voz, con el pelo castaño largo y descuidado, pechos grandes, estómago hinchado y flacas patas de gallina. Se acercó al compañero de Aria—. Eso es precioso —murmuró.

Aria sintió una punzada de irritación. ¿Porqué su dibujo no era «precioso»? ¿Es que alguien dibujaba mejor que ella? Imposible.

—Se acabó el tiempo —dijo Sabrina—. Daos media vuelta y enseñad el resultado a vuestro compañero.

Aria se volvió despacio, con ojos que buscaban envidiosos el boceto supuestamente «precioso» de su compañero. El dibujo no se parecía nada a Aria, pero seguía siendo un retrato mucho mejor realizado de lo que podía haber hecho ella. Sus ojos ascendieron hacia el cuerpo de su compañero. Era una chica con un top rosa ajustado de Nanette Lepore. Con el pelo oscuro y revuelto, que se derramaba por sus hombros. Tenía la piel blanca y perfecta. Y entonces vio la familiar nariz respingona. Y las enormes gafas de sol de Gucci. A sus pies dormía un perro que llevaba puesto un chaleco azul. Aria sintió que todo su cuerpo se convertía en hielo.

—No puedo ver cómo me has dibujado —dijo su compañera con una voz suave y dulce, señalando al perro lazarillo a modo de explicación—. Pero seguro que está muy bien.

Aria sintió que la lengua le pesaba en la boca. Su compañera era Jenna Cavanaugh.

11

Feliz regreso... o algo así.

Tras lo que le parecieron días dando vueltas por el firmamento, Hanna se encontró de pronto arrojada de vuelta a la luz. Una vez más volvía a estar sentada en el porche trasero de Ali. Una vez más volvía a sentir que su camiseta de American Apparel y sus vaqueros Seven le venían pequeños.

—¡Vamos a celebrar la fiesta de pijamas en el granero de Melissa! —estaba diciendo Spencer.

—Qué bien —dijo Ali sonriendo.

Hanna retrocedió. Igual estaba atrapada revisitando ese día una y otra vez, como aquel tipo en esa película vieja, *Atrapado en el tiempo*. Puede que tuviera que revivir ese día hasta que lo hiciera bien y convenciera a Ali de que corría un grave peligro. Pero... la última vez que había estado en este recuerdo, Ali se le había acercado para decirle que estaba bien. Pero no estaba bien. Nada estaba bien.

—Ali —la urgió Hanna—. ¿Qué quieres decir con que estás bien?

Ali no le prestaba atención. Miraba a Melissa mientras esta paseaba por el patio de los Hastings, con la toga de graduación doblada sobre el brazo.

—¡Eh, Melissa! —gritó Ali—. ¿Emocionada por lo de Praga?

—¿A quién le importa esa? —gritó Hanna—. ¡Contesta mi pregunta!

—¿Está Hanna... hablando? —dijo con sobresalto una voz lejana.

Hanna ladeó la cabeza. No parecía ninguna de sus viejas amigas.

Al otro lado del patio, Melissa apoyaba la mano en la cadera.

—Claro que estoy emocionada.

—¿Te acompaña Ian? —preguntó Ali.

Hanna cogió la cara de Ali con las dos manos.

—Ian no importa —dijo, imponiéndose—. ¡Escúchame, Ali!

—¿Quién es Ian?

La voz lejana sonaba como si proviniera del final de un largo túnel. Era la voz de Mona Vanderwaal. Hanna miró a su alrededor, pero no vio a Mona por ninguna parte.

Ali se volvió hacia Hanna, lanzando un suspiro de exasperación.

—Déjalo ya, Hanna.

—Pero estás en peligro —tartamudeó esta.

—Las cosas no son siempre lo que parecen —le susurró Ali.

—¿Que quieres decir? —le preguntó con desesperación.

Cuando fue a agarrarla, su mano le atravesó el brazo como si solo fuera una imagen proyectada en una pantalla.

—¿Qué quiere decir quién? —preguntó la voz de Mona.

Hanna abrió los ojos de golpe. Prácticamente la cegó una luz brillante. Estaba tumbada en un incómodo colchón. A su alrededor había varias figuras: Mona, Lucas Beattie, su madre y su padre.

¿Su padre? Hanna intentó fruncir el ceño, pero los músculos del rostro le producían un dolor espantoso.

—Hanna. —La barbilla de Mona temblaba—. Oh, Dios mío. Estás... despierta.

—¿Estás bien, cariño? —preguntó su madre—. ¿Puedes hablar?

Hanna miró sus brazos. Al menos eran delgados y no parecían jamones. Luego vio el tubo de la intravenosa que le salía del hueco del codo y la aparatosa escayola del brazo.

—¿Qué pasa? —dijo con voz rota, mirando a su alrededor. La escena que se mostraba ante sus ojos le resultaba artificial. El sitio donde había estado, en el porche de Ali, con sus viejas amigas, le parecía mucho más real—. ¿Dónde está Ali?

Los padres de Hanna intercambiaron miradas preocupadas.

—Ali está muerta —dijo despacio su madre.

—Vayan despacio. —Un hombre de pelo blanco y nariz aguileña, vestido con una bata blanca, descorrió una cortina que había a los pies de la cama—. ¿Hanna? Soy el doctor Geist. ¿Cómo te encuentras?

—¿Dónde diablos estoy? —exigió saber Hanna, alzando la voz por el pánico.

Su padre le cogió la mano.

—Tuviste un accidente. Estábamos muy preocupados.

Miró desconcertada los rostros que la rodeaban, luego a los aparatos conectados a diferentes partes de su cuerpo; además del goteo había una máquina que le medía los latidos y un tubo que le enviaba oxígeno a la nariz. Sintió el cuerpo ardiendo, y luego lo sintió frío, y la piel le cosquilleaba por el miedo y la confusión.

—¿Un accidente? —susurró.

—Te atropelló un coche —dijo la madre de Hanna—. En el Rosewood Day. ¿Te acuerdas?

Sentía pegajosas las sábanas de hospital, como si alguien las hubiera regado con queso fundido. Buscó en su memoria, pero no encontró nada sobre un accidente. Lo último que recordaba, antes de sentarse en el patio trasero de Ali, era recibir el vestido de Zac Posen color champán para el cumpleaños de Mona. Eso había sido el viernes por la noche, antes de la fiesta. Hanna se volvió hacia Mona, que parecía tan angustiada como aliviada. Tenía bajo los ojos unos enormes y feos círculos púrpura, como si hiciera días que no dormía.

—No me perdería tu fiesta, ¿verdad?

Lucas soltó un resoplido. Los hombros de Mona se tensaron.

—No.

—El accidente ocurrió después —dijo Lucas—. ¿No lo recuerdas?

Hanna intentó quitarse el tubo de oxígeno de la nariz; nadie está atractivo cuando le cuelga algo de la nariz, pero descubrió que lo tenía sujeto con esparadrapo. Cerró los ojos y forcejeó buscando algo, lo que fuera, que explicase todo aquello, pero lo único que veía era la cara de Ali flotando sobre ella y susurrándole algo antes de disiparse en una nada negra.

—No —susurró Hanna—. No recuerdo nada de eso.

12

En fuga

Al final de la tarde del lunes, Emily estaba sentada en un taburete azul desvaído del mostrador de la cafetería M&J que había frente a la estación de autobuses Greyhound de Akron, Ohio. No había comido nada en todo el día, y se estaba planteando pedir una porción de ese pastel de cerezas de aspecto sospechoso para acompañar el café de sabor metálico. A su lado, un anciano sorbía despacio una cucharada de flan de tapioca y un hombre que parecía un bolo engullía una hamburguesa grasienta con patatas fritas en compañía de un amigo que parecía una aguja de hacer punto. En la máquina de discos sonaba una canción country, con arpa de boca, y la camarera se apoyaba pesadamente contra la caja registradora, mientras le quitaba el polvo a los imanes con forma de Ohio que se vendían por noventa y nueve centavos.

—¿Adónde te diriges? —preguntó una voz.

Emily miró a los ojos del cocinero, un hombre corpulento que parecía dedicarse a la caza con arco cuando no hacía queso a la plancha. Emily buscó una chapa identificadora, pero no llevaba ninguna. Su gorra de béisbol roja tenía una gran A de aspecto singular cosida en el centro. Emily se humedeció los labios y se estremeció un poco.

—¿Cómo sabe que voy a alguna parte?

Le dirigió una mirada experta.

—No eres de por aquí. Y Greyhound está enfrente. Y llevas una gran bolsa de lona. Soy listo, ¿eh?

Emily suspiró, y miró su taza de café. Incluso cargando con la pesada bolsa de lona, había necesitado menos de veinte minutos para recorrer con paso firme el kilómetro y medio que separaba la casa de tía Helene del minimart de la carretera. Una vez allí, encontró quien la llevara a la estación, y había comprado un billete para el primer autobús que la sacara de Iowa. Desgraciadamente, el destino elegido había sido Akron, lugar donde Emily no conocía a nadie. Y, lo que era peor, el autobús olía como si llevara a alguien con flatulencia, y el tío que se había sentado a su lado ponía el iPod a todo volumen mientras cantaba a voz en grito canciones de Fall Out Boy, un grupo que ella detestaba. Entonces, extrañamente, cuando el autobús paró en la estación de Akron, vio un cangrejo arrastrándose bajo su asiento. *Un cangrejo*, aunque no estaban nada cerca de un océano. Cuando bajó tambaleándose en la terminal y vio en el tablero de salidas que a las diez salía un autobús para Filadelfia, se sintió inundada por una terrible pena. Nunca había echado de menos Pensilvania tanto como ahora.

Emily cerró los ojos; le costaba creer que de verdad estuviera huyendo de casa. Se había imaginado huyendo muchas veces, y Ali solía decir que se iría con ella. Hawái estaba entre los cinco destinos preferidos. Igual que París. Ali decía que podrían asumir identidades diferentes. Cuando Emily protestaba, diciendo que eso parecía difícil, Ali se encogía de hombros y decía: «Nah. Debe ser de lo más fácil convertirse en otro». Se prometieron que, fueran a donde fueran, pasarían juntas un montón de tiempo, y Emily siempre había esperado en secreto que quizá, solo quizá, Ali se diera cuenta de que quería a Emily tanto como Emily a ella. Pero al final Emily siempre acababa sintiéndose mal y decía: «Ali, tú no tienes motivo para huir. Tu vida es perfecta». Y su amiga respondía encogiéndose de hombros, y diciéndole que tenía razón, que su vida era perfecta.

Hasta que alguien la mató.

El cocinero subió el volumen del pequeño televisor que había junto a la tostadora de ocho rebanadas y la bolsa abierta de pan de molde. Cuando Emily alzó la mirada, vio a un reportero de la CNN parado ante el hospital Rosewood Memorial. Ella lo conocía muy bien. Pasaba todas las mañanas frente a él cuando iba al instituto.

—Nos han informado que Hanna Marin, de diecisiete años, residente en Rosewood y amiga de Alison DiLaurentis, la muchacha cuyo cuerpo apareció misteriosamente hace un mes en el patio de la que fuera su casa, acaba de salir del coma en el que estaba sumida desde su trágico accidente el sábado por la noche —dijo el reportero a su micrófono.

La taza de café de Emily chocó contra el plato. *¿En coma?* Los padres de Hanna aparecieron en pantalla, diciendo que sí, que Hanna estaba despierta y que parecía estar bien. No se tenían pistas de quién había podido atropellar a Hanna, ni porqué.

Emily se tapó la boca con la mano, que olía al similcuero del asiento del autobús. Sacó el Nokia del bolsillo de la chaqueta vaquera y lo encendió. Intentaba ahorrar batería porque se había dejado el cargador en Iowa. Los dedos le temblaban mientras marcaba el número de Aria. Le salió el buzón de voz.

—Aria, soy Emily —dijo tras el pitido—. Acabo de enterarme de lo de Hanna y...

Se interrumpió, cuando sus ojos volvieron a mirar a la pantalla. Allí, en la esquina superior derecha, estaba su propia cara, mirándola desde la foto que se había hecho el año anterior para el anuario.

—Y esta no es la única noticia relacionada con Rosewood: ha desaparecido Emily Fields, otra de las amigas de la señorita DiLaurentis —dijo el presentador—. Estaba visitando a unos parientes de Iowa, pero esta mañana desapareció del lugar.

El cocinero le dio la vuelta a un queso a la parrilla y miró a la pantalla. Una expresión de incredulidad asomo a su rostro. Miró a Emily, y luego otra vez a la pantalla. La espátula metálica se le cayó al suelo con un sonido hueco.

Emily apagó el teléfono sin terminar el mensaje para Aria. En la pantalla de televisión, aparecieron sus padres, parados ante su casa de paredes azules. Su padre se había puesto su mejor polo gris, y su madre se había echado sobre los hombros una chaqueta de lana de cachemir. Carolyn estaba a un lado, sosteniendo para la cámara la foto del equipo de natación. Emily estaba demasiado aturdida para avergonzarse de que en la televisión nacional se viera una foto suya en traje de baño.

—Estamos muy preocupados —dijo su madre—. Queremos que Emily sepa que la queremos y que queremos que vuelva a casa.

Las lágrimas asomaron a la comisura de sus ojos. No había palabras que pudieran describir lo que sentía al oír a su madre decir esas dos palabras: «la queremos». Se bajó del taburete y metió los brazos en las mangas de la chaqueta.

La palabra «Filadelfia» se veía en lo alto de un autobús rojo, azul y plata de la Greyhound aparcado enfrente. El gran reloj de 7-Up que había sobre el mostrador de la cafetería daba las 9.53. *Por favor, que aún haya plazas en el autobús de las diez*, rezó Emily.

Miró la cuenta garabateada que había junto a su café.

—Ahora vuelvo —le dijo al cocinero, cogiendo su bolsa—. Tengo que sacar un billete de autobús.

El cocinero seguía dando la impresión de que un tornado se lo había llevado y lo había depositado en otro planeta.

—No te preocupes —dijo débilmente—. Invita la casa.

—¡Gracias!

Al salir hizo sonar los cascabeles de la puerta. Cruzó la autopista vacía corriendo y entró en la estación de autobuses, dando gracias a las diversas fuerzas del universo que habían impedido que hubiera una cola ante la ventanilla. Por fin tenía un destino: su casa.

13

Los coches solo atropellan a perdedores

La mañana del martes, cuando debería estar camino de su clase de pilates II en el gimnasio Body Tonic, Hanna estaba tumbada boca arriba mientras dos enfermeras gordas la limpiaban con una esponja. En cuanto se fueron, su médico, el doctor Geist, entró en la habitación y encendió la luz.

—¡Apáguela! —reclamó Hanna con un chillido, tapándose enseguida la cara.

El doctor Geist la dejo encendida. Hanna había solicitado un cambio de médico (si iba a pasar tanto tiempo allí, ¿no podía tener al menos un médico que estuviera un poco más bueno?), pero parecía que en ese hospital nadie le hacía caso.

Hanna se medio deslizó bajo las sábanas y se miró en su polvera de Chanel. Sí, aún tenía pinta de monstruo, con puntos en la barbilla, los ojos morados, el labio inferior hinchado y púrpura y las enormes magulladuras de la clavícula. Pasarían siglos antes de que pudiera ponerse algo con escote. Suspiró y cerró la polvera. Apenas podía esperar para ir a la clínica Bill Beach a arreglarse los daños.

El doctor Geist inspeccionó sus constantes en un ordenador que parecía recién salido de los sesenta.

—Te estás recuperando muy bien. Ahora que ha bajado la hinchazón, hemos visto que no tienes ninguna lesión cerebral residual. Tus órganos internos parecen en buen estado. Es un milagro.

—Ja —gruñó Hanna.

—Lo es —intervino su padre, entrando y parándose detrás del doctor Geist—. Estábamos muertos de preocupación, Hanna. Me pone enfermo que alguien pudiera hacerte esto. Y que ese alguien aún siga en la calle.

Hanna lo miró de reojo. Su padre llevaba un traje gris carbón y unos elegantes mocasines negros. En las doce horas que habían transcurrido desde que despertó, había sido increíblemente paciente, había cedido ante el menor antojo de Hanna... y Hanna tenía muchos antojos. Primero, pidió que la trasladaran a una habitación privada; lo último que necesitaba era oír a la anciana del otro lado de la cortina de cuidados intensivos hablar de sus movimientos intestinales y su inminente operación de cadera. Luego, había hecho que su padre le llevara un lector de deuvedés portátil y varias películas de la tienda Target más cercana. El televisor de alquiler del hospital solo tenía seis lamentables canales generalistas. Había suplicado a su padre que ordenara a las enfermeras que le dieran más calmantes, y había decidido que el colchón de su cama era de lo más incómodo, obligándolo a ir a una tienda de Tempur-Pedic a conseguir un cubrecolchón de la era espacial. A juzgar por la enorme bolsa de plástico de Tempur-Pedic que llevaba, había tenido éxito en su empresa.

El doctor Geist devolvió el portahojas con el historial de Hanna a la ranura al pie de la cama.

—Deberíamos poder darte el alta en unos días. ¿Alguna pregunta?

—Sí —dijo Hanna, con la voz aún rota por la reciente intubación. Se señaló el tubo de la vía intravenosa del brazo—. ¿Cuántas calorías tiene esta cosa?

Tal como sentía al tacto los huesos de la cadera, parecía haber perdido peso en el hospital —¡bien!—, pero quería asegurarse de ello.

El doctor Geist la miró como si estuviera loca, probablemente deseando también poder cambiar de paciente.

—Son antibióticos y cosas para hidratarte —intervino rápidamente su padre. Le dio unas palmaditas en el brazo—. Hará que te sientas mucho mejor.

Cuando el doctor Geist salió de la habitación con su padre, volvió a apagar la luz.

Hanna miró un momento al umbral vacío, y luego se dejó caer en la cama. Lo único que en esos momentos haría que se sintiera mejor era un masaje de seis horas administrado por algún modelo italiano buenorro a pecho descubierto. Y, ah sí, una cara nueva.

Estaba completamente alucinada de que le hubiera pasado aquello. Seguía preguntándose si, de volver a dormirse, se despertaría en su propia cama con sus sábanas de algodón pima de seiscientos hilos, tan guapa como siempre, lista para salir de compras con Mona. ¿Pero quién había resultado atropellada por un coche? Ni siquiera estaba en el hospital por algo que molase, como un secuestro con rescate o el tsunami de Petra Nemcova.

Pero si había algo que le daba mucho más miedo, algo en lo que no quería pensar, era en el enorme agujero de su memoria que era toda aquella noche. No podía recordar ni la fiesta de Mona.

En ese momento aparecieron por la puerta dos figuras ataviadas con unas familiares chaquetas azules. Aria y Spencer se apresuraron a entrar con expresión tensa y preocupada en cuanto vieron que estaba despierta y decente.

—Anoche intentamos pasar a verte —dijo Spencer—, pero las enfermeras no nos dejaron.

Hanna notó que Aria miraba disimuladamente sus verdosas heridas con una expresión de horror en el rostro.

—¿Qué? —soltó Hanna, alisándose el largo pelo castaño, al que acababa de aplicar Bumble & Bumble Surf Spray—. Deberías intentar ser más abnegada, Aria. A Sean le va mucho eso.

Seguía picándole que su ex, Sean Ackard, hubiera roto con ella para estar con Aria. Hoy, Aria tenía el pelo separado en mechones alrededor de la cara y bajo la chaqueta del Rosewood Day llevaba un vestido campana a cuadros rojos y blancos. Parecía un cruce entre un mantel y la chica que tocaba la batería en White Stripes. Además, ¿es que no sabía que Appleton la haría volver a casa a cambiarse si la pillaba sin la falda plisada del uniforme?

—Sean y yo hemos roto —murmuró Aria.

Hanna alzó una ceja, curiosa.

—Oh, ¿de verdad? ¿Y eso por qué?

Aria se sentó en la silla de plástico que había junto a la cama.

—Eso no importa ahora. Lo que importa es... esto. Tú. —Sus ojos se llenaron de lágrimas—. Ojalá hubiéramos llegado antes a los columpios. No dejo de pensar en ello. Podríamos haber parado el coche de algún modo. Podríamos haberte apartado.

Hanna la miró, con la garganta congestionada.

—¿Tú estabas allí?

Aria asintió, y miró a Spencer.

—Estábamos todas allí. Emily también. Querías reunirte con nosotras.

El corazón de Hanna se aceleró.

—¿Sí?

Aria se acercó a ella. El aliento le olía a chicle Orbit de mojito, un sabor que odiaba.

—Dijiste saber quién es A.

—¿Qué? —susurró Hanna.

—¿No te acuerdas? —se sorprendió Spencer—. Hanna, ¡es quien te atropelló! —Sacó su Sidekick y le mostró un mensaje de texto—. ¡Mira!

Hanna miró la pantalla. «Sabía demasiado. —A.»

—Nos lo envió justo después de que te arrollara el coche —susurró Spencer.

Hanna pestañeó con fuerza, aturdida. Su mente era como un enorme y profundo bolso de Gucci, y por más que buscara en el fondo, no conseguía encontrar el recuerdo que necesitaba.

—¿A intentó matarme?

Se le empezó a revolver el estómago. Llevaba todo el día con la espantosa sensación, muy en el fondo, de que no había sido un accidente. Pero había intentado acallarlo, diciéndose que era absurdo.

—¿Puede que A hablara contigo? —intentó Spencer—. O que lo vieras hacer algo. ¿No te parece? Tenemos miedo de que si no recuerdas quién es, pueda...

Se interrumpió, y tragó saliva.

—...Volver a atacar —susurró Aria.

Hanna se estremeció con un espasmo, y empezó a sentir un sudor frío, horrorizada.

—Lo último que recuerdo es la noche anterior a la fiesta de Mona —tartamudeó—. Lo siguiente es estar todas en el patio de Ali, en séptimo curso, el día anterior a que desapareciera, cuando hablábamos de pasar la noche en el granero. ¿Os acordáis?

Spencer la miró de reojo.

—Eh... Claro. Supongo.

—Intento decirle a Ali que va a morir al día siguiente —explicó Hanna, alzando la voz—. Pero no me hace caso. Y va y me mira y me dice que no debo darle tanta importancia. Que ella está bien.

Spencer y Aria intercambiaron una mirada.

—Solo era un sueño, Hanna —dijo Aria en voz baja.

—Pues claro que era un sueño. —Hanna pone los ojos en blanco—. Aunque era como si Ali estuviera ahí mismo.

Y señaló un globo rosa que llevaba escrito «Que te mejores» que había en el otro extremo de la cama. Tenía una cara redonda y brazos y piernas tipo acordeón, y podía caminar por sí solo.

Antes de que alguna de sus dos viejas amigas pudiera decir algo, fueron interrumpidas por una voz sonora.

—¿Dónde está la paciente más guapa del hospital?

Mona estaba en el umbral de entrada, alargando los brazos. También llevaba la chaqueta y la falda del Rosewood Day, además de unas increíbles botas de Marc Jacobs que Hanna no le había visto antes. Mona miró con sospecha a Aria y a Spencer, antes de depositar en la mesita una pila de *Vogue, Elle, Lucky* y *US Weekly*.

—*Pour vous*, Hanna. A Lindsay Lohan le han pasado un montón de cosas que tenemos que comentar.

—Cuánto te quiero —gritó Hanna, cambiando rápidamente de tema. No podía seguir hablando de A. No podía. Sentía alivió por no haber alucinado el día anterior, cuando despertó y vio a Mona junto a la cama. Las cosas con ella no habían ido muy bien durante la última semana, pero su último recuerdo era que le había enviado por mensajero un vestido para su cumpleaños. Evidentemente eso era una rama de olivo, pero era tan raro que no pudiera recordar la conversación en que hicieron las paces. Normalmente, cuando hacían las paces se reglaban cosas, como un nuevo estuche para el iPad o unos guantes de cabritilla de Coach.

Spencer miró a Mona.

—Bueno, supongo que, ahora que Hanna ha despertado, no tendremos que hacer lo del viernes.

Hanna se animó.

—¿Qué cosa?

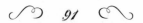

Mona se apoyó en la cama.

—Íbamos a hacer una vigilia por ti en el club de campo de Rosewood —admitió—. Estaba todo el instituto invitado.

Hanna, conmovida, se llevó la mano con la intravenosa a la boca.

—¿Ibais a hacer eso... por mí?

Miro a Mona. Resultaba extraño que planificase una fiesta con Spencer, porque tenía muchos problemas con sus antiguas amigas, pero parecía excitada. Hanna se animó.

—Dado que el club ya está contratado... ¿por qué no damos en su lugar una fiesta de bienvenida? —sugirió Hanna con vocecita dubitativa.

Bajo las sábanas, cruzó los dedos de la otra mano para darse suerte, esperando que Mona no considerase esa idea una estupidez.

Mona frunció sus labios perfectamente delineados.

—No sé decir no a una fiesta. Y menos a una para ti, Han.

Se iluminó por dentro. Era la mejor noticia que le habían dado en todo el día, mejor aún que cuando las enfermeras le permitieron ir sola al baño. Quería saltar y darle a Mona un enorme, agradecido, abrazo de «me alegro de que volvamos a ser amigas», pero estaba sujeta a demasiados tubos.

—Sobre todo porque no recuerdo tu fiesta de cumpleaños —señaló Hanna con un mohín—. ¿Fue una pasada?

Mona bajó la mirada, cogió una bolita de su jersey.

—Da igual —dijo Hanna rápidamente—. Puedes decirme que fue increíble, que lo soportaré. —Pensó un momento—. Y tengo una idea fantástica. Como falta tan poco para Halloween, y ahora mismo no tengo mi mejor aspecto... —Hizo un gesto hacia su cara—. ¡Hagamos que sea un baile de máscaras!

—Perfecto —se entusiasmó Mona—. Oh, Han, va a ser increíble.

Mona y ella se cogieron de la mano y se pusieron a chillar. Aria y Spencer se miraron incómodas, sabiéndose al margen. Pero Hanna no pensaba ponerse a chillar también con ellas. Eso era algo que solo hacían las APS, y de esas solo había una en el mundo de Hanna.

14

Un interrogatorio, con guarnición de espionaje

El martes por la tarde, tras una reunión rápida para el anuario y pasar una hora entrenándose en el campo de hockey, Spencer entró en el camino de coches circular de pizarra azul de su casa. Junto al Range Rover gris de su madre había aparcado un coche patrulla de la policía de Rosewood.

El corazón de Spencer se encogió, como había hecho tantas veces en los últimos días. ¿Había sido un error confesarle a Melissa que se creía culpable de lo de Ali? ¿Y si Melissa le había dicho que no tenía instinto asesino solo para despistarla? ¿Y si había llamado a Wilden para decirle que había sido ella?

Volvió a pensar en aquella noche. Su hermana había sonreído de una forma tan extraña cuando dijo que Spencer no habría podido matarla. Y las palabras elegidas también habían sido raras: había dicho que se necesitaba ser una persona «especial» para matar. ¿Por qué no había dicho «loca» o «desalmada»? «Especial» sonaba como algo único. Spencer se había acojonado tanto que desde entonces evitaba a Melissa, sintiéndose torpe e insegura en su presencia.

Cuando entró por la puerta principal y colgó la gabardina de Burberry en el armario del recibidor, vio que Melissa e Ian estaban sentados muy tiesos en el sofá del salón, como si los estuvieran regañando en el despacho del director. El agente Wilden se sentaba ante ellos, en el sillón de cuero.

—Ho-hola —balbuceó Spencer, sorprendida.

—Ah, Spencer. —Wilden asintió, mirándola—. Estoy hablando con Ian y con tu hermana, si nos disculpas un momento...

Spencer retrocedió un paso.

—¿D-de qué estáis hablando?

—Solo les hacía unas preguntas acerca de la noche en que desapareció Alison DiLaurentis —dijo Wilden, con la mirada fija en su cuaderno de notas—. Quiero recabar la perspectiva de todo el mundo.

La habitación estaba en silencio, a excepción del sonido que emitía el ionizador que compró su madre cuando el alergólogo le dijo que los ácaros causaban arrugas a las mujeres. Spencer salió de la habitación despacio.

—En la mesita del vestíbulo hay una carta para ti —gritó Melissa cuando Spencer dobló la esquina—. Te la ha dejado mamá.

Efectivamente, había un fajo de cartas junto al jarrón de terracota en forma de colmena, que se suponía era un regalo de Howard Hugues a su bisabuela. La carta de Spencer era la primera, en un sobre crema ya abierto, con su nombre. Dentro había una invitación impresa en un tarjetón. Las letras doradas decían «El comité del Orquídea Dorada la invita al desayuno y la entrevista de finalistas que se celebrará en el restaurante Daniel de Nueva York el viernes 15 de octubre».

Había un pósit rosa pegado en la esquina. Su madre había escrito: «Spencer, ya lo hemos hablado con tus profesores. Tenemos habitaciones reservadas en el W para la noche del jueves».

Se presionó el papel contra la cara. Olía un poco a colonia Polo. ¿O era la de Wilden? ¿Sus padres la animaban a competir, sabiendo lo que sabían? Resultaba de lo más surrealista. Y estaba mal.

¿O.... no? Pasó el dedo por las letras en relieve de la invitación. Deseaba ganar el Orquídea Dorada desde que estaba en tercero, y puede que sus padres lo supieran. Y si no estuviera llevando tan mal lo de Ali y lo de A, habría sido capaz de escribir un ensayo propio digno de ser premiado. Así que, ¿por qué no ir a por él? Pensó en lo que le había dicho Melissa, que sus padres la recompensarían generosamente por ganar. Necesitaba una recompensa ya.

El reloj de péndulo del salón sonó seis veces. Spencer supuso que Wilden estaba esperando a que ella subiera a su cuarto antes de empezar con las preguntas. Pisó sonoramente los primeros escalones y se detuvo para luego dar pasos sin avanzar realmente, haciendo parecer que había llegado arriba. A través de la barandilla veía perfectamente a Melissa e Ian, pero ninguno podía verla a ella.

—Bueno. —Wilden se aclaró la garganta—. Volvamos a Alison DiLaurentis.

Melissa arrugó la nariz.

—Sigo sin entender qué tiene que ver con nosotros. Le iría mejor hablando con mi hermana.

Spencer apretó los ojos con fuerza. *Ya viene.*

—Tened paciencia —dijo el agente, despacio—. Queréis ayudarme a encontrar al asesino de Alison, ¿no?

—Por supuesto —dijo Melissa muy digna, poniéndose roja.

—Bien —dijo Wilden.

Mientras sacaba un cuaderno de notas de espiral, Spencer dejó escapar lentamente el aliento.

—Bueno —repitió—. Vosotros estabais en el granero con Alison y sus amigas poco antes de que desapareciera, ¿verdad?

Melissa asintió.

—Estábamos dentro cuando llegaron. Spencer había pedido permiso a mis padres para usar el granero para su fiesta de pijamas. Creía que esa noche salía para Praga, pero en realidad me iba al día siguiente. Aún así nos fuimos y les dejamos el granero. —Sonrió orgullosa, como si hubiera sido de lo más caritativa.

—Muy bien... —Wilden escribió en su cuaderno—. Y no visteis nada extraño en el patio, ¿verdad? ¿Alguien acechando o algo así?

—Nada —dijo Melissa despacio. Spencer volvió a sentirse agradecida además de confusa. ¿Por qué no se chivaba ya Melissa corazón de hielo?

—¿Y adónde fuisteis después de eso? —preguntó.

Melissa e Ian parecieron sorprenderse.

—Fuimos al estudio de Melissa. Aquí mismo. —Ian señaló al final del pasillo—. Estábamos... por aquí. Viendo la tele. No sé.

—¿Y estuvisteis juntos toda la noche?

Ian miró a Melissa.

—No sé, fue hace cuatro años, así que me cuesta acordarme, pero... sí, estoy muy seguro.

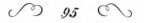

—¿Melissa? —preguntó Wilden.

Melissa jugueteó con la borla de uno de los cojines del sofá. Por un segundo fugaz, vio una mirada de terror asomarse a su rostro. Una fracción de segundo después había desaparecido.

—Estuvimos juntos.

—Muy bien. —Wilden miró a uno y a otro como si le preocupara algo—. Y... Ian. ¿Había algo entre Alison y tú?

El rostro de Ian se puso ceniciento. Se aclaró la garganta.

—Ali estaba colada por mí. Tonteé un poco con ella, pero nada más.

Spencer se quedó boquiabierta, sorprendida. ¿Ian mintiendo... a la policía? Se fijó en su hermana, pero Melissa miraba hacia delante, con una sonrisita en el rostro. «Sabía que Ian y Ali estaban liados», le había dicho a ella misma.

Spencer pensó en el recuerdo con el que había despertado Hanna en el hospital, con las cuatro yendo a casa de Ali el día anterior a su desaparición. Tenía borrosos los detalles de aquel día, pero Spencer recordaba haber visto a Melissa volver al granero de los Hastings. Ali le había gritado, preguntándole si no le preocupaba que Ian encontrase otra novia mientras ella estaba en Praga. Spencer había pegado a Ali por decir eso, para que se callara. Y como le había contado a Ali, solo a Ali, que había besado a Ian, y esta la amenazaba con contárselo a Melissa si no lo hacía ella antes, supuso que en realidad se estaba metiendo con ella, en vez de con Melissa.

Porque era eso lo que estaba haciendo, ¿no? Ya no estaba tan segura.

Melissa se había encogido de hombros, murmurado algo entre dientes y se metió a toda prisa en el granero. Pero Spencer recordaba que su hermana se había detenido antes para mirar el agujero que estaban haciendo los obreros en el patio de Ali. Como si intentara aprenderse sus dimensiones de memoria.

Spencer se tapó la boca con la mano. Hacía una semana que había recibido un mensaje de A cuando se estaba mirando ante el espejo. Decía: «Tienes ante ti al asesino de Ali». Y, nada más leerlo, llegó Melissa para decirle que había llegado la periodista del *Philadelphia Sentinel*. Melissa había estado tan delante de ella como su propio reflejo.

Cuando Wilden le estrechó la mano a Ian y a Melissa y se levantó para irse, Spencer subió en silencio los escalones restantes sin dejar de pensar en lo sucedido. El día anterior a su desaparición, su amiga había dicho: «¿Sabéis una cosa, chicas? Creo que este va a ser el verano de Ali». Y parecía tan segura de ello, tan convencida de que todo saldría como ella quería. Pero por mucho que pudiera mangonearlas a las cuatro para que hicieran todo lo que deseaba, nadie, absolutamente nadie, podía manipular de ese modo a la hermana de Spencer. Porque, al final, Melissa siempre gana.

15

A A A Adivina quién ha vuelto

A primera hora de la mañana del miércoles, la madre de Emily condujo en silencio el minivan hacia la salida del aparcamiento de la estación de autobuses Greyhound de Filadelfia y tomó por la Ruta 76 en plena hora punta, pasando ante las encantadoras casas de Schuylkill River, para ir directa al hospital Rosewood Memorial. Emily quería ver cómo estaba Hanna, pese a estar muy necesitada de una ducha tras diez agobiantes horas de viaje en autobús.

Para cuando llegaron al hospital, Emily ya empezaba a preguntarse si no hacía mal. La noche anterior había llamado a sus padres antes de subir al autobús de las diez a Filadelfia, para decirles que los había visto por televisión, que estaba bien y que volvía a casa. Sus padres habían parecido felices... pero fue entonces cuando se quedó sin batería y no había podido saberlo con seguridad. Lo único que le había dicho su madre desde que subió al coche fue: «¿Estás bien?». Cuando Emily dijo que sí, esta le dijo que Hanna había despertado, y luego se había callado.

Su madre se metió bajo la marquesina de la entrada principal del hospital y aparcó. Lanzó un largo suspiro que era como un relincho y apoyó un instante la cabeza contra el volante.

—Me da un miedo horroroso conducir por Filadelfia.

Emily miró a su madre, con su perfecto pelo gris, su chaqueta verde esmeralda y el caro collar de perlas que llevaba todos los días, un poco como Marge en *Los Simpsons*. De pronto se dio cuenta de que nunca había visto a su madre conducir ni remotamente cerca de Filadelfia. Y siempre le había dado pavor cambiar de carril, aunque no vinieran coches.

—Gracias por recogerme —dijo con una vocecita.

La señora Fields estudió cuidadosamente a Emily y le temblaron los labios.

—Estábamos tan preocupados por ti. La idea de que podríamos haberte perdido para siempre hizo que nos replanteáramos algunas cosas. No estuvo bien enviarte de ese modo con Helene. Puede que no aceptemos las decisiones que has tomado para... para tu vida, pero intentaremos vivir con ellas lo mejor que podamos. Es lo que dice el doctor Phil. Tu padre y yo hemos estado leyendo sus libros.

Fuera del coche, una pareja joven llevaba un cochecito de bebé Silver Cross hasta su Porsche Cayenne, y dos atractivos médicos negros de veintitantos años se empujaban el uno al otro en broma. Emily respiró el aire, que olía a madreselva, y vio que en la acera de enfrente había una tienda de Wawa. Estaba en Rosewood. No se había estrellado en la vida de otra chica.

—Vale —dijo con voz ronca. Notaba un picor por todo el cuerpo, sobre todo en las palmas de las manos—. Bueno... Gracias. Eso me hace muy feliz.

La señora Fields buscó en el bolso y sacó una bolsa de plástico de la librería Barnes & Noble. Se la entregó a Emily.

—Esto es para ti.

Dentro había un deuvedé de *Buscando a Nemo*. Emily alzó la mirada, confusa.

—Ellen DeGeneres le pone la voz al pez gracioso —explicó la madre de Emily con un tono que era un poco de «serás tonta»—. Pensamos que te gustaría.

Entonces lo entendió. Ellen DeGeneres era un pez, una nadadora lesbiana, como Emily.

—Gracias —dijo, aferrando el deuvedé contra el pecho, extrañamente conmovida.

Salió del coche y cruzó aturdida las puertas automáticas del hospital. Asimiló las palabras de su madre a medida que cruzaba admisiones, la cafetería, la tienda de regalos. Su familia la había ¿aceptado? Se preguntó si no debía llamar a Maya y contarle que había vuelto. Pero ¿qué podía decirle? *¡He vuelto! ¡Ahora mis padres molan! ¡Podemos salir juntas!* Le parecía tan... tan ridículo.

La habitación de Hanna estaba en el quinto piso. Cuando Emily abrió la puerta, Aria y Spencer ya estaban sentadas a su lado, con cafés tamaño venti del Starbucks en la mano. En la barbilla de Hanna se veía una hilera de desiguales suturas negras y tenía una voluminosa escayola en el brazo. Junto a la cama había un enorme ramo de flores, y toda la habitación olía a aceite de romero de aromaterapia.

—Hola Hanna —dijo Emily, cerrando suavemente la puerta—. ¿Cómo estás?

Hanna suspiró, casi molesta.

—¿Tú también has venido a preguntarme por A?

Emily miró a Aria, luego a Spencer, que tiraba nerviosa del borde del vaso de cartón. Le resultó extraño ver juntas a Aria y a Spencer. ¿Acaso no sospechaba Aria que Spencer había matado a Ali? Alzó una ceja en dirección a Aria, indicando esto mismo, pero esta negó con la cabeza y movió los labios en silencio diciendo: «Te lo explico luego».

Emily volvió a mirar a Hanna.

—Bueno, quería ver cómo estabas, pero sí... —empezó a decir.

—Ahórratelo —dijo Hanna altiva, enroscándose un mechón de pelo en el dedo—. No recuerdo lo que pasó. Así que ya podemos hablar de otra cosa.

Su voz era desigual por el estrés.

Emily retrocedió un paso. Miro suplicante a Aria, diciendo con los ojos: *¿De verdad no se acuerda?* Aria negó con la cabeza.

—Hanna, si no seguimos preguntándotelo, no lo recordarás nunca —la urgió Spencer—. ¿Te envió un mensaje? ¿Una nota? ¿Igual te metió algo en el bolsillo?

Hanna miró fijamente a Spencer, con los labios apretados.

—¿Descubriste algo durante o después de la fiesta de Mona? —la animó Aria—. ¿Tuvo algo que ver con eso?

—Puede que te dijeran algo incriminador —insistió Spencer—. O que vieras a la persona que conducía el todoterreno que te atropelló.

—¿Queréis dejarlo ya? —Las lágrimas asomaron en la comisura de los ojos de Hanna—. El doctor dijo que forzarme así no es bueno para mi recuperación. —Tras una pausa, pasó las manos por la suave sábana de cachemir y respiró hondo—. ¿No habéis pensado nunca que si pudierais retroceder hasta antes de que Ali muriera podríais impedir que pasara?

Emily miró a su alrededor. Sus amigas parecían tan desconcertadas como ella por esa pregunta.

—Bueno, sí —murmuró Aria en voz baja.

—Pues claro —dijo Emily.

—¿Y seguiríais queriendo hacerlo? —insistió Hanna—. ¿Querríamos tener ahora a Ali con nosotras? ¿Ahora que sabemos que nos ocultó lo de Toby y que se veía con Ian a nuestra espaldas? ¿Ahora que hemos crecido un poco y nos damos cuenta de que Ali era básicamente una cerda?

—Pues claro que querría que estuviera aquí —dijo Emily cortante. Pero cuando miró a sus amigas, estas tenían la cabeza vuelta hacia el suelo, sin decir nada.

—Bueno, desde luego no querríamos que estuviera muerta —murmuró finalmente Spencer.

Aria asintió y se rascó la laca de uñas púrpura.

Hanna había envuelto parte de su escayola en una bufanda, en lo que Emily supuso que sería un intento de hacerla más bonita. Notó que el resto de la escayola estaba llena de firmas. Todo Rosewood había firmado ya; había un garabato de Noel Kahn, una muy cuidada de Melissa, la hermana de Spencer, una puntiaguda del señor Jennings, el profesor de matemáticas de Hanna. Alguien había firmado solo con la palabra «¡Besos!», poniendo una carita sonriente en los signos de exclamación. Emily pasó los dedos por la palabra, como si fuera braille.

Al cabo de unos instantes sin apenas intercambiar palabra, Emily, Aria y Spencer salieron de la habitación. Guardaron el silencio hasta llegar al ascensor.

—¿A qué ha venido eso sobre Ali? —susurró Emily.

—Cuando estaba en coma tuvo un sueño sobre Ali —respondió Spencer encogiéndose de hombros y pulsando el botón de llamada del ascensor.

—Tenemos que hacerle recordar —susurró Aria—. Sabe quién es A.

Apenas eran las ocho de la mañana cuando salieron al aparcamiento. Una ambulancia pasaba por su lado cuando sonó *Las cuatro estaciones* de Vivaldi en el móvil de Spencer. Buscó en su bolsillo irritada.

—¿Quién puede llamarme tan temprano?

Entonces también sonó el de Aria. Y el de Emily.

Un viento frío envolvió a las chicas. Las banderas con el logo del hospital que había en la marquesina se hincharon con la brisa.

—No —jadeó Spencer.

Emily miró el tema del mensaje. Decía «¡Besos!», como en la escayola de Hanna.

> ¿Me echabais de menos, zorras? Dejad de buscar respuestas,
> o también tendré que borraros la memoria a vosotras. —A

16

Una nueva víctima

La tarde de aquel miércoles, Spencer esperaba en el patio del club de campo de Rosewood para empezar a planificar el baile de máscaras de bienvenida para Hanna. Ojeaba sin pensar su redacción de economía nominada al Orquídea Dorada. Cuando copió el ensayo, sacándolo del arsenal de viejos trabajos escolares de Melissa, no había entendido ni la mitad... y seguía sin entenderlo. Pero los jueces del premio la interrogarían al respecto en el desayuno del viernes, así que había decidido memorizarlo. Tampoco sería muy difícil. Se pasaba el tiempo memorizando monólogos enteros para el club de teatro. Además, esperaba que eso le ayudara a no pensar en A.

Cerró los ojos y repitió los primeros párrafos a la perfección. Entonces pensó en lo que se pondría para la entrevista, seguramente algo de Calvin o de Chanel, quizá con unas gafas de montura transparente de aspecto académico. Puede que hasta llevara consigo el artículo del *Philadephia Sentinel* y lo dejase asomar ligeramente del bolso. Entonces los entrevistadores lo verían y pensarían: «Vaya, si ya ha salido en la portada de un periódico importante».

—Hola. —Mona estaba parada ante ella. Llevaba un bonito vestido verde oliva y unas botas altas negras. Del hombro derecho le colgaba un enorme bolso púrpura, y en una mano llevaba un granizado Jamba Juice—. ¿Llego muy pronto?

—No, llegas ideal.

Spencer apartó sus libros del asiento que tenía delante y metió el ensayo de Melissa en el bolso. Su mano rozó el móvil. Combatió el impulso masoquista de sacarlo y volver a mirar el mensaje de A. «Dejad de buscar respuestas.» Y después de todo lo que había pasado, después de tres días de silencio, seguían teniendo encima a A. Spencer se moría por hablar con Wilden de ello, pero le aterrorizaba lo que podría hacer entonces A.

—¿Estás bien? —Mona se sentó y la miró con preocupación.

—Claro. —Spencer removió la pajita de su vaso vacío de Coca-Cola light, en un intento por apartar a A de su mente. Hizo un gesto hacia sus libros—. El viernes tengo una entrevista para un concurso de ensayos. Es en Nueva York. Así que estoy cardiaca.

Mona sonrió.

—Es verdad, ¿lo del Orquídea Dorada? Lo he oído por megafonía.

Spencer agacho la cabeza con falsa contrariedad. Le encantaba oír su nombre por la megafonía del instituto, menos cuando tenía que leerlo ella misma, porque entonces parecía que le gustaba fardar. Estudió cuidadosamente a Mona. Había hecho un trabajo fantástico para transformarse de friki que iba en escúter a diva fabulosa, pero nunca había podido dejar de verla como una de las muchas chicas con las que Ali disfrutaba metiéndose. Posiblemente esa fuera la primera vez que hablaba con ella.

Mona ladeó la cabeza.

—Cuando salí esta mañana para el instituto vi a tu hermana en la puerta de tu casa. Dijo que saliste en el periódico del domingo.

—¿Melissa te ha dicho eso?

Estaba sorprendida, y sentía cierta incomodidad. Recordó la mirada temerosa que había visto en ella cuando Wilden le preguntó donde había estado la noche que desapareció Ali. ¿De qué tenía miedo? ¿Qué ocultaba?

Mona pestañeó, desconcertada.

—Sí. ¿Por qué? ¿No es verdad?

Spencer negó despacio con la cabeza.

—No, es verdad. Es que me sorprende que Melissa diga algo agradable de mí.

—¿Qué quieres decir?

—Que no somos las mejores amigas del mundo. —Miró furtivamente a su alrededor, con la horrenda sensación de que Melissa estaba allí, en el patio del club de campo, escuchando—. Da igual.

Volviendo a la fiesta. Acabo de hablar con el gerente del club, y lo tendrán todo listo para el viernes.

—Perfecto. —Mona sacó un paquete de tarjetas y las fue poniendo en la mesa—. Estas son las invitaciones en las que he pensado. Tienen forma de máscara, ¿ves? Con la parte delantera plateada, para que al mirarla te veas a ti misma.

Spencer miró su reflejo ligeramente borroso en la invitación. Tenía la piel clara y luminosa y las mechas de su pelo le resaltaban los rasgos.

Mona pasó las hojas de su agenda Gucci, consultando sus notas.

—También creo que, para hacer que Hanna se sienta especial de verdad, deberíamos hacerla entrar como si fuera una gran princesa. Estoy pensando en cuatro chulazos descamisados que la lleven sobre una plataforma con dosel. O algo parecido. He pedido que los modelos vayan mañana a casa de Hanna para que pueda elegirlos ellas misma.

—Eso es una pasada. —Spencer cerró las manos sobre su diario Kate Spade—. Hanna es afortunada por tenerte como amiga.

Mona miró pesarosa al campo de golf y lanzó un largo suspiro.

—Tal como iban últimamente las cosas entre nosotras, es un milagro que Hanna no me odie.

—¿De qué estás hablando?

Había oído algo sobre que Mona y Hanna se habían peleado durante la fiesta de cumpleaños de Mona, pero había estado tan ocupada y distraída que no había prestado mucha atención a los rumores.

Mona suspiró y se puso tras la oreja un mechón de pelo rubio platino.

—Hanna y yo no estamos en nuestro mejor momento —admitió—. Pero es que últimamente se porta de forma muy rara. Solíamos hacerlo todo juntas, pero de pronto empezó a guardarse secretos, a saltarse los planes que hacíamos, y a portarse como si me odiara.

Sus ojos se llenaron de lágrimas.

Spencer sintió que tenía un bulto en la garganta. Sabía cómo se sentía. Ali le había hecho lo mismo a ella antes de su desaparición.

—Pasaba mucho tiempo con vosotras, y eso hizo que me sintiera algo celosa. —Mona pasó el dedo índice por el perímetro del plato vacío del pan que había en la mesa—. La verdad es que en octavo me sorprendió que quisiera ser amiga mía. Pertenecía al grupito de Ali, y vosotras erais legendarias. Siempre consideré nuestra amistad demasiado buena para ser cierta. Y puede que todavía me sienta así de vez en cuando.

Spencer se la quedó mirando. Era increíble lo que se parecía la amistad entre Hanna y Mona a la de Ali y Spencer; también ella se había sorprendido cuando Ali la eligió para entrar en su círculo interno.

—Bueno, Hanna ha estado viéndose con nosotras porque nos estamos enfrentando a ciertos... problemas —dijo—. Estoy segura de que hubiera preferido estar contigo.

Mona se mordió el labio.

—Fui muy mala con ella. Pensé que iba a romper conmigo, así que yo... me puse a la defensiva. Pero cuando la atropelló ese coche... y me di cuenta de que podía morirse... Fue horrible. Hace años que es mi mejor amiga. —Se tapó la cara con las manos—. Ojalá pudiera olvidarlo todo. Ojalá todo volviera a la normalidad.

Los amuletos que colgaban del brazalete de Tiffany de Mona tintinearon entre sí con un bonito sonido. Contrajo los labios, como si fuera a empezar a llorar. De pronto, Spencer se sintió culpable por la forma en que solían burlarse de Mona. Ali se había metido con ella por su piel de vampiro, y hasta por su altura, ya que siempre decía que era tan bajita como para ser la versión femenina del Mini Yo de *Austin Powers*. También llegó a decir que tenía celulitis en la tripa, que la había visto cambiarse en los vestuarios del club de campo y que casi vomitó de lo feo que era su cuerpo. Spencer no la había creído, así que, una vez que Ali pasó la noche en su casa, fueron hasta la casa de Mona, que estaba calle abajo, para espiarla cuando bailaba con los videoclips de la VH1. «Espero que se le suba la camiseta. Así la verás en toda su fealdad», había susurrado Ali.

A Mona no se le subió nada y siguió bailando como una loca, tal y como hacía Spencer cuando creía que no la miraba nadie. Entonces Ali llamó a la ventana. Mona se puso toda colorada y salió corriendo de la habitación.

—Estoy segura de que todo irá bien entre vosotras —dijo Spencer con amabilidad, tocándole el delgado brazo a Mona—. Lo último que debes hacer es sentirte culpable.

—Eso espero —repuso ella, con una sonrisa vulnerable—. Gracias por escucharme.

La camarera las interrumpió, para dejar en la mesa la carpeta de cuero con la cuenta. Spencer la abrió y firmó cargando sus dos Coca-Colas light a la cuenta de su padre. Le sorprendió que su reloj marcara casi las cinco. Se levantó, sintiendo una punzada de tristeza, no queriendo que concluyera la conversación. ¿Cuándo había sido la última vez que hablaba de algo real con alguien?

—Llego tarde al ensayo —repuso, lanzando un largo y tenso suspiro.

Mona la miró un momento, y luego repasó toda la sala.

—Igual no quieres irte todavía. —Hizo un gesto con la cabeza hacia las puertas de cristal, recuperando su rostro algo de color—. Ese chico de ahí se ha fijado en ti.

Spencer miro por encima del hombro. En la mesa de la esquina había dos universitarios con polos de Lacoste, tomando Bombay Sapphire con tónica.

—¿Cuál de ellos? —murmuró Spencer.

—El modelo de Hugo Boss —repuso Mona, señalando a uno chico de pelo negro de mandíbula cincelada. Una mirada traviesa asomo a su cara—. ¿Quieres que pierda la cabeza?

—¿Cómo?

—Enseñándole las bragas —susurró Mona, señalando con la barbilla la falda de Spencer.

Spencer se cubrió el regazo con recato.

—¡Nos echarán!

—No, qué va —sonrió Mona—. Y apuesto a que te quita algo del estrés por eso del Orquídea Dorada. Es como una sesión instantánea en el spa.

Spencer lo pensó un momento.

—Lo haré si lo haces tú.

Mona asintió, levantándose.

—A la de tres.

Spencer se levantó también. Mona se aclaró la garganta para atraer la atención de los chicos. Los dos se volvieron hacia ellas.

—Una... dos... —contó Mona.

—¡Tres! —gritó Spencer.

Se levantaron deprisa las faldas. Spencer mostró unos bóxer masculinos Eres en seda verde, y Mona unas braguitas de encaje negro, que no era precisamente lo que lleva una chica a la que le gustan los escúters. Solo se levantaron la falda un instante, pero fue suficiente. El chico moreno de la esquina escupió un trago de su copa. El modelo de Hugo Boss pareció a punto de desmayarse. Las dos chicas dejaron caer sus faldas y se doblaron de la risa.

—Dios mío —se rió Mona—. Ha sido una pasada.

El corazón de Spencer seguía acelerado en su pecho. Los dos chicos seguían mirando, boquiabiertos.

—¿Tú crees que lo ha visto alguien más? —susurró.

—¿Qué más da? Ni que fueran a echarnos de aquí.

Spencer se sonrojó, halagada de que Mona la considerara tan capaz de detener el tráfico como ella.

—Ahora sí que llego tarde —murmuró—, pero ha valido la pena.

—Pues claro que sí. —Mona le lanzó un beso—. Prométeme que lo repetiremos.

Spencer asintió y le lanzó un beso a su vez, para luego atravesar el comedor a toda prisa. Se sentía mejor de como lo había hecho en días. Gracias a Mona, había conseguido olvidarse durante tres minutos enteros de A, del Orquídea Dorada y de Melissa.

Pero cuando ya estaba en el aparcamiento notó que una mano le sujetaba el brazo.

—Espera.

Cuando se volvió, vio a Mona jugueteando nerviosa con el collar de diamantes que llevaba al cuello. Su expresión había pasado de alegre travesura a algo mucho más reservado e inseguro.

—Sé que llegas supertarde —balbuceó Mona—, y no quiero molestarte, pero es que me está pasando algo, y necesito hablar con alguien de ello. Ya sé que no nos conocemos muy bien, pero no puedo hablarlo con Hanna. Ya tiene bastantes problemas. Y otro lo difundiría por el instituto.

Spencer la miró preocupada, apoyada en el borde de una gran maceta de cerámica.

—¿Qué es?

Mona miró precavidamente a su alrededor, como para asegurarse de que no había cerca golfistas vestidos de Ralph Lauren.

—He estado recibiendo unos... mensajes de texto —susurró.

Spencer pensó que no había oído bien.

—¿Qué has dicho?

—Mensajes de texto —repitió Mona—. Solo he recibido dos, pero en realidad no están firmados, así que no sé quien los envía. Dicen unas... unas cosas horribles sobre mí. —Se mordió el labio—. Estoy asustada.

Un gorrión pasó volando y se posó en un manzano. Una cortadora de césped cobró vida en la distancia. Spencer miraba boquiabierta a Mona.

—¿Son de... A? —susurró.

Mona palideció tanto que le desaparecieron hasta las pecas.

—¿C-cómo lo sabes?

—Porque —Spencer tomo aire. *Esto no está pasando. No puede estar pasando*—, Hanna y yo, y Aria y Emily, también los estamos recibiendo.

17

Las gatas saben pelear, verdad?

El miércoles por la tarde llamaron a la puerta de Hanna, justo cuando volvía a dejarse caer en la cama del hospital, de la que se había levantado porque parecía ser que quedarse tumbada muy quieta causaba llagas, lo cual sonaba mucho peor que el acné. Casi no quiso contestar. Estaba harta de tanta visita molesta, sobre todo de Spencer, Aria y Emily.

—¡Preparados para la fiesta! —gritó alguien.

Entraron cuatro chicos. Noel Kahn, Mason Byers, Mike, hermano menor de Aria, y, ¡oh, sorpresa!, Sean Ackard, exnovio de Hanna, y, parecía ser, de Aria.

—Hola, chicos.

Hanna alzó la sábana de cachemir color avena que le había llevado Mona de su casa y se tapó la parte inferior de la cara, mostrando solo los ojos. Segundos después llegaba Lucas Beattie, con un gran ramo de flores.

Noel miró a Lucas, y puso los ojos en blanco.

—¿Estamos compensando alguna cosa?

—¿Eh?

El ramo devoraba casi por completo la cara de Lucas.

Hanna no entendía por qué la visitaba siempre Lucas. Vale, sí, la semana anterior habían sido amigos durante un minuto, cuando Lucas la llevó en el globo de su padre y dejó que ella se desahogara con él contándole todos sus problemas. Sabía que ella le gustaba mucho, porque prácticamente le había entregado su corazón durante el viaje en globo, pero recordaba con claridad haberle enviado un desagradable mensaje de texto, nada más recibir por correo el vestido para la fiesta de Mona, donde le confirmaba que ella estaba muy por encima de su nivel. Había pensado en recordárselo ahora, pero... le estaba siendo de lo más útil. Había ido a Sephora a comprarle un montón de maquillaje, le había leído el *Teen Vogue* y pudo convencer a los médicos para que le dejaran echar por la habitación aceite de aromaterapia Bliss, tal y como le había pedido que hiciera. Le gustaba tenerlo cerca y, si ella no fuera tan popular y fabulosa, seguramente sería un gran novio. Era lo bastante mono; de hecho, hasta más mono que Sean.

Hanna miró a Sean. Se sentaba rígidamente en una de las sillas de plástico para las visitas, mirando las diversas tarjetas de apoyo que había recibido. Era tan propio de él lo de visitar a Hanna en el hospital. Quería preguntarle por qué habían roto Aria y él, pero de pronto se dio cuenta de que no le importaba.

Noel miró a Hanna con curiosidad.

—¿A qué viene lo del velo?

—Los médicos me han dicho que lo haga. —Se pegó la sábana alrededor de la nariz—. Para mantener a raya a los gérmenes. Además, así podéis centraros en mis preciosos ojos.

—Bueno, ¿y cómo es eso de estar en coma? —Noel se apoyó en un lateral de la cama, apretando una tortuga de peluche que le habían regalado sus tíos el día anterior—. ¿Es como un largo viaje con ácido?

—¿Te están dando marihuana medicinal? —preguntó Mike esperanzado, con un brillo en sus ojos azules—. Seguro que la maría del hospital rompe con todo.

—Nah, seguro que le están dando calmantes. —Los padres de Mason eran médicos, así que siempre presumía de conocimientos médicos—. Los pacientes de hospital se lo montan de miedo.

—¿Están buenas las enfermeras? —balbuceó Mike—. ¿Se desnudan para ti?

—¿Estás desnuda bajo las sábanas? —preguntó Noel—. ¡Déjanos mirar!

—¡Chicos! —dijo **Lucas** con **tono** horrorizado.

Los demás lo mir**aron y pusieron los** ojos en blanco, menos Sean, que parecía casi tan **incómodo como** Lucas. Sean debía seguir en el club de la virginidad, pensó Hanna con una sonrisa.

—No pasa nada —gorjeó Hanna—. Puedo soportarlo. —Resultaba revigorizante tener allí a los chicos, haciendo comentarios inapropiados. Todos los que la visitaban eran condenadamente serios. Los chicos se estaban agrupando en torno a ella para firmarle la escayola, cuando se acordó de algo y se sentó—. Iréis a mi fiesta de bienvenida del viernes, ¿verdad? La están organizando Spencer y Mona, así que seguro que será una pasada.

—No me la perderé. —Noel miró a Mason y a Mike, que estaban asomados a la ventana, discutiendo que extremidades se romperían si saltaban desde el quinto piso en el que estaban—. ¿Qué pasa entre Mona y tú, ya puestos?

—Nada —se sobresaltó Hanna—. ¿Por qué?

Noel tapó el bolígrafo.

—Tuvisteis una buena pelea de gatas en su fiesta. ¡*Miauu!*

—¿Ah, sí? —preguntó Hanna inexpresiva.

Lucas tosió incómodo.

—No fue tan *miau*, Noel —repuso Mona, entrando en la habitación. Lanzó besos al aire hacia Noel, Mason y Mike, dirigiendo una gélida sonrisa hacia Sean, y dejó una enorme carpeta sobre la cama. Ignoró por completo a Lucas—. Solo fue una peleíta entre amigas.

Noel se encogió de hombros. Se unió a los demás en la ventana y empezó una guerra de collejas con Mason.

Mona puso una mueca de hastío.

—Mira, Han, he hablado con Spencer y hemos hecho una lista de dudas básicas para la fiesta. Quiero repasarla contigo. —Abrió su carpeta azul Tiffany—. Por supuesto, tú das el visto bueno final antes de ponernos en marcha. —Se humedeció los dedos y pasó una página—. Bueno, las servilletas ¿color terracota o marfil?

Hanna intentaba concentrarse, pero las palabras de Noel seguían frescas en su mente. ¿*Miauu?*

—¿Por qué nos peleamos? —barbotó Hanna.

Mona hizo una pausa, depositó la lista en su regazo.

—Por nada, Han, de verdad. ¿Te acuerdas que también nos peleamos la semana anterior? ¿Por la pintada en el cielo? ¿Por Naomi y Riley?

Hanna asintió. Mona había pedido a Naomi Zeigler y Riley Wolfe, sus mayores rivales, que fueran parte de su cortejo en la fiesta por su diecisiete cumpleaños. Hanna sospechaba que lo había hecho para vengarse de que ella se saltara la celebración de su aniversario.

—Pues tenías toda la razón —siguió diciendo Mona—. Esas tías son unas zorras de cuidado. No quiero que sigamos tratándonos con ellas. Siento haberlas dejado entrar en nuestro círculo, Han.

—No pasa nada —dijo la chica con una vocecita, sintiendo que se animaba un poco.

—A lo que íbamos. —Mona saco dos recortes de una revista. Uno era un vestido largo, blanco y plisado, con una escarapela de seda en la espalda, y el otro un vestido estampado que empezaba muy arriba en el muslo—. ¿El vestido recogido de Phillip Lim o el pícaro minivestido de Nieves Lavi?

—Nieves Lavi —contestó Hanna—. Tiene cuello de barco y es corto, así que enseña mucha pierna pero distrae de la clavícula y la cara.

Y volvió a subirse la sábana hasta los ojos.

—A propósito —gorjeó Mona—, mira lo que te he traído.

Buscó en su bolso Cynthia Rowley color amarillo pálido y sacó una delicada máscara de porcelana. Tenía los rasgos de una chica bonita, con pómulos marcados, labios gruesos y atractivos y una nariz que estaría entre las más solicitadas de un cirujano plástico. Era tan preciosa que parecía casi real.

—Son las que utilizó Dior en su desfile de alta costura el año pasado —jadeó Mona—. Mi madre conoce a alguien de relaciones públicas de Dior en Nueva York, y hemos hecho que nos las envíen esta mañana.

—Oh, Dios mío.

Hanna alargó la mano y tocó el borde de la máscara. Su tacto parecía una mezcla entre seda y la piel de un niño.

Mona sujetó la máscara contra la cara de Hanna, todavía medio cubierta por la sábana.

—Te tapará las heridas. Serás la chica más guapa de tu fiesta.

—Hanna ya es muy guapa —intervino Lucas, rodeando las máquinas médicas—. Hasta sin máscara.

Mona arrugó la nariz como si Lucas acabara de decirle que iba a tomarle la temperatura por el trasero.

—Ah, Lucas —dijo con frialdad—. No te había visto.

—He estado aquí todo el rato —señaló este secamente.

Los dos se miraron fijamente. Hanna notó algo, casi una inquietud, en la expresión de Mona. Pero desapareció al instante.

Apoyó la máscara de Hanna contra el jarrón de flores, colocándola de forma que mirara hacia ellas.

—Va a ser la fiesta del año, Han. Estoy superimpaciente.

Tras eso, Mona le lanzó un beso y salió de la habitación. Noel, Mason, Sean y Mike la siguieron, tras decirle a Hanna que volverían al día siguiente y que más le valía compartir con ellos parte de su marihuana medicinal. Solo se quedó Lucas, apoyado contra la pared más alejada, junto a un relajante póster estilo Monet donde se veía un campo de dientes de león. Había una expresión alterada en su rostro.

—Ese policía, Wilden. Hace unos días me hizo varias preguntas sobre el atropello mientras esperábamos a que despertaras del coma —dijo Lucas despacio, sentándose en la silla anaranjada junto a la cama—. Si te había visto la noche del accidente. Si actuabas de forma extraña o preocupada. Sonaba como si pensara que no había sido un accidente. —Tragó saliva y alzo la mirada hacia Hanna—. No creerás que fue la misma persona que te enviaba esos extraños mensajes de texto, ¿verdad?

Hanna se incorporó. Había olvidado que le había contado lo de A cuando estaban viajando en globo. El corazón le latió con fuerza.

—Dime que no le has contado nada a Wilden.

—Claro que no —la tranquilizó Lucas—. Es que... estoy preocupado por ti. Es tan aterrador pensar que alguien lo haya podido hacer a propósito.

—No te preocupes por eso —interrumpió Hanna, cruzando los brazos sobre el pecho—. Y por favor, por favor, no le digas nada de eso a Wilden, ¿vale?

—Vale. Desde luego.

—Bien —gruñó Hanna. Dio un largo sorbo al vaso de agua que tenía junto a la cama. Cada vez que se atrevía a pensar en la verdad, que había sido A la causante del atropello, su mente se bloqueaba—. Bueno, ¿a que es bonito que Mona me organice una fiesta? —comentó, intentando cambiar de tema—. Es una amiga estupenda. Todo el mundo lo dice.

Lucas jugueteó con los botones de su reloj Nike.

—No sé si debes confiar en ella —murmuró.

Hanna frunció el ceño.

—¿De qué estás hablando?

Lucas dudó.

—Vamos —dijo Hanna, molesta—. ¿Qué pasa?

Lucas alargó la mano y tiró de la sábana, descubriéndole la cara. Le cogió las mejillas con las manos y la besó. La boca de Lucas era suave y cálida y encajaba a la perfección con la de ella. Un cosquilleó le recorrió la columna vertebral.

Cuando Lucas se apartó, se miraron durante siete largos pitidos de la máquina de electrocardiograma, jadeando con fuerza. Hanna estaba segura de que en su cara había una mirada de absoluta sorpresa.

—¿Te acuerdas? —preguntó Lucas, abriendo mucho los ojos.

Hanna frunció el ceño.

—¿Recordar... qué?

Lucas la miró durante largo rato. Entonces se volvió.

—Te-tengo que irme —farfulló torpemente, y salió de la habitación.

Hanna lo siguió con la mirada, sus labios magullados seguían chisporroteando por el beso. ¿Qué acababa de pasar?

18

Y ahora, con ustedes, por primera vez en Rosewood, Jessica Montgomery

Esa misma tarde, Aria estaba parada ante el edificio de Bellas Artes de Hollis, mirando a un grupo de chicos haciendo capoeira en el césped. Nunca había entendido la capoeira. Su hermano la describía mejor que ella al decir que parecía muy poco una danza de combate brasileña y más como si la gente intentara olerse el culo o mearse unos a otros.

Sintió en una mano fría y delgada el hombro.

—¿Vas a clase de arte? —le susurró una voz al oído.

Aria se envaró.

—Meredith.

Hoy Meredith llevaba una chaqueta verde a rayas y unos vaqueros rotos, y del hombro le colgaba una mochila militar verde. Por la forma en que la miraba, Aria se sentía como una hormiga bajo una lupa con forma de Meredith.

—Estás en arte inconsciente, ¿verdad? —dijo Meredith. Cuando Aria asintió torpemente, miró su reloj—. Más vale que te pongas en marcha. Empieza en cinco minutos.

Aria se sentía atrapada. Estaba pensando en saltarse la clase; lo último que quería era pasarse dos horas con Jenna Cavanaugh. El otro día, revivió toda clase de recuerdos incómodos nada más verla. Pero sabía que Meredith se lo contaría a Byron, y este le soltaría un discurso sobre lo feo que era desperdiciar el generoso regalo de Meredith. Se echó la chaqueta rosa sobre los hombros.

—¿Es que piensas acompañarme? —soltó.

Meredith pareció sorprenderse.

—La verdad es que... no puedo. Tengo que hacer algo. Algo... importante.

Aria puso los ojos en blanco. No lo había dicho en serio, pero Meredith desviaba la vista a uno y otro lado, como si ocultara un gran secreto. Por su mente pasó una idea horrible: ¿y si iba a hacer algo relacionado con su boda? Esa imagen horrible asomó a su mente aunque de verdad, de verdad, que no quería ni imaginarse a Meredith y a su padre ante el altar, diciendo sus votos.

Aria se encamino hacia el edificio sin despedirse y subió los escalones de dos en dos. Arriba, Sabrina estaba a punto de empezar su charla e indicó a todos los alumnos que buscaran un sitio donde trabajar. Fue como un gran juego de las sillas, y, cuando todo se calmó, Aria seguía sin un asiento. Solo quedaba una mesa libre... junto a la chica del bastón blanco y el gran perro guía golden retriever. Por supuesto, le pareció que los ojos de Jenna la seguían mientras la fina suela de sus zapatillas chinas golpeaba el suelo de madera. El perro jadeó amistosamente hacia Aria cuando pasó por su lado. Hoy Jenna llevaba una blusa negra escotada por la que asomaba un poco de su sostén de encaje negro. Si Mike estuviera allí, seguro que adoraría a Jenna porque podía mirarle las tetas sin que ella se enterara. Cuando se sentó, su compañera de mesa inclinó la cabeza, acercándose a ella.

—¿Cómo te llamas?

—Soy... Jessica —farfulló Aria, antes de darse cuenta.

Miró a Sabrina en el frente de la clase. La mitad de las veces, los profesores de arte de educación superior no se molestaban en aprenderse el nombre de la gente, y esperaba que Meredith no le hubiera pedido a Sabrina que se ocupara de ella.

—Yo soy Jenna.

Alargó la mano y Aria se la estrechó. Luego se apartó con rapidez, preguntándose cómo podría aguantar el resto de la clase. Esa mañana, cuando desayunaba en el circo que Meredith tenía por cocina, había recordado algo nuevo de Jenna, probablemente despertado por los enanos que acechaban sobre el frigorífico. Ali, Aria y las demás solían llamar Nieves a Jenna, por la Blancanieves de la película de Disney. Una vez, cuando la clase fue de excursión a los huertos de Longwood a coger manzanas, Ali sugirió darle a

Jenna una manzana que habían sumergido previamente en el sucio retrete para mujeres que había en el huerto, como había hecho la bruja malvada con la Blancanieves de la película.

Ali sugirió que fuera Aria quien le diera la manzana; siempre conseguía que las demás le hicieran el trabajo sucio.

—Esta manzana es especial —le había dicho Aria a Jenna, alargándole la fruta, oyendo cómo Ali se reía tras ella—. El granjero me ha dicho que proviene del árbol más dulce de todos. Y quería dártela a ti.

Jenna se sorprendió y conmovió, pero en cuanto le dio un buen bocado, Ali cacareó:

—¡Te has comido una manzana en la que se han meado! ¡El aliento te huele a retrete!

Jenna se detuvo a medio masticar, y dejó caer el trozo que tenía en la boca.

Aria se quitó el recuerdo de la cabeza y vio un montón de cuadros al óleo amontonados en un extremo de la mesa de Jenna. Eran retratos de gente, hechos con colores vibrantes y pinceladas enérgicas.

—¿Has pintado tú esto? —le preguntó.

—¿Lo de mi mesa? —preguntó Jenna, dejando caer las manos en el regazo—. Sí. Le hablé a Sabrina de mi trabajo, y quiso verlo. Igual me deja participar en una de sus exposiciones.

Aria cerró los puños. ¿Podían empeorar aún más las cosas? ¿Cómo infiernos había conseguido Jenna exponer su obra? ¿Cómo diablos podía pintar si no podía ver?

En el frontal de la clase, Sabrina les decía a los estudiantes que cogieran una bolsa de harina, tiras de periódico y un cubo vacío. Jenna intentó coger las cosas por sí misma, pero al final tuvo que ayudarla Sabrina. Aria notó que todos los estudiantes la miraban de reojo, temiendo que alguien les reprochara su comportamiento si lo hacían a las claras.

Cuando todos volvieron a sus mesas, Sabrina se aclaró la garganta.

—Bueno. En la última clase hablamos de ver cosas con el tacto. Hoy vamos a hacer algo similar creando máscaras de nuestros compañeros. A nuestro modo, todos llevamos máscaras, ¿verdad? Todos simulamos. Puede que al ver un molde de vuestra cara descubráis que en realidad no sois como creíais ser.

—Esto lo he hecho antes —susurró Jenna al oído de Aria—. Es divertido. ¿Quieres que trabajemos juntas? Te enseñaré a hacerlo.

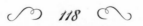

Aria quería tirarse por la ventana del aula. Pero se descubrió asintiendo, y luego, al darse cuenta de que Jenna no podía verla, dijo:

—Claro.

—Yo te lo haré primero a ti. —Cuando Jenna se volvió, pitó algo en el bolsillo de sus vaqueros. Sacó un delgado móvil LG con teclado plegable y se lo enseñó a Aria como si supiera que esta lo estaba mirando—. Tiene un teclado activado por voz, así que por fin puedo enviar mensajes de texto.

—¿No te preocupa que le caiga harina encima?

—Se lava. Me gusta tanto que siempre lo llevo encima.

Aria cortó las tiras de periódico para Jenna, ya que no se fiaba de ella con unas tijeras.

—¿Y a qué escuela vas? —preguntó Jenna.

—Eh, a Rosewood High —dijo Aria, mencionando la escuela pública de la zona.

—Mola. ¿Esta es tu primera clase de arte?

Aria se envaró. Asistía a clases de dibujo desde antes de aprender a leer, pero se tragó el orgullo. Ahora no era Aria, sino Jessica. Fuera quien fuera Jessica.

—Eh, sí —dijo, imaginando rápidamente un personaje—. Es un cambio muy importante para mí. A mí me van más los deportes, como el hockey sobre hierba.

Jenna echó agua en su cuenco.

—¿En qué posición juegas?

—Eh, en todas —farfulló Aria.

Ali había intentado una vez enseñarle las reglas del hockey, pero interrumpió la lección a los cinco minutos porque dijo que corría como una gorila embarazada. Aria se preguntó por qué diablos se presentaba como la típica chica de Rosewood, justo la clase de chica que más se esforzaba en no ser.

—Bueno, está bien que intentes algo distinto —murmuró Jenna, mezclando el agua y la harina—. La única vez que las chicas del equipo de hockey de mi antiguo instituto intentaron hacer algo nuevo fue cuando se arriesgaron a probar un diseñador nuevo que habían visto en el *Vogue* —concluyó con un bufido sarcástico.

—¿En tu escuela de Filadelfia jugaban al hockey? —soltó Aria, pensando en la escuela para ciegos a la que la enviaron sus padres.

Jenna se enderezó.

—Eh, no. ¿Cómo sabes que he ido a una escuela de Filadelfia?

Aria se pellizcó el interior de la mano. ¿Qué podía decir ahora? ¿Que en sexto le había dado una manzana mojada en el retrete? ¿Qué hace unas pocas semanas había estado implicada, más o menos, en la muerte de su hermanastro? ¿Que la había dejado ciega y le había arruinado la vida?

—Lo adiviné.

—Pues me refería a mi antiguo instituto, antes de eso. Está aquí. Es Rosewood Day. ¿Lo conoces?

—De oídas —farfulló.

—Volveré allí el año que viene. —Jenna sumergió una tira de papel en la mezcla de agua y harina—. Pero no sé qué pensar. Todos los que van allí son tan perfectos. No eres nadie si no te interesas por las cosas correctas. —Negó con la cabeza—. Perdona. Seguro que no tienes ni idea de lo que quiero decir.

—¡No! ¡Si estoy de acuerdo! —protestó.

Ni ella misma habría podido decirlo de forma más concisa. Le acicateó una sensación de fastidio. Jenna era guapa, alta, elegante, tranquila y artista. Pero artista de verdad. Si al final iba a Rosewood Day, probablemente Aria dejase de ser la mejor dibujante del instituto. ¿Quién sabe hasta dónde podría haber llegado Jenna de no tener el accidente? De pronto, el deseo de contarle quién era realmente y lo mucho que sentía lo que le habían hecho fue tan mareantemente abrumador que necesitó toda su fuerza de voluntad para no abrir la boca.

Jenna se acercó a ella. Olía a azúcar glas.

—Quieta ahí —le dijo, mientras localizaba su rostro y le ponía sobre la cara las goteantes tiras de papel. Ahora estaban húmedas y frías, pero pronto se endurecerían siguiendo el contorno de su cara.

—¿Vas usar tu máscara para algo? —preguntó Jenna—. ¿Para Halloween?

—Una amiga ha organizado una fiesta de disfraces —dijo Aria, e inmediatamente se preguntó si no volvía a dar demasiada información—. Seguramente me la pondré allí.

—Que estupendo —susurró—. Yo me llevaré la mía a Venecia. Mis padres me llevan el mes que viene, y creo que es la capital del mundo en máscaras.

—¡Me encanta Venecia! —chilló Aria—. ¡He ido cuatro veces con mi familia!

—Ooh. —Jenna seguía poniendo tiras de papel sobre la frente de Aria—. ¿Cuatro veces? ¡A tu familia debe gustarle mucho viajar en grupo!

—Les gustaba —dijo, intentando no mover la cara para que Jenna pudiera trabajar.

—¿Qué quieres decir con que les gustaba? —Jenna pasó a cubrir las mejillas.

Aria hizo una mueca. Las tiras empezaban a endurecerse y a picarle. Eso sí podía contárselo, ¿verdad? Tampoco es que supiera algo acerca de su familia.

—Pues, mis padres están... No sé. Supongo que divorciándose. Mi padre tiene una novia nueva, una chica joven que enseña arte en Hollis. Y yo vivo ahora con ellos. Me odia.

—¿La odias tú?

—Del todo. Controla la vida de mi padre. Le obliga a tomar vitaminas y a hacer yoga. Y está convencida de tener problemas estomacales, pero creo que no le pasa nada.

Se mordió con fuerza el interior de la mejilla. Deseó que su supuesta gastroenteritis la hubiera matado ya. Así no tendría que pasar los siguientes meses pensando modos de impedir la boda entre Meredith y Byron.

—Bueno, al menos se preocupa por él. —Jenna hizo una pausa y sonrió—. Noto cómo frunces el ceño, pero en todas las familias hay problemas. Desde luego en la mía los hay.

Aria intentó no hacer más movimientos faciales que delataran lo que pensaba.

—Igual deberías darle una oportunidad a esa novia —siguió Jenna—. Al menos es artista.

El estómago de Aria dio un vuelco. No pudo controlar los músculos de la boca.

—¿Cómo sabes que es artista?

Jenna se detuvo. El pringue de sus manos goteó en el suelo de madera.

—Me lo acabas de decir.

Aria sintió un vahído. *¿Lo había dicho?* Jenna apretó más tiras de periódico contra sus mejillas. A medida que pasaba a la barbilla, a la frente y a la nariz, se fue dando cuenta de algo. Si Jenna podía sentir cómo fruncía el ceño, probablemente también notaría otras cosas de su cara. Igual era capaz de sentir su aspecto. En ese momento, alzó la mirada y notó una expresión sorprendida e incómoda en el rostro de Jenna, como si también ella se hubiera dado cuenta de todo.

Sintió que de repente hacía mucho calor en la habitación.

—Tengo que... —Aria pasó la mano por la mesa, casi derribando su gran cubo de agua sin utilizar.

—¿Adónde vas? —le gritó Jenna.

Solo necesitaba salir de allí unos minutos. Pero, cuando se tambaleaba hacia la puerta, con la máscara secándose y tirando de su cara, oyó que su Treo emitía un pitido. Lo buscó en el bolso, procurando que la harina no cayera en el teclado. Tenía un nuevo mensaje de texto.

> Jode estar a oscuras, ¿eh? ¡Pues imagina cómo se sentirán los ciegos! Si le cuentas a alguien lo que he hecho, te dejaré a oscuras para siempre. ¡Muá! —A

Aria miró a Jenna. Estaba sentada ante la mesa, jugueteando con su móvil, ajena a la harina que tenía en los dedos. Le sobresalto otro pitido de su móvil. Volvió a mirar hacia la pantalla. Tenía otro mensaje.

> P. D.: Tu futura madrastrita tiene una identidad secreta, ¡igual que tú! ¿Quieres verlo? Ve mañana a Hooters. —A

19

Las mentes dispersas quieren saber

El jueves por la mañana, por megafonía, se difundió un mensaje muy especial cuando Emily salía de uno de los retretes del vestuario del gimnasio, vestida con el atuendo reglamentario de Rosewood Day: camiseta blanca, sudadera con capucha y pantalones cortos azul oscuro.

—¡Hola a todos! —dijo la voz alegre y excesivamente entusiasta de un chico—. Soy Andrew Campbell, presidente del curso, y solo quería recordaros que la fiesta de bienvenida para Hanna Marin será ¡mañana por la noche en el club de campo de Rosewood! Por favor, id todos y llevad vuestra máscara. ¡Es obligatorio llevar disfraz! Además, quiero que todos le deseéis mucha suerte a Spencer Hastings, porque esta noche ¡se va a Nueva York por la final del premio Orquídea Dorada! ¡Te acompañan nuestros mejores deseos, Spencer!

Varias chicas de los vestuarios gruñeron. Siempre había al menos un anuncio sobre Spencer. Pero a Emily le resultó extraño que esta no hubiera mencionado su viaje el día anterior, cuando visitaron a Hanna en el hospital. Normalmente no perdía una ocasión para hablar de sus logros.

Cuando Emily pasó ante la gigantesca figura troquelada del tiburón que era la mascota de Rosewood y salió al gimnasio, oyó gritos y aplausos, como si acabara de meterse en su propia fiesta sorpresa.

—¡Nuestra chica favorita ha vuelto! —gritó Mike Montgomery, parado bajo el aro de la cancha de baloncesto. Parecía como si todos los chicos de primer año que había en la clase de gimnasia de

Emily se hubieran congregado tras él—. Te fuiste de vacaciones sexuales, ¿verdad?

—¿Qué? —Emily miró a uno y otro lado. Mike hablaba alzando bastante la voz.

—Ya sabes —la pinchó Mike, con su cara élfica, casi un espejo de la de Aria—. A Tailandia o por ahí.

En su rostro se pintó una sonrisa soñadora.

Emily frunció la nariz.

—He estado en Iowa.

—Oh. —Mike pareció confuso—. Bueno, Iowa también mola. Allí hay muchas granjeras, ¿verdad?

Y guiñó un ojo de forma cómplice, como si las granjeras equivalieran a porno.

Emily quiso replicar algo desagradable, pero entonces se encogió de hombros. Sabía que Mike no se metía con ella de mal rollo. Los demás chicos la miraban boquiabiertos, como si Emily fuera Angelina Jolie y Mike hubiera sido tan valiente como para pedirle el e-mail.

El señor Draznowsky, el profesor de gimnasia, tocó el silbato. Todos los estudiantes se sentaron en el suelo del gimnasio con las piernas cruzadas dentro de sus respectivas escuadras, que era como se llamaba a las filas en el gimnasio. El señor Draznowsky empezó la clase y les hizo hacer estiramientos antes de salir todos en fila hacia las pistas de tenis. Emily estaba cogiendo una raqueta Wilson de una cesta cuando oyó un susurro detrás de ella.

—Pssst.

Maya estaba parada junto a un estante lleno de pelotas de bosu, aros de pilates y el resto del equipo que utilizaban en el recreo las maniáticas del ejercicio.

—Hola —le lanzó con un gritito, y el rostro sonrojado de placer.

Emily se dirigió insegura a los brazos de Maya, aspirando su olor a chicle de plátano.

—¿Qué haces tú aquí? —susurró.

—Me he escapado de álgebra para venir a verte —respondió Maya. Sostenía un pase de pasillo de madera tallado con forma de letra pi—. ¿Cuándo has vuelto? ¿Qué ha pasado? ¿Has venido para quedarte?

Emily titubeó. Llevaba todo el día en Rosewood, pero el día anterior había sucedido todo tan rápido (la visita al hospital, el mensaje de A, las clases, nadar y pasar tiempo con sus padres) que aún no había tenido tiempo de hablar con Maya. Ayer la había visto una vez en el pasillo, pero se había metido en un aula vacía y esperado a que pasara de largo. No podía explicar exactamente por qué... Ya que tampoco es que se estuviera escondiendo de ella ni nada de eso.

—No hace mucho que volví —consiguió decir—. Y he vuelto para quedarme. Espero.

La puerta que daba a las pistas de tenis se cerró de golpe. Emily la miró ansiosa. Para cuando saliera, todos habrían elegido compañero para el tenis, y tendría que jugar con el señor Draznowsky, a quien, como también daba clases de salud, le gustaba soltar a los alumnos conferencias sobre anticonceptivos. Entonces, pestañeó con fuerza, como si saliera de un sueño. ¿Qué le pasaba? ¿Por qué se preocupaba por la estúpida clase de gimnasia estando Maya allí?

Se volvió de golpe.

—Mis padres han cambiado de opinión por completo. Estaban tan preocupados porque me hubiera pasado algo tras abandonar la granja de mis tíos que han decidido aceptarme tal y como soy.

Maya abrió mucho los ojos.

—¡Eso es la leche! —Le cogió las manos a Emily—. ¿Y qué te pasó en casa de tus tíos? ¿Fueron malos contigo?

—Algo así. —Cerró los ojos y se imaginó el rostro severo de Helene y Allen. Luego se imaginó bailando con Trista en la fiesta. Trista le había dicho que si fuera un baile seguro que sería el *reel* de Virginia. Igual debía decirle a Maya lo que había pasado con Trista... pero ¿qué había pasado? En realidad nada. Lo mejor sería olvidarse de ello—. Es una larga historia.

—Tienes que contarme luego todos los detalles, ahora que podemos vernos en público. —Maya saltaba de contento, y entonces miró el enorme reloj del tablero de resultados—. Debería ir yéndome —susurró—. ¿Nos vemos esta noche?

Emily titubeó, dándose cuenta de que era la primera vez que podía decir que sí, sin tener que salir a escondidas de sus padres. Entonces se acordó.

—No puedo. Hoy salgo a cenar con la familia.

La tristeza se pintó en el rostro de Maya.

—¿Mañana, entonces? Podemos ir juntas a la fiesta de Hanna.

—Cl-claro —tartamudeó Emily—. Sería genial.

—Y, ¡ah!, tengo una gran sorpresa para ti. —Maya saltaba sosteniéndose con un pie y con el otro—. ¿Sabes, Scott Chin, el fotógrafo del anuario? Lo tengo en clase de Historia, ¡y me ha dicho que este año nos han votado a las dos como la mejor pareja! ¿A que tiene gracia?

—¿Mejor pareja? —repitió Emily. Notaba la boca gomosa.

Maya le cogió las manos y las columpió a uno y otro lado.

—Mañana nos hacen la foto para el anuario. ¿A que es precioso?

—Claro.

Emily se cogió el borde de la camiseta y lo retorció.

Maya ladeó la cabeza.

—¿Seguro que estás bien? No suenas muy entusiasmada.

—No. Lo estoy. Mucho.

Tomo aire para continuar cuando el móvil vibró en el bolsillo de la sudadera. Se sobresaltó y lo cogió, con el corazón acelerado. «Nuevo mensaje de texto», decía la pantalla.

Cuando pulsó «Leer» y vio la firma, el estómago se le encogió por un motivo muy diferente. Cerró el teléfono de golpe sin leer el mensaje.

—¿Es algo bueno? —preguntó Maya, algo cotilla, pensó Emily.

—Nah —respondió, devolviendo el móvil al bolsillo.

Maya se pasó de una mano a otra el pase de pasillo en forma de *pi*. Le dio a Emily un beso rápido en la mejilla y salió a toda prisa del gimnasio, golpeando pesadamente el suelo de madera con sus botas altas Frye color arenisca.

Cuando desapareció por la esquina que conducía al corredor principal, Emily sacó el móvil, respiró hondo, y volvió a mirar la pantalla.

¡Hola, Emily! Acaban de darme la noticia de que ¡te has ido! ¿En qué parte de Filadelfia vives? Si fueras una figura histórica famosa de Filadelfia, ¿quién serías? Yo sería el tipo que sale en la caja de gachas de Quaker Oats... Ese cuenta, ¿verdad? Igual puedo visitarte alguna vez. Besos, Trista.

La calefacción central del gimnasio se puso en marcha con un chasquido. Emily cerró el móvil de golpe y, tras una pausa, lo apagó por completo. Hace años, justo antes de que Emily besara a Ali en la vieja casa del árbol de los DiLaurentis, esta le había confesado que se veía en secreto con un chico mayor. Nunca le había dicho quién era, pero ahora se daba cuenta de que debía referirse a Ian Thomas. Ali le había cogido las manos, movida por el vértigo de sus emociones. «Cada vez que pienso en él, el estómago se me encoge como si fuera en una montaña rusa», dijo derritiéndose. «Estar enamorada es la mejor sensación del mundo.»

Emily se subió la cremallera de la sudadera hasta la barbilla.

También ella creía estar enamorada, pero desde luego no se sentía como en una montaña rusa. Más bien como en la casa del terror, con sorpresas en cada esquina y ni la menor idea de lo que pasaría a continuación.

20

Entre amigas no hay secretos

El jueves por la tarde, Hanna se miró en el espejo del tocador de abajo. Aplicó un poco de base a los puntos de la barbilla e hizo una mueca. ¿Por qué tenían que dolerle tanto los puntos? ¿Y por qué había tenido que coserle la cara el doctor Geist con ese hilo negro a lo Frankenstein? ¿No podía haber usado uno color carne?

Mientras pensaba en eso, cogió su BlackBerry nuevecita. Se encontró el teléfono esa mañana en la isla de la cocina, cuando su padre la llevó del hospital a casa. Sobre la caja de la BlackBerry había una tarjeta que decía «¡Bienvenida a casa! Te quiero. Mamá». Ahora que Hanna no estaba al borde de la muerte, su madre había vuelto a su trabajo de horario ilimitado, concentrándose como siempre en los negocios.

Suspiró y marcó el número que había en la etiqueta del frasco de base Bobbi Brown.

—¡Hola, aquí el teléfono de urgencias de Bobbi Brown! —gorjeó una voz alegre al otro lado de la línea.

—Soy Hanna Marin —dijo con energía, intentando canalizar su Anna Wintour interior—. ¿Pueden darme hora con Bobbi Brown para una sesión de maquillaje?

La chica del teléfono de urgencias hizo una pausa antes de contestar.

—Para algo así tiene que hablar con el secretario de Bobbi. Pero creo que está muy ocupada...

—¿Puede darme entonces el número de su secretario?

—No creo que esté autorizada a...

—Seguro que puede —dijo melosa—. No se lo diré a nadie.

Tras cierto tira y afloja, la chica puso a Hanna en espera, y alguien se puso al teléfono para darle un número con prefijo 212. Lo escribió en el espejo del lavabo con lápiz de labios y colgó con sentimientos encontrados. Solo las reinas del instituto como ella podían hacer algo así. Por otro lado, ¿y si ni siquiera Bobbi podía arreglar el estropicio de su cara?

Se oyó el timbre de la puerta. Hanna se aplicó más base en los puntos y salió al pasillo. Sería Mona, que venía para ayudarla a elegir los modelos masculinos de la fiesta. Le había dicho que quería contratar a los mejores chulazos que pudieran comprarse con dinero.

Hanna se detuvo en el recibidor junto al tiesto gigante de cerámica raku. ¿Qué había querido decirle Lucas el día anterior en el hospital con eso de que no debía confiar en Mona? Y lo que era más, ¿a qué había venido ese beso? Apenas había pensado en otra cosa desde que se lo dio. Esperaba haber visto esa mañana a Lucas en el hospital, saludándola con unas revistas y un café con leche de Starbucks. Al no verlo allí, se sintió... decepcionada. Y esa tarde, después de que su padre la dejara en casa, había visto tres minutos enteros de *Todos mis hijos* antes de cambiar de canal. Dos personajes del culebrón se besaban apasionadamente y ella los había mirado, con los ojos muy abiertos, sintiendo que un cosquilleo le recorría la espalda, de pronto capaz de identificarse con ellos.

No es que le gustara Lucas ni nada de eso. Él no estaba ni en su estratosfera. Y para asegurarse de ello, anoche, cuando Mona le dejó la ropa de «regreso a casa desde el hospital» que había elegido de su armario: unos vaqueros ajustados Seven, una sencilla chaqueta de Moschino, y una camiseta ultrasuave, le había preguntado lo que pensaba de Lucas. Mona había dicho:

—¿Lucas Beattie? Es un perdedor, Han. Siempre lo ha sido.

Ahí estaba. Lucas estaba descartado. Y no le contaría a nadie lo del beso, jamás.

Hanna cogió el pomo de la puerta, fijándose en la forma en que el pelo rubio de Mona brillaba a través del cristal esmerilado. Casi se desmaya al abrir la puerta y ver a Spencer parada detrás de Mona. Y Emily y Aria se acercaban por el camino. Se preguntó si no les habría dicho accidentalmente a todas que la visitaran a la misma hora.

—Vaya, qué sorpresa —dijo Hanna nerviosa.

Spencer rodeó a Mona y entró la primera en la casa.

—Tenemos que hablar contigo —dijo.

Mona, Emily y Aria entraron tras ella, y se reunieron en el tresillo color tofe de Hanna, sentándose en los mismos sitios donde solían hacerlo cuando eran amigas. Spencer en el gran sillón de cuero de la esquina, y Emily y Aria en el sofá. Mona se había sentado en el sitio de Ali, en la silla junto a la ventana. Hanna entrecerró los ojos y casi pudo confundir a Mona con Ali. La miró de reojo para ver si estaba cabreada, pero parecía estar... tranquila.

Se sentó en la otomana de cuero.

—Eh, ¿de qué tenemos que hablar? —preguntó a Spencer. Aria y Emily también parecían confusas.

—Ayer, cuando salimos del hospital recibimos otro mensaje de A —soltó Spencer.

—Spencer —siseó Hanna. Emily y Aria también la miraron boquiabiertas. ¿Desde cuándo podían hablar de A delante de la gente?

—No pasa nada —replicó Spencer—. Mona lo sabe. También ha estado recibiendo mensajes de A.

Hanna sintió un vahído. Miró a Mona buscando confirmación, y la boca de esta estaba tensa y seria.

—No —susurró Hanna.

—¿Tú? —jadeó Aria.

—¿Cuántos? —tartamudeó Emily.

—Dos —admitió Mona, mirándose la curva de sus rodillas huesudas a través de su vestido de lana C&C California color naranja tostado—. Los he recibido esta semana. Cuando se lo dije ayer a Spencer, no imaginé que también los estuvierais recibiendo vosotras.

—Pero eso no tiene sentido —susurró Aria mirando a las demás—. Creía que A solo les enviaba mensajes a las antiguas amigas de Ali.

—Puede que nos equivocáramos en todo —dijo Spencer.

Hanna sintió que se le encogía el estómago.

—¿Te ha contado Spencer lo del todoterreno que me atropelló?

—Que fue A. Y que sabías quién era A. —Mona estaba pálida.

Spencer cruzó las piernas

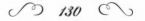

—El caso es que recibimos otro mensaje. Es evidente que A no quiere que recuerdes, Hanna. Si seguimos pinchándote para que recuerdes, vendrá a por nosotras.

Emily emitió un gemido.

—Estoy muy asustada —susurró Mona. No había parado de balancear el pie, lo que solo hacía cuando estaba muy tensa—. Deberíamos acudir a la policía.

—Igual sí —coincidió Emily—. Podrían ayudarnos. Esto es grave.

—¡No! —casi chilló Aria—. A lo sabrá. Es como... como si pudiera vernos, todo el tiempo.

Emily cerró la boca de golpe y se miró las manos.

Mona tragó saliva.

—Creo que sé lo que quieres decir, Aria. Desde que recibo esos mensajes, me siento como si alguien me vigilara. —Las miró una a una, con ojos asustados y muy abiertos—. ¿Quién sabe? Igual nos está vigilando ahora mismo.

Hanna se estremeció. Aria miró frenética a su alrededor, repasando el atestado salón. Emily miró detrás del piano de cola de Hanna, como si A pudiera estar acechando en el rincón. Entonces sonó el Sidekick de Mona, y todas soltaron un gritito de sobresalto. Mona lo sacó y palideció.

—Oh, Dios mío. Otro.

Todas se reunieron alrededor del teléfono de Mona. El nuevo mensaje era una tardía tarjeta de feliz cumpleaños. Bajo la imagen de globos felices y una tarta blanca que Mona nunca comería en la vida real, había un mensaje:

> ¡Feliz cumpleaños con retraso, Mona! ¿Cuándo vas a decirle a Hanna lo que hiciste? Yo diría que mejor esperes a DESPUÉS de que te dé su regalo de cumpleaños. Podrás perder su amistad, pero al menos te quedarás el regalo. —A.

A Hanna se le heló la sangre en las venas.

—¿Qué hiciste? ¿A qué se refiere?

Mona palideció.

—Verás... La noche de mi fiesta nos peleamos. Pero fue una pelea sin importancia. De verdad. Deberíamos olvidarnos de eso.

A Hanna el corazón le latía tan sonoramente como el motor de un coche. Se le secó la boca al instante.

—No quise decir nada después de tu accidente, porque no creí que tuviera importancia —siguió explicando, con voz aguda y desesperada—. No quería alterarte. Y me sentía muy mal porque nos peleáramos la semana pasada, sobre todo cuando pensaba que iba a perderte para siempre. Solo quiero olvidarme de ello. Y compensártelo montándote esta fiesta increíble y...

Pasaron unos dolorosos segundos. La calefacción central se encendió, sobresaltándolas a todas. Spencer se aclaró la garganta.

—No deberíais pelearos —dijo con tono amable—. A solo quiere distraeros para que no adivinéis quién envía esos mensajes horribles.

Mona dirigió a Spencer una mirada de agradecimiento. Hanna bajó los hombros, sintiendo los ojos de todas clavados en ella. Lo último que quería hacer era hablar de eso con las demás delante. De hecho, ni siquiera estaba segura de querer hablar de ello.

—Spencer tiene razón. Es lo que hace A.

Las chicas guardaron silencio, mirando la lámpara cuadrada Noguchi de papel que había en la mesita. Spencer le cogió la mano a Mona y se la apretó. Emily cogió la de Hanna.

—¿De qué más hablaban los mensajes que te envió? —le preguntó Aria a Mona en voz baja.

Mona agachó la cabeza.

—De cosas del pasado.

Hanna se enfureció, mientras se concentraba en el clip para el pelo con forma de azulejo que llevaba Aria. Tenía la sensación de que sabía qué era lo que A utilizaba para meterse con Mona: la época anterior a que Mona y ella fueran amigas, cuando era torpe y nada guay. ¿En qué secreto se habría centrado más? ¿En cuando seguía a Ali a todas partes, queriendo ser como ella? ¿En cuando era el blanco de todas las bromas? Nunca habían hablado del pasado, pero a veces sentía que esos dolorosos recuerdos acechaban muy cerca, burbujeando bajo la superficie de su amistad como un geiser subterráneo.

—No tienes por qué contárnoslo si no quieres —dijo Hanna rápidamente—. Muchos de los mensajes que nos ha enviado A también eran sobre el pasado. Todas tenemos cosas que preferiríamos olvidar.

Miró a su mejor amiga a los ojos, esperando que ella lo entendiera. Mona le apretó la mano, y Hanna notó que llevaba el anillo de plata y turquesa que le había hecho en la clase de joyería de segundo, aunque pareciera más un amasijo de alambres que otra cosa, en vez de llevar uno de esos maravillosos anillos de Tiffany con los que solía dejarse ver normalmente. Sintió que se le caldeaba un rinconcito del corazón. A tenía razón en una cosa: las buenas amigas lo comparten todo, y ahora también podrían hacerlo Mona y ella.

Sonó el timbre, tres golpes de gong al estilo asiático. Las chicas se sobresaltaron.

—¿Quién será? —susurró Aria temerosa.

Mona se levantó, echándose atrás la melena rubia. Sonrió ampliamente y se contoneó en dirección a la puerta.

—Algo que nos ayudará a olvidar nuestros problemas.

—¿Una pizza? —preguntó Emily.

—No, diez modelos masculinos de la sucursal de Filadelfia de la agencia de modelos Wilhelmina, claro —se limitó a decir Mona.

Como si fuera ridículo pensar que podía ser otra cosa.

21

¿Cómo resuelves un problema como Emily?

El jueves por la noche, tras dejar a Hanna, Emily se movió entre las clientas cargadas de bolsas y envueltas en perfume caro del centro comercial King James. Iba a reunirse con sus padres en el All That Jazz!, el restaurante temático de musicales de Broadway que había junto al Nordstrom. Había sido su restaurante favorito de niña, y supuso que sus padres creían que aún lo era. El lugar tenía el mismo aspecto de siempre, con una falsa marquesina de Broadway en la fachada, una gigantesca estatua del fantasma de la ópera junto al atril de recepción y retratos de estrellas de Broadway en las paredes.

Emily fue la primera en llegar, así que se sentó ante la larga barra de granito. Se pasó un rato mirando las muñecas coleccionables de *La sirenita* que había en una vitrina junto al atril de recepción. Cuando era más joven había deseado poder cambiarse de lugar con Ariel, la sirena princesa; Ariel se habría quedado las piernas de Emily, y Emily la cola de sirena de Ariel. Solía obligar a sus amigas a ver la película con ella, hasta que Ali le dijo que era de lo más cutre y de crías, y que debía dejarlo.

Le llamó la atención una imagen familiar en la pantalla del televisor que había sobre el bar. En primer término se veía una reportera rubia y de busto prominente, con una imagen de Ali en séptimo curso en la esquina inferior derecha.

—Los padres de Alison DiLaurentis han estado viviendo todo el último año en un pequeño pueblo de Pensilvania, no muy lejos de Rosewood, mientras su hijo, Jason, se graduaba en la universidad de Yale. Todos llevaban una vida tranquila... hasta ahora. Mientras la investigación sobre el asesinato de Alison sigue adelante sin nuevas pistas, ¿cómo lo sobrelleva el resto de la familia?

En la pantalla apareció un majestuoso edificio cubierto de hiedra sobre un letrero donde se leía «New Haven, Connecticut». Otra reportera rubia se acercó a un grupo de estudiantes.

—¡Jason! —llamó—. ¿Crees que la policía hace todo lo que debe para encontrar al asesino de tu hermana?

—¿Ha unido todo esto aún más a tu familia? —gritó otra persona.

Un chico con una gorra de los Phillies se dio media vuelta. Emily abrió mucho los ojos; solo había visto a Jason un par de veces desde la desaparición de Ali. Tenía los ojos fríos y duros, y una permanente mueca de disgusto.

—No hablo mucho con mi familia —dijo Jason—. Está demasiado trastornada.

Emily enganchó un pie bajo el taburete. La familia de Al... ¿demasiado trastornada? Siempre había pensado que los DiLaurentis eran la familia perfecta. El padre de Ali tenía un buen trabajo pero podía pasar los fines de semana en casa y hacer una barbacoa con sus hijos. La señora DiLaurentis solía llevar de compras a Ali, Emily y las demás y les hacía estupendas galletas de avena con pasas. Tenían la casa inmaculada y siempre hubo risas cuando Emily cenaba allí

Pensó en el recuerdo que había mencionado Hanna, el del día previo a la desaparición de Ali. Cuando esta apareció en el patio trasero, Emily se había excusado para ir al baño. Al cruzar la cocina y pasar junto a Charlotte, la gata tibetana de Ali, había oído a Jason en las escaleras, hablando en susurros con alguien. Parecía enfadado.

—Será mejor que cortes ya —siseaba Jason—. Sabes cuánto les cabrea.

—No le hago daño a nadie —susurró en respuesta otra voz.

Emily se había pegado a la pared del recibidor, desconcertada. La segunda voz se parecía un poco a la de Ali.

—Solo intento ayudarte —siguió diciendo Jason, agitándose cada vez más.

La señora DiLaurentis entró en ese momento por la puerta lateral, caminando deprisa hacia el fregadero para lavarse la tierra de las manos.

—Ah, hola, Emily —gorjeó.

Emily se apartó de las escaleras. Oyó pisadas que subían al primer piso.

Volvió a mirar a la pantalla del televisor. El presentador de las noticias lanzaba una advertencia a los miembros del club de campo de Rosewood, porque se había visto al acechador en las inmediaciones del club. Sintió un picor en la garganta. Le era muy fácil establecer paralelismos entre el acechador de Rosewood y A... ¿y lo del club de campo? Allí se celebraría la fiesta de Hanna. Desde que recibió el último mensaje de A, había tenido mucho cuidado en no preguntarle nada a Hanna, pero seguía dudando si debía acudir o no a la policía. La cosa ya había ido muy lejos. ¿Y si A no solo había atropellado a Hanna sino que también había matado a Ali, como Aria insinuó el otro día? Pero igual Mona tenía razón: A vigilaba todos sus movimientos de cerca, se enteraría si lo contaban.

En ese momento, su móvil sonó. Emily dio un bote, casi cayéndose del taburete. Tenía un nuevo mensaje, pero, gracias a Dios, solo era de Trista. Otra vez.

¡Hola, Em! ¿Qué haces este fin de semana? Besos, Trista.

Emily hubiera preferido que Rita Moreno no cantase «América» tan alto, y deseó no estar sentada tan cerca de una foto del reparto de *Cats:* todos los felinos la miraban como si quisieran usarla de poste para hacerse las uñas. Pasó la mano por las teclas de su Nokia. Sería una grosería no contestar, ¿verdad? Tecleó: «¡Hola! Este viernes voy a un baile de disfraces en honor de una amiga. ¡Será divertido! —Em».

Trista le respondió casi de inmediato. «¡ODM! ¡Ojalá pudiera ir!»

«Sí, sería genial», mensajeó Emily. «Nos vemos.» Se preguntó qué haría Trista ese fin de semana. ¿Ir a otra fiesta de granero? ¿Verse con otra chica?

—¿Emily?

Dos manos heladas se cerraron sobre sus hombros. Emily se volvió en redondo, cayéndosele el teléfono al suelo. Maya estaba detrás de ella. Detrás de Maya estaban la madre, el padre y la hermana de Emily, con Topher, el novio de su hermana. Todos sonreían como locos.

—¡Sorpresa! —graznó Maya—. ¡Tu madre me llamó esta tarde para preguntarme si quería venir a cenar con vosotros!

—O-oh —tartamudeó Emily—. Qué... bien.

Rescató el teléfono del suelo y lo sostuvo entre las manos, tapando la pantalla como si Maya pudiera ver lo que acababa de escribir. Se sentía como si la estuvieran iluminando con un potente y ardiente foco. Miró a sus padres, parados junto a una gran foto del reparto de *Les Misérables* asaltando las barricadas. Los dos sonreían nerviosos, comportándose del mismo modo que cuando conocieron a Ben, el antiguo novio de Emily.

—Nuestra mesa está lista —dijo su madre.

Maya cogió a Emily de la mano y siguió al resto de la familia hasta una enorme mesa color púrpura. Un camarero afeminado, del que Emily sospechó que llevaba rímel, les preguntó si querían algún aperitivo.

—Me alegro tanto de conocerles por fin, señor y señora Fields —dijo Maya cuando se fue el camarero, sonriendo desde el otro lado de la mesa.

La madre de Emily le devolvió la sonrisa.

—Yo también me alegro de conocerte. —En su voz solo había calidez.

Su padre también sonreía.

Maya señaló al brazalete de Carolyn.

—Qué bonito es eso. ¿Lo has hecho tú?

Carolyn se sonrojó.

—Sí, en joyería de tercero.

Maya abrió mucho los ojos ocre tostado.

—Me hubiera gustado dar joyería, pero no tengo ningún sentido del color. Tu brazalete es tan armonioso.

Carolyn bajó la mirada hacia su plato con adornos dorados.

—No es muy difícil.

Emily se dio cuenta de que se sentía halagada.

Empezaron a hablar de cosas intrascendentes, del instituto, del acechador, del atropello de Hanna y luego de California, porque Carolyn quería saber si Maya conocía a alguien que hubiera ido a Stanford, donde pensaba ir ella al año siguiente. Topher se rió con una historia que contó Maya sobre una vecina de San Francisco que tenía ocho periquitos y le pidió que cuidase de ellos. Emily los miró, molesta. Si Maya les resultaba tan agradable, ¿por qué no le habían dado antes una oportunidad? ¿A qué había venido tanta bronca para que no se acercara a ella? ¿De verdad había tenido que escaparse para que empezaran a tomarse en serio su vida?

—Ah, se me olvidaba —dijo su padre cuando les sirvieron la cena a todos—. He vuelto a reservar la casa de Duck para Acción de Gracias.

—Oh, maravilloso —dijo su madre, sonriente—. ¿La misma casa?

—La misma —contestó él, atacando una zanahoria baby.

—¿Dónde está Duck? —preguntó Maya.

Emily rastrilló el puré de patatas con el tenedor.

—Es un pueblecito costero situado en la otra orilla de Carolina del Norte. En Acción de Gracias siempre alquilamos una casa allí. El agua aún está lo bastante caliente como para nadar, aunque sea con un traje de neopreno.

—Igual a Maya le gustaría venir —dijo la señora Fields, limpiándose remilgada la boca con una servilleta—. Después de todo, siempre te llevas a alguien.

Emily se quedó boquiabierta. Siempre se llevaba un novio, o más bien el año pasado se había llevado a Ben. Carolyn fue con Topher.

Maya se llevó la mano al pecho.

—Pues... ¡sí! ¡Suena genial!

Emily sentía que las paredes de falsos decorado de musical del restaurante se cerraban a su alrededor. Se tiró del cuello de la camiseta y se levantó. Sin dar ninguna explicación, sorteó a un grupo de camareros y camareras vestidos como los personajes de *Rent*, y se metió en los aseos. Dentro de un cubículo, se apoyó contra la pared de baldosas y cerró los ojos.

La puerta del servicio se abrió y por debajo vio los zapatos merceditas de punta cuadrada de Maya.

—¿Emily? —la llamó en voz baja.

Miró por la rendija de la puerta metálica. Maya llevaba el bolso de punto cruzándole el pecho en bandolera, y apretaba los labios por la preocupación.

—¿Estás bien? —preguntó.

—Solo algo mareada —tartamudeó Emily, tirando torpemente de la cadena y acercándose al lavabo,

Se paró allí, dándole la espalda a Maya, con el cuerpo rígido y tenso. Estaba segura de que explotaría si ella la tocaba en ese momento.

Maya alargó la mano, y la retiró, como sintiendo su estado de ánimo.

—¿No es estupendo que tus padres me inviten a Duck? ¡Será de lo más divertido!

Emily se echó un montón de jabón líquido en las manos. Cuando iban a Duck, Emily y Carolyn se pasaban todos los días al menos tres horas surfeando metidas en el océano. Luego veían maratones de Cartoon Network, mientras recargaban pilas para volver al agua. Sabía que a Maya no le iría eso. Se volvió hacia ella.

—Es que todo esto es muy... raro. La semana pasada mis padres me odiaban. Y ahora me quieren e intentan ganarse mi cariño dándome una sorpresa contigo en la cena, y luego invitándote en Acción de Gracias.

Maya frunció el ceño.

—¿Y eso es malo?

—Pues, sí —farfulló—. O no, claro que no. —Eso no había sonado bien. Se aclaró la garganta y miró a Maya en el espejo—. Si pudieras ser un dulce, ¿de qué clase serías?

Maya tocó el borde de una caja de pañuelos de papel que había en medio del tocador del aseo.

—¿Qué?

—O sea... ¿serías un Mike and Ike? ¿Un Laffy Taffy? ¿Una barra de Snickers? ¿Cuál?

Maya se la quedó mirando.

—¿Estás borracha?

Emily estudió a Maya en el espejo. Tenía una piel lustrosa, del color de la miel. Le brillaba el lápiz de labios color mora. Se había colado por ella nada más verla, y ahora sus padres se estaban esforzando mucho por aceptarla. ¿Qué le pasaba entonces? ¿Por qué cada vez que intentaba imaginarse besando a Maya se veía besando a Trista?

Maya se apoyó en el mostrador.

—Creo que sé lo que te pasa.

Emily apartó la mirada, intentando no sonrojarse.

—No, no lo sabes.

La mirada de Maya se suavizó.

—Es por tu amiga Hanna, ¿verdad? ¿Por su accidente? Tú lo viste, ¿verdad? Dicen que la persona que la atropelló la había estado acechando.

El bolso de tela de Banana Republic resbaló de las manos de Emily y cayó al suelo con un golpe seco.

—¿Quién te ha dicho eso? —susurró.

Maya retrocedió, sobresaltada.

—No... No lo sé. No me acuerdo. —Hizo una mueca, confusa—. Puedes contármelo, Em. Podemos contárnoslo todo, ¡verdad?

Pasaron tres largos compases de la canción de Gershwin que tintineaba por los altavoces. Emily pensó en el mensaje que les envió A la semana anterior cuando ella y sus antiguas amigas se reunieron con el agente Wilden: «Como le habléis de mí a quien sea, lo lamentaréis».

—Nadie acecha a Hanna —susurró—. Fue un accidente. Y se acabó.

Maya pasó las manos por el lavabo de cerámica.

—Mejor vuelvo a la mesa. Te... te veré allí.

Salió del aseo despacio, de espaldas. Emily escuchó que se cerraba la puerta. La canción de los altavoces dio paso a algo de *Aída*. Se sentó ante los espejos del tocador, dejando caer el bolso en su regazo. *Nadie ha dicho nada*, se dijo. *Nadie sabe nada, aparte de nosotras. Y nadie va a decir nada de A.*

De pronto, vio un papel doblado dentro del bolso abierto. Tenía escrito «Emily» en letras redondas y rosas. Emily lo abrió y vio que era una solicitud de ingreso en el PAGL, Padres y Amigos de Gays y Lesbianas. Alguien la había rellenado con los datos de sus padres. Abajo había algo escrito en una letra picuda que le resultaba familiar.

Feliz salida del armario, Em, ¡qué orgullosos deben estar tus padres! Ahora que los Fields vibran con la música del amor y la aceptación, sería una pena que le pasara algo a su pequeña lesbiana. Así que guarda silencio... ¡y podrán seguir disfrutando de ti! —A.

La puerta batiente del aseo seguía oscilando tras la salida de Maya. Emily volvió a mirar la nota, le temblaban las manos. De pronto, un aroma familiar llenó el aire. Olía como...

Frunció el ceño y volvió a olfatear. Finalmente, se llevó a la nariz la nota de A. Al aspirar, se le petrificaron las entrañas. Reconocería ese olor en cualquier parte. Era el seductor aroma del chicle de plátano de Maya.

22

Si las paredes del W hablaran...

La noche del jueves, tras una cena en Smith & Wollensky, un asador de Manhattan que solía frecuentar su padre, Spencer siguió a su familia hasta el vestíbulo alfombrado de gris del Hotel W. Elegantes fotos en blanco y negro de Annie Leibowitz decoraban los pasillos, y el aire olía a una mezcla entre vainilla y toallas limpias.

Su madre hablaba por el móvil.

—No, seguro que gana —murmuraba—. ¿Por qué no quedamos ahora? —Hizo una pausa, como si la persona al otro lado de línea dijera algo muy importante—. Bien. Te llamaré mañana.

Y cerró el teléfono en seco.

Spencer se tiró de la solapa del traje gris marengo de Armani Exchange; se había puesto un traje de chaqueta para cenar y así ir haciéndose a su actitud de ensayista ganadora. Se preguntó con quién estaría hablando su madre. Igual planeaba regalarle algo asombroso si ganaba el Orquídea Dorada. ¿Un viaje de fábula? ¿Un día con el *personal shopper* de Barneys? ¿Una reunión con el amigo de la familia que trabajaba en *The New York Times*? Spencer les había suplicado a sus padres que la dejaran ser becaria del NYT en el verano, pero su madre nunca lo consentiría.

—¿Nerviosa, Spence? —Melissa e Ian aparecieron tras ella, tirando de maletas grises a juego. Desgraciadamente, sus padres habían insistido en que su hermana la acompañara a la entrevista para darle apoyo moral, y Melissa se había llevado a Ian. Sostenía una botellita con una etiqueta de «¡Martini para llevar!»—. ¿Quieres una de estas? Puedo conseguírtela si necesitas algo para calmarte.

—Estoy bien —soltó Spencer.

La presencia de su hermana hacía que se sintiera como si tuviera cucarachas paseándose bajo el sujetador Malizia. Cada vez que cerraba los ojos veía el nerviosismo de Melissa cuando Wilden les había preguntado a Ian y a ella dónde habían estado la noche que desapareció Ali, y oía su voz diciendo: «Hay que ser una persona muy especial para matar a alguien, y tú no eres así».

Melissa hizo una pausa, y agitó la minibotella de Martini.

—Sí, probablemente sea mejor que no bebas. Se te podría olvidar el contenido de tu ensayo finalista.

—Muy cierto —murmuró la señora Hastings.

Spencer se encrespó y dio media vuelta.

La habitación de Ian y Melissa estaba al lado de la de Spencer, y entraron en ella, riéndose. Cuando su madre buscaba la llave de su habitación, por su lado pasó una chica guapa, de la edad de Spencer. Iba con la cabeza gacha, estudiando una tarjeta color crema sospechosamente similar a la invitación al desayuno del Orquídea Dorada que Spencer había metido en su bolso Kate Spade de *tweed*.

La chica notó que Spencer la miraba y sonrió, luminosa.

—¡Hola! —dijo alegre.

Tenía aspecto de presentadora de la CNN: serena, animosa, amigable. Spencer se quedó boquiabierta y su lengua se movió torpemente en la boca. Antes de que pudiera responder, la chica se encogió de hombros y apartó la mirada.

El único vaso de vino que sus padres le habían permitido beber en la cena gorgoteó en su estómago. Se volvió hacia su madre.

—Hay muchos aspirantes al premio que también son muy inteligentes —susurró Spencer cuando la chica desapareció por la esquina—. No creo que tenga el premio asegurado.

—Tonterías. —El tono de la señora Hastings era cortante—. Vas a ganar. —Le entregó la llave de una habitación—. Esta es la tuya. Te hemos cogido una suite.

Tras eso, le dio una palmadita en el brazo y se alejó por el pasillo hacia su propia habitación.

Spencer se mordió el labio, abrió la puerta de la suite, y encendió la luz. La habitación olía a canela y alfombra nueva, y había una docena de almohadas en la enorme cama. Echo atrás los hombros y tiró de su maleta hasta el guardarropa de caoba. Colgó inmediatamente el traje negro de Armani para la entrevista y metió en el cajón del aparador su sujetador y sus bragas Wolford rosas de la suerte. Tras ponerse el pijama, recorrió la suite y se aseguró de que todos los aparatosos marcos de los cuadros estuvieran rectos y las enormes almohadas ahuecadas de forma simétrica. En el aseo retocó las toallas para que colgaran de forma igualada de los toalleros. Colocó alrededor del lavabo el jabón corporal Bliss, el champú y el acondicionador formando un diamante. Cuando volvió al dormitorio, miró fijamente la cubierta de la revista *Time Out New York*. En la cubierta se veía un Donald Trump muy seguro de sí mismo ante el edificio Trump.

Spencer hizo varios ejercicios de respiración de yoga, pero siguió sin sentirse mejor. Finalmente sacó sus cinco libros de economía y una copia anotada del trabajo de Melissa y los extendió por la cama. «Vas a ganar», resonó la voz de su madre en sus oídos.

Tras una aturdidora hora ensayando ante el espejo partes del trabajo de Melissa, oyó que llamaban a la puertita que daba a la suite contigua. Se sentó, confusa. Era la habitación de Melissa.

Otra llamada. Spencer se bajó de la cama y se acercó a la puerta. Miró su móvil, pero no tenía mensajes ni llamadas.

—¿Hola? —dijo Spencer en voz baja.

—¿Spencer? —dijo Ian con voz ronca—. Eh, creo que nuestras habitaciones están conectadas. ¿Puedo entrar?

—Eh... —tartamudeó Spencer.

La puerta hizo unos cuantos ruidos y se abrió. Ian se había cambiado la camisa de vestir y los pantalones caqui por una camiseta y unos vaqueros Ksubi. Spencer contrajo los dedos, asustada y excitada.

Ian miró la habitación de Spencer.

—Tu habitación es enorme comparada con la nuestra.

Spencer se agarró las manos a la espalda, intentando no sonreír. Probablemente fuera la primera vez que tenía una habitación mejor que la de Melissa. Ian miró los libros dispersos en la cama, y los aparto con la mano para sentarse.

—¿Así que estudiando?

—Algo así. —Se mantenía pegada a la mesa, temiendo moverse.

—Una pena. Pensé que podríamos dar un paseo o algo así. Melissa se ha quedado dormida tras tomar uno de esos cócteles para llevar. No aguanta nada —remató, guiñándole un ojo.

Fuera, varios taxis tocaron la bocina y un cartel de neón parpadeaba. La mirada de Ian era la misma que recordaba de años anteriores, previos a que la besara en la entrada de su casa. Spencer se llenó un vaso con el agua helada de la jarra de la mesa y dio un largo trago, mientras una idea tomaba forma en su mente. Tenía cosas que preguntarle a Ian... sobre Melissa, sobre Ali, sobre las partes perdidas de su memoria, y sobre la sospecha casi tabú que crecía en su mente desde el pasado domingo.

Spencer dejó el vaso en la mesa, con el corazón acelerado. Se tiró de la camiseta de la universidad de Pensilvania que le venía grande para que le asomara uno de los hombros.

—Sé un secreto de ti —murmuró.

—¿Mío? —Ian se señalo el pecho con el pulgar—. ¿Cuál?

Spencer apartó algunos de sus libros y se sentó a su lado. La cabeza le dio vueltas al oler su crema facial Kiehl de papaya. Le gustaba tanto la línea Kiehl de cremas para la piel que se la sabía de memoria.

—Sé que cierta chica rubia y tú solíais ser algo más que amigos.

Ian sonrió perezosamente.

—¿Y esa chica rubia eras... tú?

—No... —Spencer frunció los labios—. Ali.

Un tic nervioso tiró de los labios de Ian.

—Salí alguna que otra vez con ella, pero nada más. —Tocó con el dedo la rodilla desnuda de Spencer y esta sintió que un escalofrío le recorría la espalda—. Me gustó más besarte a ti.

Spencer se echó atrás, perpleja. Durante su última pelea, Ali le había contado que estaba liada con Ian, y que este solo había besado a Spencer porque se lo había pedido ella. ¿Por qué, entonces, Ian flirteaba siempre con ella?

—¿Sabe mi hermana que saliste con Ali?

Ian soltó un bufido.

—Pues claro que no. Ya sabes lo celosa que es.

Spencer miró hacia la avenida Lexington, y contó una hilera de diez taxis.

—Entonces, ¿Melissa y tú sí que pasasteis juntos la noche en que desapareció Ali?

Ian se echó hacia atrás, apoyándose en los hombros, y suspiró de forma exagerada.

—Cómo sois las chicas Hastings. Melissa también me ha hablado esta noche de eso. Creo que le preocupa que ese policía descubra que estábamos bebiendo, porque éramos menores de edad. Pero ¿qué más da? Fue hace más de cuatro años. Nadie va a detenernos ahora por eso.

—¿Está... nerviosa? —susurró Spencer, abriendo mucho los ojos.

Ian entornó los párpados, seductor.

—¿Por qué no te olvidas un rato de todo lo de Rosewood? —Le apartó a Spencer el pelo de la frente—. Mejor nos enrollamos.

El deseo se agitó en todo su ser. El rostro de Ian se acercó más y más, tapándole la visión de los edificios al otro lado de la calle. Él posó la mano en su rodilla.

—No deberíamos hacer esto —susurró—. No está bien.

—Sí que lo está —respondió Ian suavemente.

Y, entonces, llamaron a la puerta.

—Spencer —dijo Melissa con voz ronca—. ¿Estás ahí?

Spencer se levantó de la cama de un salto, tirando al suelo libros y notas.

—S-sí.

—¿Sabes dónde está Ian?

Cuando oyó que su hermana giraba el pomo de la puerta, le hizo a Ian señas frenéticas en dirección a la otra salida. Este saltó de la cama, se enderezó la ropa y salió de la habitación justo cuando Melissa abría la puerta.

Su hermana llevaba en la frente su antifaz de seda negro y un pijama Kate Spade a rayas. Alzó ligeramente la nariz, casi como si olfateara la crema Kiehl de papaya.

—¿Por qué es tu habitación mucho más grande que la mía? —dijo por fin Melissa.

Las dos oyeron el sonido metálico de le tarjeta de Ian, que entraba por la puerta. Melissa se volvió, con el cabello agitándose al aire.

—Ah, estás ahí. ¿Dónde te habías metido?

—En la máquina expendedora —respondió él con voz melosa y seductora.

Melissa cerró la puertita sin llegar a despedirse.

Spencer se dejó caer en la cama.

—Por qué poco —gimió en voz alta, aunque esperaba que no lo bastante como para que pudieran oírle Melissa o Ian.

23

A puerta cerrada

Cuando Hanna abrió los ojos, estaba al volante de su Toyota Prius. Pero ¿no le habían dicho los médicos que no debía conducir con un brazo roto? ¿No debería estar en la cama con Punto, su doberman en miniatura, a su lado?

—Hanna.

En el asiento del pasajero había una figura diluida. Solo conseguía ver que era una chica de pelo rubio, ya que estaba demasiado borrosa para ver algo más.

—Hola, Hanna —volvió a decir la voz. Parecía la de...

—¿Ali? —dijo con voz ronca.

—Justo. —Ali se inclinó hacia la cara de Hanna. Las puntas de sus cabellos le rozaron la mejilla—. Soy A —susurró.

—¿Qué? —gritó Hanna, con ojos muy abiertos.

Ali se enderezó.

—He dicho que estoy bien.

Entonces abrió la puerta y huyó en la noche.

La visión de Hanna volvió a enfocarse. Estaba sentada en el aparcamiento del planetario de Hollis. El viento azotaba un cartel donde ponía «El Big Bang».

Se incorporó, jadeando. Estaba en su dormitorio, arrebujada bajo la manta de cachemir. Punto estaba hecho una bola en su camita para perros de Gucci. A la derecha estaba su armario, con hileras e hileras de preciosos vestidos caros. Respiró hondo, intentando calmarse.

—Dios —dijo en voz alta.

Sonó el timbre. Ella lanzó un gruñido y se sentó, sintiéndose como si tuviera la cabeza rellena de paja. ¿Con qué acababa de soñar? ¿Con Ali? ¿Con el Big Bang? ¿Con A?

Volvió a sonar el timbre. Punto había salido de su cama y se agitaba a uno y otro lado de la puerta cerrada. Era viernes por la mañana y, al mirar el reloj de la mesita, Hanna se dio cuenta de que eran más de las diez. Su madre se habría ido a trabajar hace horas, si es que anoche había vuelto a casa. Hanna se había quedado dormida en el sofá y Mona la había ayudado a llegar a la cama, en el piso de arriba.

—Ya voy —dijo Hanna, poniéndose la bata de seda azul marino, recogiéndose el pelo en una rápida coleta, y mirándose al espejo. Hizo una mueca. Los puntos de la barbilla seguían siendo desiguales y negros. Le recordaban las cuerdas cruzadas de una pelota de fútbol americano.

Cuando miró por entre los cristales de la puerta principal, vio a Lucas parado en el porche. El corazón se le aceleró de inmediato. Comprobó su reflejo en el espejo del vestíbulo y se apartó algunos mechones de pelo. Con esa bata se sentía como una gorda de circo y se planteó volver corriendo a su habitación y vestirse de verdad.

Entonces se interrumpió, y lanzó una risotada. ¿Qué estaba haciendo? Lucas no podía gustarle. Era... Lucas.

Hanna movió los hombros hacia atrás, soltó aire y abrió la puerta.

—Hola —dijo, intentando parecer aburrida.

—Hola —respondió Lucas.

Se miraron durante lo que parecieron siglos. Estaba segura de que él podía oír el latido de su corazón. Quiso amortiguarlo. Punto bailaba alrededor de sus piernas, pero Hanna estaba demasiado paralizada para agacharse y echarlo de allí.

—¿Es mal momento? —preguntó Lucas con precaución.

—Eh, no —dijo rápidamente Hanna—. Pasa.

Al retroceder, tropezó con una estatua de Buda que llevaba al menos diez años delante de puerta. Agitó los brazos a su alrededor, intentando no caerse. De pronto, sintió que los fuertes brazos de Lucas le rodeaban la cintura. Cuando la posó en el suelo, se miraron el uno al otro. Las comisuras de la boca de Lucas se curvaron en una sonrisa. Él se inclinó, y puso su boca en la de ella. Hanna se derritió. Siguieron pegados hasta el sofá y cayeron en los cojines, con Lucas maniobrando cuidadosamente alrededor del cabestrillo de ella. Al cabo de varios minutos de apasionados abrazos, Hanna rodó a un lado mientras recuperaba el aliento. Emitió un gemido y se tapó la cara con las manos.

—Lo siento. —Lucas se sentó—. ¿Es que no debí hacerlo?

Hanna negó con la cabeza. Desde luego, no podía decirle que llevaba dos días fantaseando con que volviera a pasar esto. Ni que tenía la espeluznante sensación de que había besado a Lucas antes del miércoles. Pero ¿cómo podía ser eso posible?

Apartó las manos de la cara.

—¿No me dijiste que estabas en el club de PES del instituto? —dijo en voz baja, recordando algo que Lucas le había dicho durante el viaje en globo—. ¿No deberías saber telepáticamente si deberías haberlo hecho o no?

Lucas sonrió y le tocó la rodilla desnuda con el dedo.

—Bueno, entonces diría que querías que lo hiciera. Y que quieres que vuelva a hacerlo.

Hanna se pasó la lengua por los labios, sintiendo como si en su estómago aletearan las miles de mariposas silvestres que había visto unos años antes en el museo de Historia Natural. Cuando Lucas alargó la mano y le tocó la parte interna del codo, donde habían estado conectadas las intravenosas, se sintió a punto de disolverse en un charquito. Agachó la cabeza y emitió un gemido.

—Lucas... No lo sé.

Él se echó atrás.

—¿El qué no sabes?

—Es que... Bueno... Mona...

Agitó las manos fútilmente. No le estaba saliendo nada bien, aunque tampoco tenía ni idea de lo que intentaba decir.

Lucas alzó una ceja.

—¿Qué pasa con Mona?

Hanna cogió el perro de peluche que su padre le había dado en el hospital. Se suponía que era Cornelius Maximilian, un personaje que él se había inventado cuando Hanna era más niña.

—Volvemos a ser amigas —dijo con vocecita infantil, esperando que Lucas supiera lo que eso significaba sin necesidad de explicárselo.

Lucas se echó atrás.

—Hanna... Creo que deberías tener cuidado con Mona.

—¿Qué quieres decir?

—Solo que... No creo que quiera lo mejor para ti.

Hanna se quedó boquiabierta.

—¡Mona ha estado todo este tiempo a mi lado en el hospital! Y, bueno, si esto es por la pelea en su fiesta, ya me lo ha contado. Lo he superado. No pasa nada.

Lucas la estudió cuidadosamente.

—¿No pasa nada?

—No.

—Así que... ¿no te importa lo que te hizo? —Lucas parecía sorprendido.

Hanna apartó la mirada. Ayer, después de hablar de A y de entrevistar a los modelos masculinos y que se fueran las otras chicas, había encontrado una botella de vodka Stoli Vanil en el mismo armarito donde su madre guardaba la vajilla de porcelana de su boda. Mona y ella se metieron en el despacho, pusieron *Un paseo para recordar* y jugaron a beber con Mandy Moore. Bebían cada vez que Mandy parecía gorda. Bebían cada vez que ponía morritos. Bebían cada vez que parecía un robot. No hablaron de la nota que A le había enviado a Mona, ni de su pelea. Hanna estaba segura de que se habrían peleado por alguna estupidez, como las fotos de la fiesta o si Justin Timberlake era idiota. Mona siempre decía que lo era, y Hanna siempre decía que no.

Lucas pestañeó furioso.

—No te lo ha dicho, ¿verdad?

Hanna respiró con fuerza por la nariz.

—No importa, ¿vale?

—Vale —dijo Lucas, alzando las manos en señal de rendición.

—Vale —repitió Hanna, irguiendo los hombros.

Pero al cerrar los ojos volvió a verse en su Prius. Con la bandera del planetario ondeando detrás. Los ojos le picaban de tanto llorar. Algo, puede que su BlackBerry, pitó en el fondo de su bolso. Intentó aferrarse al recuerdo, pero fue inútil.

Podía sentir la calidez que irradiaba el cuerpo de Lucas, de tan cerca como estaba. No olía a colonia o a algún desodorante caro ni a ninguna de esas cosas que se echan los chicos, sino a piel y pasta de dientes. Si tan solo vivieran en un mundo en el que Hanna pudiera tener ambas cosas: a Lucas y a Mona. Pero sabía que no podría ser si quería seguir siendo quien era.

Hanna le cogió la mano. Un sollozo se atropelló en su garganta por motivos que no podía explicar ni comprender. Al acercarse para besarlo, volvió a intentar recuperar ese recuerdo que estaba segura que pertenecía a la noche de su accidente. Pero, como siempre, no pudo.

24

Spencer en la guillotina

El viernes por la mañana, Spencer entró en el restaurante Daniel en la calle sesenta y cinco, entre Madison y Park, una manzana de edificios tranquila y cuidada situada en algún lugar entre el centro de Manhattan y el Upper East Side. Se sintió como entrando en el decorado de *María Antonieta*. Las paredes del restaurante eran de mármol tallado, y Spencer pensó que parecían hechas de chocolate blanco. En la entrada al comedor principal había elegantes cortinas rojo oscuro y pequeños setos esculpidos. Spencer decidió que cuando fuera inmensamente rica, decoraría su casa para que fuera igualita.

Le acompañaba toda la familia, incluidos Melissa e Ian.

—¿Has traído tus notas? —murmuró su madre, jugueteando con uno de los botones de su vestido Chanel rosa de pata de gallo; vestía como si fuera ella la que iba a ser entrevistada. Spencer asintió. No solo las llevaba, sino que las había ordenado alfabéticamente.

Intentó aplacar la sensación de ardor de su estómago, aunque no le ayudaba el olor a huevos revueltos y aceite de trufa proveniente del comedor. En el atril de recepción había un cartel que decía «Registro».

—Spencer Hastings —le dijo a una doble de Parker Posey que estaba atendiendo allí.

La chica encontró a Spencer en la lista, sonrió, y le entregó una tarjeta plastificada.

—Está en la mesa seis —dijo, haciendo una señal hacia la entrada del comedor. Vio camareros atareados, gigantescos arreglos florales, y unos pocos adultos yendo de un lado a otro, hablando y tomando café—. La llamaremos cuando estemos listos.

Melissa e Ian examinaban una estatuilla de mármol junto al bar. El padre de Spencer había salido a la calle y hablaba por el móvil. Su madre también hablaba por el móvil, medio escondida tras una de las cortinas rojo sangre del Daniel.

—¿Así que estamos completos? Bien, fantástico. A ella le encantará.

¿Me encantará?, quiso preguntar Spencer, pero se preguntó si su madre no querría que siguiera siendo una sorpresa hasta que ganara.

Melissa se escapó hasta el aseo, e Ian se dejó caer en una silla al lado de Spencer.

—¿Emocionada? —Sonrió—. Deberías estarlo. Esto es impresionante.

Spencer deseó que, solo por una vez, Ian oliese a verduras podridas o a aliento de perro, algo que le hiciera mucho más fácil estar a su lado.

—No le habrás contado a Melissa que anoche entraste en mi habitación, ¿verdad? —susurró.

Ian asumió una actitud profesional.

—Claro que no.

—¿Y no te pareció que sospechase, ni nada?

Ian se puso las gafas de sol de piloto, que le tapaban los ojos.

—Melissa no da tanto miedo, sabes. No te va a morder.

Spencer cerró la boca con fuerza. Últimamente le parecía que Melissa no se limitaría a morderla, sino a pegarle la rabia.

—Tú no digas nada —gruñó.

—¿Spencer Hastings? —dijo la chica de la entrada—. La están esperando.

Cuando se levantó, sus padres se reunieron a su alrededor como las abejas en una colmena.

—No te olvides de la vez que hiciste de Eliza Doolittle en *My Fair Lady* teniendo gastroenteritis —susurró su madre.

—No olvides mencionar que conozco a Donald Trump —añadió su padre.

Spencer frunció el ceño.

—¿De verdad lo conoces?

Su padre asintió.

—Una vez coincidimos en la misma mesa del Cipriani y nos intercambiamos las tarjetas de visita.

Spencer respiró hondo todo lo disimuladamente que pudo.

La mesa seis estaba en un pequeño rincón en la parte de atrás del restaurante. Allí ya había tres adultos, bebiendo café y tomando cruasanes. Se levantaron al ver a Spencer.

—Bienvenida —dijo un hombre calvo de rostro liso—. Jeffrey Love. Orquídea Dorada del 87. Trabajo en el mercado de valores de Nueva York.

—Amanda Reed. —Una mujer alta y delgada le estrechó la mano—. Orquídea Dorada de 1984. Redactora jefe de *Barron*.

—Quentin Hugues —asintió en su dirección un hombre negro con una hermosa chaqueta Turnbull & Asser abotonada—. Del noventa y nueve. Soy directivo de Goldman Sachs

—Spencer Hastings —dijo, intentando sentarse de la forma más delicada posible.

—Usted escribió el ensayo sobre la «mano invisible».—Amanda Reed sonrió, volviendo a sentarse.

—Nos dejó muy impresionados a todos —murmuró Quentin Hugues.

Spencer dobló y desdobló la servilleta de paño blanco. Por supuesto, todos los que estaban en esa mesa tenían que trabajar en finanzas. Ojalá le hubieran puesto un historiador del arte, o un biólogo, o un documentalista, alguien con quien poder hablar de otra cosa. Intentó imaginarse a sus entrevistadores en paños menores. Intentó imaginarse a Rufus y Beatrice, sus caniches labradores, frotándose contra sus piernas. Entonces se imaginó contándoles la verdad sobre todo aquello: que no entendía de economía, que la odiaba, y que le había copiado el trabajo a su hermana para que una mala nota en un ensayo no le bajara la media.

Al principio le hicieron preguntas básicas, sobre a qué escuela iba, qué le gustaba hacer, y cuáles eran sus experiencias en voluntariado y liderazgo. Spencer contestó sin problemas, los entrevistadores sonrieron, asintieron y tomaron notas en sus libretitas de cuero del Orquídea Dorada. Les habló de su interpretación en *La tempestad,* de que era la editora del anuario y de que en su primer año había organizado un viaje ecológico a Costa Rica. Al cabo de unos minutos, se recostó y pensó: *Esto va bien. Esto va muy bien.*

Y entonces sonó su móvil.

Los entrevistadores alzaron la mirada, al verse interrumpido el proceso.

—Se suponía que debía apagar el móvil antes de entrar —dijo Amanda con severidad.

—Perdón, creía haberlo hecho.

Spencer rebuscó en su bolso, para dejar el móvil en modo silencioso. Entonces vio la pantalla. Era un mensaje de alguien llamado AAAAA.

> AAAAA: Una pista útil para quien no se entera: no engañas a nadie. Los jueces se dan cuenta de que eres más falsa que un Vuitton de imitación.
> P. D.: Lo hizo ella, ¿sabes? Y no se lo pensará dos veces antes de hacértelo a ti.

Spencer cerró rápidamente el teléfono, mordiéndose el labio con fuerza. «Lo hizo ella, ¿sabes?». ¿Estaría insinuando A lo que creía que insinuaba?

Cuando volvió a mirar a sus entrevistadores, le parecieron unas personas completamente diferentes, encogidos y serios, dispuestos a hacer preguntas comprometidas. Volvió a ponerse a doblar la servilleta. *No saben que soy una falsaria,* se dijo.

Quentin cruzó las manos ante su plato.

—¿Siempre ha sentido interés por la economía, señorita Hastings?

—Eh, por supuesto. —La voz de Spencer sonó rota y seca—. Siempre he encontrado la... eh... economía, el dinero, todo eso, de lo más fascinante.

—¿Y a quién consideraría sus mentores filosóficos? —preguntó Amanda.

Spencer sentía el cerebro hueco. ¿Sus mentores filosóficos? ¿Qué infiernos significaba eso? Solo un nombre acudió a su mente.

—¿Donald Trump?

Los entrevistadores se quedaron desconcertados por un momento. Y entonces Quentin se echó a reír. Luego Jeffrey, luego

Amanda. Todos sonreían, así que Spencer sonrió también. Hasta que Jeffrey dijo:

—Es una broma, ¿verdad?

Spencer pestañeó.

—Claro que estoy de broma.

Los entrevistadores volvieron a reírse. Spencer se moría de ganas por ordenar los cruasanes que había en el centro de la mesa y formar con ellos una pirámide más armoniosa. Cerró los ojos, intentando centrarse, pero solo vio la imagen de un avión precipitándose desde los cielos, con el morro y la cola en llamas.

—Pero, como inspiradores... bueno, tengo tantos, que me cuesta nombrar solo uno —balbuceó.

Los entrevistadores no parecieron especialmente impresionados.

—¿Cuál sería su trabajo ideal al acabar la universidad? —preguntó Jeffrey.

Spencer habló sin pensar.

—Reportera de *The New York Times*.

Los entrevistadores parecieron confusos.

—En la sección financiera, ¿verdad? —especificó Amanda.

Spencer pestañeó.

—No lo sé. ¿Puede?

No se sentía tan torpe y nerviosa desde... bueno, desde nunca. Sus notas para la entrevista seguían formando un montoncito ordenado en sus manos. Sentía la mente como una pizarra en blanco. Una carcajada les llegó desde la mesa diez. Spencer miró hacia allí y vio a la morena del hotel W sonriendo desenfadada, y a sus entrevistadores devolviéndole la sonrisa. Más allá había un ventanal; fuera en la calle, había una chica mirando al interior. Era... Melissa. Estaba allí parada, mirándola fijamente.

«Y no se lo pensará dos veces antes de hacértelo a ti.»

—Veamos. —Amanda echó más leche a su café—. ¿Qué diría que es lo más importante que le ha pasado en el instituto?

—Bueno... —Spencer volvió a mirar a la ventana, Melissa se había ido. Respiró nerviosamente e intentó calmarse. El reloj Rolex de Quentin brillaba a la luz del candelabro. Alguien se había echado demasiado perfume con base de almizcle. Una camarera de aspecto francés sirvió otra ronda de cafés en la mesa tres. Spencer sabía cuál era la respuesta correcta: el campeonato de economía doméstica de noveno curso. El verano que trabajó de aprendiz en la sucursal de Filadelfia de J. P. Morgan. Solo que esos no eran logros suyos, sino de Melissa, la legítima ganadora del premio. Las palabras se le amontonaban en la punta de la lengua, pero, de pronto, por su boca salió algo completamente inesperado.

—Mi mejor amiga desapareció en séptimo —farfulló Spencer—. Alison DiLaurentis Seguro que han oído hablar de ella. Me he pasado años viviendo con la incógnita de lo que le había pasado, de dónde estaría. El septiembre pasado encontraron su cuerpo. La habían asesinado. Creo que mi mayor logro es haber podido seguir adelante. No sé cómo hemos podido hacerlo ninguno, cómo hemos podido seguir yendo al colegio y vivir nuestra vida y seguir adelante. Puede que a veces no nos lleváramos bien, pero lo era todo para mí.

Spencer cerró los ojos, recordando la noche en que Ali desapareció, cuando la empujó con fuerza y cayó hacia atrás. Un horrible crujido resonó en el aire. Y, de pronto, su memoria le permitió al fin ver algo más. Vio algo... algo nuevo. Justo después de empujar a Ali había oído un gritito, casi de niña. Había sonado cerca, como si hubiera alguien detrás de ella, echándole el aliento en el cuello.

«Lo hizo ella, ¿sabes?»

Spencer abrió los ojos de golpe. Sus jueces parecían en pausa. Quentin con un croissant a dos centímetros de la cara. Amanda ladeando la cabeza en un ángulo extraño. Jeffrey seguía con la servilleta en los labios. Spencer se preguntó de repente si había vocalizado en voz alta su nuevo recuerdo.

—Bueno —dijo por fin Jeffrey—. Gracias, Spencer.

Amanda se levantó, dejando la servilleta en el plato.

—Ha sido muy interesante.

Spencer estuvo segura de que era una forma abreviada de decir *No tienes ninguna posibilidad de ganar*.

Los demás entrevistadores se fueron, al igual que los candidatos. Quentin fue el único que continuó sentado. La estudió con cuidado, con una sonrisa de orgullo en el rostro.

—Hace tiempo que sigo la historia de tu amiga. Es horrible. ¿Tiene la policía algún sospechoso?

El conducto del aire acondicionado muy por encima de la cabeza de Spencer la duchó con aire frío a plena potencia, y a su mente acudió la imagen de Melissa decapitando a una muñeca Barbie.

—No, ninguno —susurró.

Pero puede que yo sí.

25

Cuando llueve, diluvia

El viernes, después de clase, Emily se retorció el pelo, mojado por el entrenamiento de natación, y entró en el cuarto del anuario, que tenía las paredes cubiertas con fotos de lo mejorcito de Rosewood Day. Allí estaba Spencer en la ceremonia de graduación del año anterior, aceptando el premio a la mejor estudiante de matemáticas del año. Y Hanna, presentando el desfile de moda benéfico del año anterior, cuando en realidad debería haber sido una de las modelos.

Dos manos le taparon los ojos.

—Hola, tú —le susurró Maya al oído—. ¿Qué tal natación? —dijo burlona, como si cantara una nana.

—Bien.

Emily sintió que los labios de Maya rozaban los suyos, pero no pudo devolver el beso.

En la habitación entró Scott Chin, el fotógrafo del anuario, que aún no había salido completamente del armario.

—¡Chicas! —Las saludó a ambas con dos besos, y luego le colocó mejor a Emily el collar que llevaba y apartó un mechón de pelo de la cara de Maya.

—Perfecto —dijo.

Scott señaló a Maya y a Emily el fondo blanco que había en una de las paredes.

—Estamos sacando ahí todas las fotos de «El más probable que». Personalmente, preferiría sacaros a las dos con un fondo de arco iris. ¿A que sería impresionante? Pero hay que ser coherentes.

Emily frunció el ceño.

—El más probable... ¿qué? Creía que nos habían votado la mejor pareja.

La gorra a cuadros de periodista resbaló sobre uno de los ojos de Scott cuando se inclinó sobre la cámara en el trípode.

—No, os votaron las más probables de seguir juntas en la reunión de los cinco años.

Emily se quedó boquiabierta. ¿En la reunión de los cinco años? ¿No era eso pasarse un poco?

Se masajeó la nuca, intentando calmarse. Pero no había estado calmada desde que encontró la nota de A en el aseo del restaurante. Al no saber qué hacer con ella, la había metido en el bolsillo externo de su bolso. La sacaba de vez en cuando durante las clases, llevándosela siempre a la nariz para oler el dulce aroma a chicle de plátano.

—¡Decid gouda! —gritó Scott, y Emily se pegó a Maya e intentó sonreír. El flash de la cámara dejó chispitas ante sus ojos y de pronto notó que el cuarto del anuario olía a circuitos electrónicos quemándose. Para la siguiente foto, Maya besó a Emily en la mejilla. Y en la siguiente, Emily se esforzó por besar a Maya en los labios.

—¡Mola! —la animo Scott.

Scott miró por el visor de la cámara.

—Podéis iros —dijo. Entonces se detuvo y miró a Emily de forma extraña—. Aunque igual queréis ver una cosa antes.

Condujo a Emily hasta una gran mesa de dibujo y señaló un montón de fotos dispuestas en una maqueta de dos páginas. «Te echamos de menos» decía el titular que atravesaba toda la maqueta. Se encontró con una foto de séptimo curso que le era familiar; no solo tenía una copia en el cajón superior de su mesita de noche, sino que hacía meses que la miraba cada noche.

—El instituto no le dedicó a Alison ni una página cuando desapareció —explicó Scott—. Y ahora que ella... bueno, pensamos que deberíamos hacer una. Puede que hasta hagamos algo especial para recordarla y mostrar todas estas viejas fotos suyas. Una especie de retrospectiva de Ali, por así decirlo.

Emily tocó el borde de una de las fotos. Se la veía a ella con Ali, Spencer, Aria y Hanna en la mesa del almuerzo. Todas bebían Coca-Cola light, y echaban la cabeza atrás sumidas en una carcajada histérica.

Al lado había una foto en la que solo estaban Ali y Emily, caminando por el pasillo, llevando los libros agarrados contra el pecho. Emily destacaba en altura al lado de la pequeña Ali, y su amiga levantaba la cabeza hacia ella, susurrándole algo al oído. Emily se mordió los nudillos. Aunque había descubierto muchas cosas sobre Ali, cosas que deseaba que le hubiera contando años antes, seguía echándola tanto de menos que le dolía.

En segundo plano había alguien más en quien no se había fijado antes. Tenía el pelo largo y negro y las mejillas sonrosadas. Sus ojos eran redondos y verdes, y los labios rosados y con forma de corazón. Jenna Cavanaugh,

Jenna volvía la cabeza hacia alguien que había a su lado, pero a la otra chica solo se le veía el borde de un brazo delgado y pálido. Le resultó extraño ver a Jenna... con vista. Emily miró hacia Maya, que estaba fijándose en la siguiente foto, evidentemente sin darse cuenta de la importancia de esta. Había tantas cosas que no le había contado.

—¿Esa era tu amiga? —dijo Maya, señalando a una foto de Ali con su hermano Jason, abrazándose en el patio de Rosewood Day.

—Eh, sí. —Emily no pudo controlar la irritación de su voz.

—Oh. —Maya retrocedió—. Es que no parece ella.

—Es como todas las otras fotos de Ali que hay aquí.

Emily combatió el impulso de poner los ojos en blanco mientras miraba la foto. Ali estaba imposiblemente joven, puede que con diez u once años. Se había tomado antes de que fueran amigas. Costaba creer que hubo una vez en que Ali fue la jefa de un grupito completamente diferente, en que Naomi Zeigler y Riley Wolfe acataban sus órdenes. A veces hasta se metían con Emily y con las demás, burlándose del tono verdoso del pelo de Emily, que se le ponía así por las horas que pasaba metida en agua clorada.

Emily estudió la cara de Jason. Parecía encantado de darle a Ali un abrazo de oso. ¿Qué diablos había querido decir en la entrevista que salió ayer en las noticias, cuando dijo que su familia estaba trastornada?

—¿Qué es esto? —Maya señaló las fotos de la siguiente mesa.

—Oh, el proyecto de Brenna. —Scott sacó la lengua, y Emily no pudo evitar una risita. La rivalidad entre Scott y Brenna Richardson, también fotógrafa del anuario, era digna de un *reality*—. Pero, por esta vez, creo que es una buena idea. Ha sacado fotos del interior de las mochilas y bolsos de la gente para mostrar lo que llevan los estudiantes cada día. Pero Spencer aún no las ha visto, así que igual no lo aprueba.

Emily se inclinó sobre la siguiente mesa. El comité del anuario había escrito al lado de cada foto el nombre de cada dueño. Dentro de la bolsa de lacrosse de Noel Kahn había una toalla cargadita de bacterias, la ardilla de peluche de la suerte de la que siempre hablaba y desodorante Axe. Puaj. El bolsón a cuadros gris elefante de Naomi Zeigler contenía un iPod Nano, un estuche para unas gafas de Dolce & Gabanna, y un objeto cuadrado que podía ser tanto una pequeña cámara como una lupa de joyero. Mona Vanderwaal llevaba brillo de labios M.A.C., un paquete de pañuelitos Sniff, y tres agendas diferentes. De la azul sobresalía parte de una foto mostrando un brazo delgado que salía de una manga raída. La mochila de Andrew Campbell contenía ocho libros de texto, una agenda de cuero y el mismo Nokia que tenía Emily. La foto mostraba el principio de un mensaje de texto que había recibido o escrito, pero no podía leerse lo que decía.

Cuando alzó la mirada, vio a Scott mirando algo en su cámara, pero no pudo ver a Maya por ninguna parte. En ese momento vibró su móvil. Tenía un nuevo mensaje de texto.

¡Eh, Emily! ¿Sabe tu chica que sientes debilidad por las rubias?
Te guardaré el secreto... si tú guardas el mío. ¡Besos! —A.

El corazón se le aceleró. ¿Debilidad por las rubias? Y... ¿dónde se había metido Maya?

—¿Emily?

En la puerta de la sala del anuario había una chica, vestida con una camisetita baby doll de gasa rosa, como si no notara el frío de mediados de octubre. Su melena se abría a su alrededor como si fuera una modelo de biquinis parada ante un ventilador.

—¿Trista? —farfulló Emily.

Maya apareció en el pasillo y frunció el ceño, sonriendo a continuación.

—¡Em! ¿Quién es?

Emily se volvió para mirar a Maya.

—¿Dónde estabas hace un momento?

Maya inclinó la cabeza.

—Estaba en... el pasillo.

—¿Qué hacías? —exigió saber Emily.

Maya la miró de un modo que parecía decir: «¿Qué más da?». Emily pestañeó. Se sentía como si estuviera perdiendo la cabeza por sospechar de Maya. Se volvió hacia Trista, que estaba cruzando la habitación.

—¡Cuánto me alegro de verte! —chilló Trista, abrazándola con fuerza—. ¡He cogido un avión! ¡Sorpresa!

—Sí —dijo Emily con una voz ronca que apenas era un suspiro. Por encima del hombro de Trista podía ver a Maya, mirándola furiosa—. Sorpresa.

26

Deliciosamente hortera, aunque vulgar

El viernes después de clase, Aria condujo por la avenida Lancaster, dejando atrás los centros comerciales de Fresh Fields, A Pea in the Pod y Home Depot. El cielo de la tarde estaba encapotado, haciendo que los árboles, normalmente coloridos, que bordeaban la carretera, parecieran apagados y planos.

Mike iba a su lado, enroscando y desenroscando silenciosamente el tapón de su botella de Nalgene.

—Me estoy perdiendo el entrenamiento de lacrosse —gruñó—. ¿Cuándo piensas decirme lo que estamos haciendo?

—Vamos a un sitio que hará que todo vuelva a estar bien —dijo Aria muy tensa—. Y no te preocupes, porque te va a encantar.

Un escalofrío de placer la recorrió cuando aminoró ante una señal de stop. La insinuación de A acerca de que Meredith tenía un secretito en Hooters resultaba de lo más lógico. Meredith había actuado de forma muy rara cuando la vio el otro día, y le dijo que tenía que estar en otra parte, pero sin decir dónde. Y solo dos noches antes, Meredith había comentado que su casero le había subido el alquiler y últimamente no vendía muchos cuadros, así que igual debía buscar un segundo trabajo. Seguro que las chicas de Hooters conseguían buenas propinas.

Hooters. Aria cerró la boca con fuerza para no reírse. Apenas podía esperar a contárselo a Byron. Cada vez que pasaban delante, Byron decía que allí solo iban filisteos pueriles, hombres más emparentados con monos que con humanos. La noche anterior, Aria le había dado a Meredith la oportunidad de admitir sus pecados ante Byron, cuando se puso a su lado y le dijo: «Sé lo que ocultas. ¿Y sabes una cosa? Se lo contaré a Byron si no lo haces tú».

Meredith había retrocedido, dejando caer el trapo de cocina que tenía en las manos. ¡Por tanto sí que se sentía culpable por algo! Aún así, Meredith no le había dicho nada a Byron. Esta misma mañana se habían comido tranquilamente los cereales Kashi GoLean en la mesa, comportándose con tanta normalidad como cualquier otro día. Así que Aria había decidido ocuparse personalmente de ello.

El aparcamiento de Hooters estaba bastante lleno, pese a ser media tarde. Aria se fijó en los cuatro coches patrulla aparcados. Sabía que el lugar solía estar lleno de policías, al haber una comisaría al lado. El búho del cartel de Hooters le sonrió, y Aria pudo distinguir a través de las ventanas tintadas del restaurante a las chicas con camisetas ceñidas y minipantalones anaranjados. Pero cuando miró a Mike, este no estaba babeando ni empalmándose ni lo que fuera que hicieran los chicos cuando iban a estos sitios. En vez de eso, parecía molesto.

—¿Qué diablos hacemos aquí? —escupió.

—Meredith trabaja aquí —explicó Aria—. Quería que vinieras conmigo para poder enfrentarnos los dos a ella.

Mike se quedó tan boquiabierto que Aria pudo ver el brillante verde del chicle alojado detrás de sus molares.

—¿Te refieres a... la chica de papá?

—Justo.

Aria buscó su Treo en el bolso de piel de yak (quería sacar fotos de Meredith como prueba), pero no estaba donde siempre. Se le encogió el estómago. ¿Lo habría perdido? Lo había dejado en una mesa tras recibir el mensaje de A en clase de arte, por lo que salió de la clase y se arrancó la máscara en la entrada a los aseos. ¿Habría olvidado recogerlo? Tomó nota mental para pasarse luego a buscarlo.

Una canción de los Rolling Stones recibió a Aria y Mike cuando atravesaron la puerta doble. Aria se sintió abrumada por la peste a alitas picantes. En el atril de la entrada había una chica rubia superbronceada.

—¡Hola! —dijo feliz—. ¡Bienvenidos a Hooters!

Aria dio su nombre y la chica se volvió para comprobar las mesas libres, meneando el culo al caminar

—¿Has visto qué tetas? ¡Enormes! —dijo Aria, dándole un codazo a su hermano.

No podía creerse las cosas que salían por su boca. Pero Mike ni siquiera sonrió. Se comportaba como si Aria lo hubiera arrastrado a un recital de poesía en vez de a un paraíso de senos. La chica volvió y los condujo hasta su mesa. Cuando se inclinó para poner los cubiertos en la mesa, Aria pudo verle hasta el sujetador fucsia claro por el escote. Mike mantuvo la mirada fija en la alfombra naranja, como si esas cosas fueran contra su religión.

Cuando la camarera se fue, Aria miró a su alrededor. Al otro lado de la sala vio un grupo de policías engullendo enormes platos de costillas y patatas fritas, mirando alternativamente al partido de fútbol de la televisión y a las camareras que pasaban junto a su mesa. El agente Wilden estaba entre ellos. Aria se hundió en su asiento. No es que no pudiera estar allí, ya que Hooters siempre recalcaba que era un local familiar, pero en ese momento no le apetecía ver a Wilden.

Mike miró agriamente el menú mientras pasaban seis camareras más, cada una más bamboleante que la anterior. Aria se preguntó si, de algún modo, de forma instantánea, Mike se había vuelto gay. Apartó la mirada. Si no podía contar con su ayuda, le daba igual. Buscaría sola a Meredith.

Todas las chicas vestían igual, con camisetas y shorts ocho tallas más pequeñas y con playeras como las que llevaban las animadoras en día de partido. También tenían todas la misma cara, lo que facilitaría encontrar a Meredith entre ellas. Solo que no veía ni una sola chica morena, y menos una con un tatuaje de telaraña. Para cuando la camarera dejó en su mesa el enorme plato de patatas fritas, Aria había hecho suficiente acopio de valor como para preguntar:

—¿Sabes si trabaja aquí una chica llamada Meredith Gates?

La camarera pestañeó.

—No me suena ese nombre. Aunque a veces las chicas usan otro nombre. Ya sabes, uno que sea más... —Hizo una pausa, buscando un adjetivo.

—¿Tetudo? —sugirió Aria en broma.

—¡Sí! —La chica sonrió.

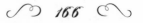

Cuando volvió a alejarse contoneándose, Aria soltó un bufido y pinchó a Mike con una patata.

—¿Cómo crees que se llamará Meredith aquí? ¿Randi? ¿Fifi? ¡Oh! ¿Qué tal Caitlin? Es alegre, ¿no?

—¿Quieres dejarlo ya? —estalló Mike—. No quiero saber nada de... de ella, ¿vale?

Aria pestañeó, y se retrepó en el asiento.

Mike estaba ruborizado.

—¿Crees que esto es el gran gesto que lo va a arreglarlo todo? ¿Volver a restregarme en la cara que papá está con otra? —Se metió en la boca un montón de patatas fritas y apartó la mirada—. Da igual. Ya lo he superado.

—Quería compensarte —chilló Aria—. Quería mejorar las cosas.

Mike soltó una risotada.

—No hay nada que puedas hacer, Aria. Me has arruinado la vida.

—Yo no he arruinado nada —repuso ella con un sobresalto.

Los ojos azul hielo de Mike se estrecharon. Arrojó su servilleta a la mesa, se levantó y empezó a ponerse el anorak.

—Tengo que ir a lacrosse.

—¡Espera! —Aria lo cogió del cinturón. De pronto se sintió a punto de llorar—. No te vayas —gimió—. Por favor, Mike. Mi vida también está arruinada. Y no solo por lo de papá y Meredith. Si no por... por otra cosa.

Mike la miró por encima del hombro.

—¿De qué estás hablando?

—Vuelve a sentarte —dijo Aria desesperada.

Pasó un instante. Mike gruñó y se sentó. Aria miró el plato de patatas fritas, mientras acumulaba valor para hablar. Oyó a dos hombres discutiendo las tácticas defensivas de los Eagles. En la pantalla plana de televisión se vio un anuncio de venta de coches de segunda mano con un hombre con disfraz de pollo balbuceando sobre tratos que proporcionaban más alpiste por el mismo pavo.

—He estado recibiendo amenazas de alguien —susurró Aria—. Alguien que lo sabe todo de mí. La persona que me ha estado amenazando fue la que le contó a Ella lo de la relación de Byron y Meredith. Algunas de mis amigas también han recibido mensajes, y creemos que la persona que los escribió es la que atropelló a

Hanna. Hasta tengo un mensaje diciendo que Meredith trabaja aquí. No sé cómo puede saber todas esas cosas, pero las sabe... —Se encogió de hombres, sin saber cómo seguir.

Pasaron dos anuncios antes de que Mike hablara.

—¿Tienes un acechador?

Aria asintió abatida.

Mike pestañeó, confundido. Hizo un gesto hacia la mesa de los policías.

—¿Se lo has contado a ellos?

Aria negó con la cabeza.

—No puedo.

—Claro que puedes. Podemos decírselo ahora.

—Lo tengo controlado —dijo Aria entre dientes. Se presionó las sienes con los dedos—. Igual no debería habértelo contado.

Mike se inclinó hacia delante.

—¿Es que has olvidado todas las cosas que han pasado en este pueblo? Tienes que decírselo a alguien.

—¿A ti qué te importa? —le soltó Aria, con la rabia acumulándose en el cuerpo—. Creía que me odiabas. Que yo te había arruinado la vida.

Mike relajó la expresión. Su nuez osciló arriba y abajo al tragar. Al levantarse pareció más alto de lo que recordaba Aria. También más fuerte. Igual era de todo ese deporte que hacía, o quizá porque aquellos días era el hombre de la casa. Cogió a Aria por la muñeca y la puso en pie.

—Se lo vas a decir a ellos.

A Aria le tembló la boca.

—¿Y si no es seguro?

—Lo que no es seguro es no contarlo —la urgió Mike—. Y... y yo te mantendré a salvo. ¿Vale?

Aria sentía su corazón como un brownie recién salido del horno: blandito, cálido y un poco derretido. Sonrió insegura, y miró al parpadeante letrero de neón que cruzaba la sala. Decía: «Deliciosamente hortera, aunque vulgar». Pero el cartel estaba roto y todas las letras estaban apagadas, exceptuando la «a» de «hortera», que titilaba amenazadora. Cuando Aria cerró los ojos, la «a» siguió brillando en su mente como el sol.

Respiró hondo.

—Bueno —susurró.

Se apartó de Mike en dirección a los policías, y llegó la camarera con la cuenta. Cuando se volvió para irse, Mike puso una expresión traviesa, alargó las manos y apretó el aire, como si lo hiciera con el rotundo trasero encajado en el satén naranja. Se dio cuenta de que Aria lo miraba y le guiñó el ojo.

Parecía que el Mike Montgomery de siempre había vuelto. Aria lo había echado de menos.

27

Extraño triángulo amoroso

El viernes por la noche, justo antes de que llegase la limusina que se suponía que debía llevarla a su fiesta, Hanna estaba en su habitación, dando vueltas sobre sí misma en su brillante vestido estampado de Nieves Lavi. Por fin tenía una perfecta talla treinta y seis, gracias a una dieta de fluidos intravenosos y unos puntos faciales que hacían que fuera demasiado doloroso el comer alimentos sólidos.

—Te queda estupendamente —dijo una voz—. Solo que me parece que estás un poco demasiado delgada.

Hanna se volvió en redondo. Su padre, con su traje de lana negra y su corbata púrpura oscuro, parecía George Clooney en *Ocean's Eleven*.

—No estoy demasiado delgada —contestó enseguida, intentando disimular su emoción—. Kate está mucho más delgada que yo.

El rostro de su padre se nubló, quizá ante la mención de su perfecta, preparada, pero increíblemente malvada cuasi hijastra.

—¿Qué haces aquí, ya puestos? —preguntó Hanna.

—Tu madre me ha dejado pasar. —Entró en la habitación y se sentó en la cama de ella. Hanna sintió que el estómago le daba un vuelco. Su padre no entraba en su habitación desde que tenía doce años, justo antes de que se fuera de casa—. Dijo que podía cambiarme aquí para tu gran fiesta.

—¿Vas a venir? —chilló Hanna.

—¿Tengo permiso?

—Su... supongo que sí. —También iban a ir los padres de Spencer, junto con parte del personal y el profesorado del Rosewood

Day—. Pero, creí que querrías volver a Annapolis.... con Kate e Isabel. Después de todo, llevas casi toda una semana lejos de ellas.

No consiguió ocultar la amargura en su voz.

—Hanna... —empezó a decir su padre.

Ella se dio la vuelta. De pronto se sentía furiosa de que su padre hubiera dejado a su familia, de que estuviera ahora allí, de que igual quisiera a Kate más que a ella, por no mencionar el que siguiera teniendo cicatrices por toda la cara y que aún no hubiera podido recordar lo que pasó el sábado por la noche. Sintió lágrimas en los ojos, lo que la enfureció aún más.

—Ven aquí.

Su padre la rodeó con sus fuertes brazos, y ella, al presionar la cabeza contra su pecho, pudo oír latir su corazón.

—¿Estás bien? —le preguntó a su hija.

Fuera sonó una bocina. Hanna subió la persiana de bambú y vio que en la entrada le esperaba la limusina que había enviado Mona, con los limpiaparabrisas moviéndose furiosamente para apartar la lluvia.

—Estoy bien —dijo de repente; el mundo entero volvía a encajar. Se puso la máscara de Dior—. Soy Hanna Marin, y soy fabulosa.

Su padre le entregó un enorme paraguas negro de golf.

—Eso desde luego —dijo.

Y por primera vez en años, Hanna pensó que bien podía creerle.

En lo que solo parecieron unos segundos después, Hanna estaba subida en una plataforma cubierta de cojines, intentando impedir que las borlas del dosel le tiraran la máscara de Dior. La habían alzado cuatro despampanantes esclavos masculinos y ahora empezaban su lento desfile hacia la tienda de la fiesta en el green numero quince del club de campo de Rosewood.

—Con todos nosotros... en su gran regreso a Rosewood... ¡la fabulosa Hanna Marin! —gritó Mona al micrófono.

La multitud rompió a aplaudir, mientras Hanna saludaba emocionada con los brazos. Todos los invitados llevaban máscaras y Mona y Spencer habían convertido la tienda en el Salon de L'Europe del Casino de Montecarlo. Tenía falsas paredes de mármol, impactantes frescos y mesas para jugar a las cartas y a la ruleta. Chicos esbeltos y guapos paseaban por el salón con bandejas de canapés, atendían en las dos barras y hacían de crupieres en las mesas de juego. Hanna había dicho que no quería mujeres entre el personal de su fiesta.

El DJ puso una canción de los White Stripes y todo el mundo se puso a bailar. La mano delgada y pálida de Mona cogió a Hanna del brazo, la arrastró por entre la multitud y le dio un gran abrazo.

—¿Te gusta? —gritó Mona desde detrás de su inexpresiva máscara, muy parecida a la obra maestra de Dior que llevaba Hanna.

—Por supuesto —repuso esta chocando la cadera con ella—. Y me encantan las mesas de juego. ¿Alguien gana algo?

—Ganan una noche loca con una chica guapa... ¡Tú, Hanna! —gritó Spencer, brincando detrás de ellas. Mona también la cogió a ella de la mano y las tres saltaron encantadas. Spencer parecía una Audrey Hepburn rubia con su vestido de corte triangular de seda negra y sus adorables bailarinas. El corazón le dio un vuelco cuando Spencer rodeó con el brazo los hombros de Mona. Aunque no quería conceder ningún mérito a A, habían sido sus mensajes los que habían hecho que Mona aceptara a sus antiguas amigas. El día anterior, entre las rondas de su juego de beber viendo a Mandy Moore, Mona le había dicho a Hanna:

—¿Sabes? Spencer es guay. Creo que podría ser parte de nuestro grupo.

Hanna llevaba años esperando a que Mona dijera algo así.

—Estás preciosa —dijo una voz al oído de Hanna.

Detrás de ella había un chico vestido con pantalones ajustados a rayas verticales, una camisa de manga larga, un chaleco de rayas a juego y una máscara de pájaro de largo pico. En lo alto de la máscara asomaba el delator pelo rubio platino de Lucas. Cuando alargó la mano para cogerle la suya, se le aceleró el corazón, y se la sujetó por un momento, la apretó, y la soltó antes de que alguien pudiera verlo.

—Esta fiesta es una pasada —dijo Lucas.

—Gracias, no ha sido nada —intervino Mona. Le dio un codazo a Hanna—. Aunque, no sé, Han. ¿Tú crees que puede considerarse una máscara ese espanto que lleva Lucas?

Hanna miró a Mona, deseando poder verle la cara. Miró por encima del hombro del chico, simulando que la distraía algo que pasaba en la mesa de blackjack.

—Oye, Hanna, ¿puedo hablar un momento contigo? —preguntó este—. ¿A solas?

Mona estaba hablando con uno de los camareros.

—Eh, vale —farfulló Hanna.

Lucas la condujo hasta un rincón apartado y se quitó la máscara. Hanna intentó apaciguar el tornado de nervios que rugía en su estómago, evitando mirar a nada que estuviera cerca de los labios superrosados y superbesables de Lucas.

—¿Puedo quitarte también la tuya? —preguntó.

Hanna se aseguro de que estaban realmente a solas, y que nadie más podría verle la cara desnuda y marcada, y dejó que él le quitase la máscara. Lucas la besó con suavidad en los puntos.

—Te he echado de menos —susurró.

—Si nos hemos visto hace un par de horas —rió Hanna.

Lucas sonrió de lado.

—Pues me ha parecido mucho tiempo.

Se besaron durante varios minutos más, muy pegados sobre un único cojín del sofá, ajenos a la cacofonía de los ruidos de la fiesta. Entonces Hanna oyó su nombre a través de las cortinas de gasa de la tienda.

—¿Hanna? —dijo la voz de Mona—. ¿Han? ¿Dónde estás?

Hanna se asustó.

—Debo salir. —Cogió la máscara de Lucas por el largo pico de pájaro y se la devolvió—. Y tú deberías ponerte esto.

Lucas se encogió de hombros.

—Hace calor bajo esa cosa. Creo que seguiré sin ella.

Hanna tensó los cordeles de su máscara.

—Es un baile de máscaras, Lucas. Si Mona ve que te has quitado la tuya, te echará de verdad.

La mirada de Lucas se endureció.

—¿Haces todo lo que dice Mona?

Hanna se tensó.

—No.

—Bien. No deberías.

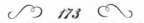

Hanna le dio un golpecito a la borla de un cojín. Volvió a mirar a Lucas.

—¿Qué quieres que te diga, Lucas? Es mi mejor amiga.

—¿Te ha contado ya Mona lo que te hizo? —insistió Lucas—. En su fiesta, quiero decir.

Hanna se puso en pie, irritada.

—Ya te he dicho que eso da igual.

Él bajó la mirada.

—Tú me importas, Hanna. No creo que le importes a ella. No creo que le importe nadie. No lo dejes correr, ¿vale? Pídele que te diga la verdad. Creo que mereces saberlo.

Hanna lo miró fijamente durante largo rato. A Lucas le brillaban los ojos y los labios le temblaban un poco. Tenía en el cuello un chupetón púrpura de su sesión anterior. Quiso alargar la mano y tocarlo con el pulgar.

Abrió las cortinas de golpe, sin decir palabra, y salió a la pista de baile. Mike, el hermano de Aria, estaba mostrándole sus mejores movimientos de bailarín exótico a una chica de la escuela cuáquera. Andrew Campbell y su amigos pardillos hablaban de contar cartas al blackjack. Hanna sonrió al ver a su padre hablando con su antigua entrenadora de animadoras, una mujer a la que Mona y ella apodaban en secreto «La Roca», porque se parecía a ese luchador profesional.

Por fin encontró a Mona sentada en otro de los enclaves cubiertos de cojines. Eric Kahn, hermano mayor de Noel, estaba junto a ella, susurrándole al oído. Mona la vio y se sentó.

—Gracias a Dios que te has apartado de ese perdedor de Lucas —gruñó—. ¿Cómo es que te ronda tanto?

Hanna se rascó los puntos bajo la máscara, con el corazón repentinamente acelerado. De pronto, necesitaba preguntárselo a Mona, necesitaba saberlo con seguridad.

—Lucas dice que no debería confiar en ti. —Forzó una carcajada—. Dice que hay algo que no me cuentas, como si pudiera haber algo que no fueras a contarme. —Puso los ojos en blanco—. Menuda chorrada. Es lamentable.

Mona cruzo las piernas y suspiró.

—Creo que sé a lo que se refiere.

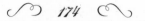

Hanna tragó saliva. De pronto el lugar olía demasiado a incienso y a césped Bermuda recién cortado. En la mesa de blackjack sonaron unos aplausos; alguien había ganado. Mona se acercó a ella, para hablarle al oído.

—Nunca te lo había dicho, pero Lucas y yo salimos el verano entre séptimo y octavo curso. Yo fui su primer beso. Corté con él cuando tú y yo nos hicimos amigas. Después, no paró de llamarme durante seis meses. No estoy segura de que lo haya superado.

Hanna se sentó, aturdida. Se sentía cono en uno de esos columpios de parque de atracciones que a mitad de viaje cambian bruscamente de dirección.

—¿Lucas y tú... salisteis?

Mona bajó la mirada y apartó de su máscara un mechón de dorados cabellos.

—Siento no habértelo dicho antes. Es que... Lucas es un perdedor, Han. Y no quería que pensaras que yo también lo soy.

Hanna se pasó las manos por el pelo, pensando en la conversación que había mantenido con Lucas en el globo de aire caliente. Ella se lo había contado todo, y su rostro había sido tan inocente y abierto. Pensó en lo intensamente que se habían besado, y en los gemiditos que hacía él cuando ella le pasaba los dedos por el cuello.

—¿Así que intentaba ser mi amigo y decir cosas feas de ti... para vengarse de ti por cortar con él —tartamudeó Hanna.

—Eso creo —dijo Mona con tristeza—. Es en él en quien no deberías confiar, Hanna.

Se levantó. Recordaba la forma en que Lucas le había dicho que era guapa, y lo bien que se había sentido. Cómo le había leído las entradas del blog *DailyCandy* mientras las enfermeras le cambiaban la intravenosa. Cómo al besarla en el hospital, el corazón se le aceleró durante media hora entera; lo había visto en el monitor que le medía las constantes. Hanna le había contado a Lucas sus problemas con la comida. Lo de Kate. Lo de su amistad con Ali. ¡Lo de A! ¿Por qué no le había hablado él de Mona?

Lucas estaba sentado en otro sofá, hablando con Andrew Campbell. Hanna fue directa hacia él, seguida de cerca por Mona, que la cogía del brazo.

—Ya te ocuparás luego de esto. ¿Por qué no lo echo? Deberías estar disfrutando de tu gran noche.

Hanna apartó a Mona. Dio un golpecito en la espalda del chaleco a rayas de Lucas. Cuando este se volvió, parecía realmente contento de verla, y le dedicó una dulce sonrisa de felicidad.

—Mona me ha contado la verdad sobre ti —siseó Hanna, apoyando las manos en las caderas—. Salíais juntos.

A Lucas le tembló el labio. Pestañeó con fuerza, abrió la boca y volvió a cerrarla.

—Oh.

—Así que era por eso, ¿eh? —preguntó—. Por eso quieres que la odie.

—Claro que no. —Lucas la miró con el ceño fruncido—. No fue nada serio.

—Ya —se burló Hanna.

—A Hanna no le gustan los chicos que mienten —añadió Mona, apareciendo detrás de su amiga.

Lucas se quedó boquiabierto. El sonrojo ascendió desde su cuello hasta sus mejillas.

—Pero supongo que sí le gustan las chicas que mienten, ¿verdad?

Mona cruzó los brazos sobre el pecho.

—Yo no miento sobre nada, Lucas.

—¿No? ¿Entonces le has contado a Hanna lo que de verdad pasó en tu fiesta?

—Eso da igual —chilló Hanna, exasperada.

—Claro que se lo he contado —dijo Mona al mismo tiempo.

Lucas miró a Hanna, mientras el rostro se le ponía más y más encarnado.

—Te hizo algo horrible.

Mona se puso ante él.

—Solo está celoso.

—Ella te humilló —añadió Lucas—. Fui yo quien te salvó.

—¿Qué? —gimió Hanna con una vocecita.

—Hanna. —Mona la cogió de las manos—. Todo es un malentendido.

El DJ puso una canción de Lexi. No era una canción que Hanna oyera a menudo, y al principio no estuvo segura de dónde la había

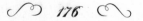

oído por última vez. Entonces, de pronto, se acordó. Lexi había sido la cantante invitada de la fiesta de Mona.

De pronto, un recuerdo prendió fuego en la mente de Hanna. Se vio llevando un vestido color champán muy ceñido, forcejeando por entrar en el planetario sin que le reventasen las costuras. Vio a Mona riéndose de ella, y sintió que su rodilla y su codo golpeaban el duro suelo de mármol. Luego oyó un doloroso ruido de desgarrón cuando su vestido cedió, y todo el mundo la rodeó, riéndose. Y Mona era quien se reía más fuerte.

Tras la máscara, Hanna se quedó boquiabierta y abrió mucho los ojos. No. No podía ser cierto. Tenía la memoria alterada por el accidente. Y en caso de serlo, ¿importaba ahora? Miró su brazalete nuevo de Paul & Joe, una delicada cadena de oro con un precioso cierre en forma de mariposa. Mona se lo había dado como regalo de bienvenida tras su hospitalización, justo después de que A le enviara aquel mensaje. «No quiero que volvamos a estar enfadadas la una con la otra», le había dicho Hanna cuando alzó la tapa del joyero.

Lucas la miró expectante. Mona tenía las manos en las caderas, esperando. Hanna apretó el nudo que sujetaba su máscara en su sitio.

—Solo estás celoso —le dijo a Lucas, rodeando a Mona con los brazos—. Somos grandes amigas. Y siempre lo seremos.

El rostro de Lucas se desmoronó.

—Muy bien.

Dio media vuelta y salió por la puerta.

—Qué cutre —dijo Mona, pasando el brazo por el hueco del codo de Hanna.

—Sí —dijo Hanna, pero tan bajo que dudaba que Mona lo hubiera oído.

28

Pobre niña muerta

El cielo de la noche del viernes ya se estaba oscureciendo cuando la señora Fields dejó a Emily y a Trista en la entrada principal del club de campo.

—Ya conoces las normas —dijo la señora Fields con severidad, pasando el brazo sobre el asiento de Emily—. Nada de beber. De vuelta en casa a medianoche. Carolyn os llevará en su coche. ¿Entendido?

Emily asintió. Era un alivio que su madre impusiera algunas normas. Sus padres se habían mostrado tan indulgentes con ella desde que volvió a casa que empezaba a pensar que tenían algún tumor cerebral, o que habían sido sustituidos por clones.

Cuando su madre se alejó, Emily se colocó bien el vestido negro de punto que había cogido prestado del armario de Carolyn e intentó no tambalearse sobre los zapatos de cuero rojo de tacón bajo. En la distancia podía verse la enorme e iluminada carpa que albergaba la fiesta.

Por los altavoces sonaba una canción de Fergie, y Emily oyó el inconfundible grito de Noel Kahn:

—¡Cómo mola eso!

—Estoy tan excitada por lo de esta noche —dijo Trista, cogiendo a Emily del brazo.

—Y yo. —Emily se cerró la chaqueta, mientras miraba la manga de viento con forma de esqueleto que se agitaba en la entrada principal del club—. Si pudieras ser cualquier personaje de Halloween del mundo, ¿cuál serías? —preguntó.

Últimamente lo pensaba todo en Tristaísmos, intentando adivinar qué clase de pasta sería, qué montaña rusa, o qué clase de árbol de hoja caduca de Rosewood.

—Catwoman —respondió enseguida Trista—. ¿Y tú?

Emily apartó la mirada. En ese momento se sentía como una bruja. Trista, después de su aparición sorpresa en el cuarto del anuario, había explicado que su padre era piloto de US Air y que tenía grandes descuentos hasta cogiendo vuelos de última hora. Tras recibir el mensaje de texto de Emily, había decidido coger un avión, acompañarla al baile de máscaras de Hanna, y acampar en el suelo de su dormitorio. Emily no sabía cómo decirle: «No deberías haber venido»... y tampoco es que quisiera decírselo.

—¿Cuándo vendrá tu amiga? —preguntó Trista.

—Eh, seguramente ya estará aquí —repuso, echando a andar por el aparcamiento, pasando junto a una hilera de ocho BMW serie 7.

—Guay. —Trista se puso cacao en los labios. Se lo pasó a Emily, y sus dedos se rozaron. Emily sintió que la recorría un cosquilleo, y cuando sus ojos se encontraron con los de Trista, la mirada en su rostro le dijo que también ella tenía pensamientos igual de cosquilleantes.

Emily se paró junto al puesto del aparcacoches.

—Mira, tengo que hacerte una confesión. Maya es algo así como mi novia.

Trista la miró inexpresiva.

—Y le dije a ella, y a mis padres, que eres una «amiga por correspondencia» —continuó diciendo Emily—. Que hace años que nos escribimos.

—Oh, ¿de verdad? —Trista le dio un codazo juguetón—. ¿Por qué no dijiste la verdad?

Emily tragó saliva, y aplastó con el pie unas hojas muertas y caídas.

—Bueno... verás, si le hubiera dicho lo que pasó de verdad... en Iowa... puede que no lo hubiera entendido.

Trista se alisó el pelo con las manos.

—Pero si no pasó nada. Solo bailamos. —Pinchó con el dedo a Emily en el brazo—. Caray, ¿tan posesiva es?

—No. —Emily miró al espantapájaros de Halloween que habían puesto en el césped del club de campo. Solo era uno de los tres que había, pero a pesar de eso había un cuervo posado en un asta de bandera cercana, en absoluto asustado—. No, para nada.

—¿Es un problema que yo esté aquí? —preguntó Trista a las claras.

Los labios de Trista eran del mismo rosa que el tutú favorito de Emily cuando asistía a clases de ballet. Su vestido azul pálido se tensaba contra su proporcionado pecho, resaltando lo liso que tenía el vientre y la curva de su trasero. Era como una fruta jugosa y madura, y Emily deseaba darle un bocado.

—Claro que no es un problema que estés aquí —respondió, exhalando.

—Bien. —Trista se puso la máscara sobre el rostro—. Entonces te guardaré el secreto.

Una vez entraron en la tienda, Maya encontró enseguida a Emily, desató su máscara con forma de conejo y tiró de ella para darle un beso extra-apasionado. Emily abrió los ojos durante el mismo, y notó que Maya miraba directamente a Trista, como exhibiendo lo que estaba haciendo.

—¿Cuándo vas a libarte de ella? —le susurró Maya al oído.

Emily miró a otro lado, simulando no oírla.

A medida que cruzaban la carpa de la fiesta, Trista no paraba de cogerla del brazo, diciendo:

—¡Qué bonito es todo! ¡Mira qué cojines! ¡Cuántos tíos buenos hay en Pensilvania! ¡Cuántas chicas llevan diamantes!

Se quedaba boquiabierta como un niño pequeño en su primer viaje a Disneylandia. Cuando un grupo de chicos las separó en el bar, Maya se quitó la máscara.

—¿Es que esa chica se ha criado en un terrario herméticamente cerrado? —Maya tenía los ojos muy abiertos—. De verdad, ¿por qué lo encuentra todo tan asombroso?

Emily miró a Trista mientras esta se apoyaba en la barra del bar. Noel Kahn se había acercado a ella y en ese momento pasaba su mano seductoramente arriba y abajo del brazo de Trista.

—Solo está excitada por estar aquí —farfulló—. Las cosas en Iowa son muy aburridas.

Maya ladeó la cabeza y se echó atrás.

—Es toda una coincidencia que tengas una amiga por correspondencia en Iowa, el mismo sitio al que te desterraron la semana pasada.

—Qué va —respondió Emily con voz ronca, mirando a la reluciente bola de discoteca que había en medio de la carpa—. Es del mismo pueblo que mis primos, y Rosewood Day hizo un intercambio con su instituto. Empezamos a escribirnos hace unos años.

Maya apretó los labios, se le tensó la mandíbula.

—Es terriblemente guapa. ¿Eliges a tus amigas por correo por su foto?

—Oye, que tampoco es que fuera *Match.com* —respondió, encogiéndose de hombros, intentando hacer caso omiso.

Maya le dirigió una mirada conocedora.

—Pues tendría sentido que lo hicieras. Querías a Alison DiLaurentis, y Alison se le parece mucho.

Emily se tensó, y sus ojos miraron a uno y otro lado.

—No, qué va.

Maya apartó la mirada.

—Como quieras.

Emily meditó muy cuidadosamente sus siguientes palabras.

—Ese chicle de plátano que tomas, Maya. ¿Dónde lo consigues?

Maya pareció confusa.

—Mi padre me trajo unos paquetes de Londres.

—¿Puede conseguirse en Estados Unidos? ¿Sabes si lo toma alguien más?

Tenía el corazón acelerado. Maya se la quedó mirando.

—¿Por qué diablos me preguntas por el chicle? —Antes de que Emily pudiera responder, Maya apartó la mirada—. Mira, me voy al baño, ¿vale? No vayas a ninguna parte sin mí. Hablaremos cuando vuelva.

Emily la miró serpentear entre las mesas de baccarat, sintiéndose como si tuviera carbones al rojo en el estómago. Trista apareció casi inmediatamente entre la multitud, sosteniendo tres vasos de plástico.

—Les he echado alcohol —susurró excitada, señalando a Noel, que estaba parado junto a la barra—. Ese chico tenía una petaca de algo y me ha echado un poco. —Miró a su alrededor—. ¿Dónde está Maya?

Emily se encogió de hombros.

—Por ahí, cabreándose.

Trista se había quitado la máscara, y la piel le brillaba bajo las luces estroboscópicas de la pista de baile. Y puede que sí que se pareciera un poco a Ali, con sus fruncidos labios rosas, sus grandes ojos azules y sus elevados pómulos. Emily negó con la cabeza y le cogió uno de los vasos; primero se tomaría una copa, y ya pensaría luego en el resto. Trista paseó un dedo por su muñeca, seductora. Intentó mantenerse impasible, a pesar de que se sentía como si fuera a derretirse.

—Si ahora fueras un color, ¿qué color serías? —susurró Trista.

Emily apartó la mirada.

—Yo sería el rojo —continuó—. Pero... no un rojo furioso. Sino un rojo oscuro, precioso y sexy. Un rojo vigoroso.

—Creo que yo también sería de ese color —admitió Emily.

La música resonaba como un latido. Emily dio un largo y ansioso sorbo, y la nariz le cosquilleó con el aroma especiado del ron. El corazón le dio un vuelco cuando Trista le cogió la mano. Se acercaron, y se acercaron más aún, hasta que sus labios estuvieron a punto de tocarse.

—Igual no deberíamos hacer esto —susurró Trista.

Pero, aún así, Emily se acercó más, con el cuerpo temblándole por la excitación.

Una mano le golpeó en la espalda.

—¿Qué diablos pasa?

Maya estaba detrás de ellas, resoplando. Emily se apartó de Trista de un paso gigantesco, abriendo y cerrando la boca como un pez de colores.

—Creía que ibas al baño —fue lo único que se le ocurrió decir.

Maya pestañeó, con el rostro púrpura por la furia. Entonces se volvió y salió de la tienda, empujando a la gente que había en su camino.

—¡Maya!

Emily la siguió, pero, antes de que pudiera salir de la tienda, sintió una mano sujetándole el brazo. Era un hombre vestido con uniforme de policía al que no reconoció. Tenía el pelo corto y de punta y una constitución delgada. En su placa se leía «Simmons».

—¿Eres Emily Fields? —preguntó el policía.

Emily asintió despacio, con el corazón repentinamente acelerado.

—Necesito hacerte un par de preguntas. —El agente posó suavemente la mano en el hombro de Emily—. ¿Has... has estado recibiendo mensajes amenazadores?

Emily se quedó boquiabierta. Las luces estroboscópicas la mareaban.

—¿Po-por qué?

—Tu amiga Aria Montgomery nos ha hablado esta tarde de eso —dijo el policía.

—¿Qué? —chilló Emily.

—No pasa nada —la tranquilizó el agente—. Solo quiero tener tu versión, ¿vale? Seguramente será alguien a quien conoces, alguien muy cercano. Puede que si hablas con nosotros, descubramos de quién se trata.

Emily miró hacia la entrada de la carpa. Maya se alejaba por el césped, hundiendo los tacones en la tierra. La invadió una sensación horrible. Pensó en la forma en que Maya la había mirado cuando le dijo: «Dicen que la persona que la atropelló la había estado acechando» ¿Cómo podía haberlo sabido Maya?

—Ahora no puedo hablar —susurró Emily, notando un bulto en la garganta—. Antes tengo que ocuparme de algo.

—Estaré aquí —dijo el policía, apartándose para que Emily pudiera pasar—. Tómate tu tiempo. De todos modos tengo que buscar a otras personas.

Emily apenas distinguía ya la figura de Maya, que estaba entrando en el edificio principal del club de campo. Corrió tras ella, atravesando dos puertas de cristal y recorriendo un largo pasillo. Miró por la última puerta del final del pasillo, que daba a la piscina cubierta. La condensación había empañado el cristal, y apenas pudo divisar el pequeño cuerpo de Maya caminando por el borde de la piscina, mirando su reflejo.

Entró y caminó alrededor de una pared con azulejos que separaba la entrada de la piscina. El agua estaba lisa e inmutable, y el aire denso y húmedo. Maya no se volvió, aunque seguramente la había oído entrar. Si las cosas hubieran sido de otro modo, puede que Emily la hubiera empujado en broma al agua para saltar a su vez tras ella. Se aclaró la garganta.

—Maya, lo de Trista no es lo que parece.

—¿No? —Maya la miró por encima del hombro—. A mí me parecía muy evidente.

—Es que... es divertida —admitió Emily—. No me presiona.

—¿Y yo sí? —chilló Maya, volviéndose para mirarla. Las lágrimas le surcaban el rostro.

Emily tragó con fuerza, haciendo acopio de fuerzas.

—Maya... ¿Me has estado enviando... mensajes de texto? ¿Notas? ¿Me has estado... espiando?

El ceño de Maya se arrugó.

—¿Por qué iba a espiarte?

—Pues, no lo sé —empezó a decir Emily—. Pero si lo estás haciendo... la policía lo sabe.

Maya negó despacio con la cabeza.

—Lo que dices no tiene sentido.

—Si has sido tú, no lo diré —suplicó Emily—. Solo quiero saber por qué.

Maya se encogió de hombros, y soltó un pequeño suspiro de frustración.

—No tengo ni idea de a lo que te refieres. —Una lágrima le recorrió toda la cara. Negó con la cabeza, disgustada—. Te quiero —lanzó—. Y creía que tú me querías.

Dio media vuelta, tiró de la puerta de cristal de la piscina y salió dando un portazo.

Las luces del techo de la piscina se atenuaron, convirtiendo los reflejos dorado blanquecinos del agua en un tono amarillo anaranjado. Gotas de húmeda condensación se acumularon en lo alto del trampolín. De pronto, Emily se dio cuenta, con la fuerza de una zambullida en agua helada un día ya de por sí frío. Claro que Maya no era A. A lo había preparado todo para que pareciera sospechosa, para estropear su relación para siempre.

El móvil zumbó. Emily lo cogió con manos temblorosas.

> Emmylita:
> Hay una chica esperándote en el jacuzzi. ¡Que lo disfrutes! —A.

Emily dejo caer el móvil con el corazón acelerado. Una partición separaba el jacuzzi del resto de la sala, y tenía puerta propia al

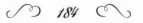

pasillo. Se acercó despacio. El jacuzzi burbujeaba como un caldero hirviendo, y del agua de la superficie brotaba una neblina. De pronto notó un fogonazo de rojo en el agua burbujeante, y retrocedió aterrorizada. Volvió a mirar y se dio cuenta de que solo era una muñeca flotando boca abajo, con los largos y rojos cabellos extendidos a su alrededor.

Alargó la mano y sacó la muñeca. Era una muñeca de Ariel, la de *La sirenita*. Tenía aletas escamosas, verdes y púrpuras, pero en vez de un biquini de conchas llevaba un elegante bañador donde ponía «Tiburones de Rosewood Day» en el pecho. Tenía una cruz en cada ojo, como si se hubiera ahogado, y algo escrito con rotulador en la frente.

Habla y muere. —A

Empezaron a temblarle las manos, y dejó caer la muñeca sobre el suelo resbaladizo y embaldosado. Al apartarse del borde del jacuzzi, oyó un portazo.

Se levantó, con los ojos muy abiertos.

—¿Quién anda ahí? —susurró.

Silencio.

Se apartó de la zona del jacuzzi y miró a su alrededor. En la piscina no había nadie, pero en la pared de enfrente vio una sombra muy clara. Había alguien con ella.

Emily oyó una risita y dio un bote. Entonces, una mano asomó tras la pared. Apareció una coleta, y luego otro par de manos, más grandes y masculinas, con un Rolex plateado colgando de una muñeca.

Primero apareció Noel Kahn, saliendo de detrás de la pared hacia una de los asientos cercanos.

—Vamos —susurró.

Entonces la rubia correteó hasta él. Era Trista. Se tumbaron en el asiento y siguieron besándose.

Emily estaba tan desconcertada que rompió a reír. Trista y Noel la miraron. Trista se quedó boquiabierta, pero entonces se encogió de hombros, como diciendo *Eh, tú no estabas*. Emily pensó de pronto en la advertencia de Abby: «Trista Taylor se enrolla con todo lo que se mueva, sea chico o chica». Tenía la sensación de que, al final, esa noche Trista no acamparía en el dormitorio de Emily.

Los labios de Noel formaron una sonrisa. Y volvieron a lo que estaban haciendo, como si Emily no existiera. Esta miró a la ahogada Ariel caída en el suelo y se estremeció. Quedaba claro que si al final le contaba a alguien lo de A, seguro que A se encargaba de que Emily no existiera de verdad.

29

Nadie puede oír tus gritos

Aria salió corriendo de su abollado Subaru para entrar en Hollis. En el horizonte se estaba formando una tormenta, y ya había empezado a llover. Solo hacía un rato que había acabado de contarle a la policía lo de A, y aunque había intentado llamar a sus amigas con el teléfono de Wilden, ninguna lo había cogido, probablemente al no identificar el número. Y ahora iba al edificio de Bellas Artes de Hollis a ver si se había dejado allí el Treo; sin él no tenía pruebas de lo que le estaba haciendo A. Mike se había ofrecido a ir con ella, pero lo convenció de que ya le vería luego, en la fiesta de Hanna.

Cuando Aria pulsó el botón de llamada del ascensor, se ajustó la chaqueta de Rosewood Day; no había tenido tiempo para cambiarse. La insistencia de Mike en que le contara a Wilden lo de A había sido una llamada de aviso, pero ¿había hecho lo correcto? Wilden había querido conocer al detalle todos los mensajes, textos, emails y notas que le había enviado A. Le había preguntado una y otra vez: «¿Le habéis hecho daño a alguien alguna de las cuatro? ¿Hay alguien que pudiera querer haceros daño?».

Aria había hecho una pausa antes de negar con la cabeza. ¿A quién no habían hecho daño en aquellos tiempos, con Ali al mando? Pero había alguien encabezando la lista... Jenna.

Pensó en las notas de A: «Lo sé todo». «Estoy más cerca de lo que crees.» Pensó en Jenna tecleando en su móvil, diciendo: «Por fin puedo enviar mensajes de texto». Pero ¿sería Jenna capaz de hacer algo como esto? Estaba ciega, y era evidente que A no.

Las puertas del ascensor se abrieron y Aria entró. Mientras subía al tercer piso, pensó en el recuerdo que había mencionado Hanna al despertar del coma, el de la tarde anterior a la desaparición de su amiga. Aquel día, Ali se había comportado de forma extraña, primero leyendo de un cuaderno que no quiso enseñarles, y luego apareciendo en las escaleras momentos después, pareciendo desorientada. Después de que se fueran las demás, Aria se había quedado en el porche un rato más terminando de trenzar los brazaletes que pensaba regalarles por ser el primer día del verano. Al rodear la casa para coger la bici, vio a Ali parada en medio del patio delantero, ensimismada. Sus ojos miraban a la ventana tapada por cortinas del comedor de los DiLaurentis y a la casa de los Cavanaugh al otro lado de la calle.

—¿Ali? —le había dicho Aria—. ¿Te encuentras bien?

Ali no se movió.

—A veces —dijo como sumida en un trance—, me gustaría que ella se fuera de mi vida para siempre.

—¿Qué? —susurró Aria—. ¿Quién?

Ali pareció sorprenderse, como si Aria le hubiera dado un susto. En la ventana de los DiLaurentis hubo un fogonazo de algo, o quizá solo fuera un reflejo. Y cuando Aria miró al patio de los Cavanaugh, vio que había alguien acechando tras el gran arbusto que había junto a la vieja casa del árbol de Toby. Le recordó a la figura que juraba haber visto en el patio de los Cavanaugh la noche que dejaron ciega a Jenna.

El ascensor emitió un *ding*, y Aria dio un bote. ¿A quién se refería Ali al decir «me gustaría que ella se fuera de mi vida para siempre»? En su momento había creído que se refería a Spencer, porque siempre andaban peleándose. Ya no estaba tan segura. Había tantas cosas de Ali que desconocían.

El pasillo que llevaba al aula de Arte Inconsciente estaba oscuro, salvo por un breve instante en el que el zigzagueo de un relámpago se acercó peligrosamente a la ventana. Cuando Aria abrió la puerta entornada del aula, encendió la luz y pestañeó ante la claridad repentina. Los estantes de su clase estaban alineados en la pared del fondo y, sorprendentemente, su Treo estaba en uno vacío, sin que pareciera haberlo tocado nadie. Corrió hasta él y lo acunó entre sus dedos, lanzando un suspiro de alivio.

Entonces vio las máscaras que habían terminado los de su clase, cada una secándose en una balda. El que tenía el nombre de Aria escrito en un celo estaba vacío, pero no así el de Jenna. Alguien debía haberla ayudado a hacerse la máscara, porque ahí estaba, boca arriba y perfectamente formada, mirando al techo del estante con ojos ausentes y ahuecados. La levantó despacio. Jenna la había pintado para que pareciera un bosque encantado. Los tallos se enroscaban en la nariz, una flor se abría sobre el ojo izquierdo y en la mejilla derecha había una hermosa mariposa. El trabajo de pincel era impecable, quizá demasiado. No parecía posible para alguien que no podía ver.

El estallido de un trueno pareció partir en dos la tierra. Aria chilló, dejando caer la máscara en la mesa. Al mirar por la ventana vio la silueta de algo columpiándose en lo alto de la ventana. Parecía una... persona pequeña.

Se acercó más. Era una muñeca de felpa de la reina malvada de *Blancanieves*. Llevaba una larga túnica negra y una corona dorada en la cabeza, y el rostro muy pálido. Colgaba de una cuerda que llevaba al cuello, y alguien le había dibujado grandes cruces en los ojos. Había una nota clavada en la falda.

Espejito, espejito mágico, ¿quién es la más mala de todas? Te has chivado tú. Así que serás la siguiente. —A

Las ramas de un árbol arañaron violentamente la ventana. Más relámpagos prendieron fuego al cielo. Las luces del estudio se apagaron con el chasquido de otro trueno. Aria chilló.

También se habían apagado las farolas de la calle, y, en alguna parte, lejos, se oyó el aullido de una alarma. *No pierdas la calma*, se dijo. Cogió su Treo y marcó el número de la policía. En cuanto alguien lo cogió, al otro lado de la ventana estalló un relámpago con forma de cuchillo. El teléfono se le escapó de entre los dedos y rebotó en el suelo. Se agachó para cogerlo e intentó volver a marcar. Pero ya no tenía línea.

Los relámpagos volvieron a iluminar el estudio, silueteando las mesas, los armarios, la oscilante bruja mala de la ventana y, finalmente, la puerta. Abrió mucho los ojos, y un grito se congeló en su garganta. Allí había alguien.

—¿Ho-hola? —gritó.

El desconocido desapareció con otro relámpago quebrado. Aria se mordió los nudillos, le castañeteaban los dientes.

—¿Hola? —llamó.

Volvió a brillar el relámpago. Había una chica parada a escasos centímetros de su cara. Aria sintió que se mareaba de tanto miedo. Era...

—Hola —dijo la chica.

Era Jenna.

30

Tres palabritas pueden cambiarlo todo

Spencer estaba sentada en la mesa de la ruleta, pasándose de una mano a otra las fichas de casino de plástico brillante. Cuando puso unas pocas en los números 4, 5, 6 y 7, sintió el empujón de la multitud que ahora se amontonaba detrás de ella. Parecía como si hubiera ido todo Rosewood, todos los del instituto y toda la gente de los colegios privados rivales que siempre acudían a las fiestas de Noel Kahn. Había hasta un policía recorriendo el perímetro. Se preguntó por qué.

Cuando la ruleta dejó de girar, la bola aterrizó en el número 6. Era la tercera vez seguida que ganaba.

—Buen trabajo —le dijo alguien al oído.

Miró a su alrededor, pero no pudo localizar a quien le había hablado. Parecía la voz de su hermana. Solo que ¿por qué iba a estar allí Melissa? No había universitarios, y, antes de la entrevista del Orquídea Dorada, Melissa le había dicho que esa fiesta era ridícula.

«Lo hizo ella, ¿sabes?» Spencer no conseguía quitarse de la cabeza el mensaje de A.

Examinó la tienda. Alguien con el pelo rubio hasta la barbilla se dirigía hacia el escenario, pero cuando Spencer se levantó, pareció evaporarse entre la multitud. Se frotó los ojos. Igual se estaba volviendo loca.

De pronto, Mona Vanderwaal la agarró del brazo.

—Hola, cariño. ¿Tienes un momentito? Tengo una sorpresa.

Condujo a Spencer entre la multitud hasta un lugar más recogido, chasqueó los dedos y un camarero apareció como por arte de magia, entregándoles unas copas altas de cristal llenas de un líquido espumoso.

—Es champán de verdad —dijo Mona—. Quiero proponer un brindis de agradecimiento a ti, Spencer. Por planear conmigo esta fiesta fantástica... y por estar a mi lado en todo momento. Por lo de... ya sabes. Los mensajes.

—Claro —dijo Spencer débilmente.

Chocaron las copas y bebieron un sorbo.

—Esta fiesta es una pasada —siguió diciendo Mona—. No habría podido organizarla sin ti.

Spencer agitó una mano con humildad.

—Nah. Tú te encargaste de todo. Yo solo hice unas llamadas. Eres muy buena en esto.

—Las dos somos muy buenas en esto —dijo Mona, bebiéndose su champán—. Deberíamos montar juntas una empresa de eventos.

—Y de paso ligar con los chicos del club de campo —bromeó Spencer.

—¡Por supuesto! —gorjeó Mona, dándole un caderazo.

Spencer pasó un dedo arriba y abajo por toda la copa de champán. Quería contarle a Mona lo del último mensaje de A, el que hablaba de Melissa. Mona lo entendería. Solo que entonces el DJ cambió de canción y puso una muy movida de OK Go, y, antes de que pudiera decir algo, Mona lanzó un gritito y corrió hacia la pista de baile. Miró a Spencer por encima del hombro, como diciendo «¿Vienes?». Spencer negó con la cabeza.

Esos pocos sorbos de champán la habían mareado. Tras unos minutos vadeando a la multitud, salió de la tienda al aire despejado de la noche. El campo de golf estaba a oscuras, exceptuando los focos que rodeaban la carpa. No se veían las lomas de hierba ni las trampas de arena artificiales, y solo distinguía la silueta de los árboles en la distancia. Sus ramas se agitaban como dedos huesudos. Un grupo de grillos empezó a cantar en alguna parte.

A no sabe nada del asesino de Ali, se aseguró, mirando hacia atrás, a las formas borrosas de los que estaban de fiesta dentro. Y, de todos modos, no tenía sentido. Melissa nunca arruinaría su futuro matando a alguien por un chico. Solo era otra trampa de A para hacerle creer en algo que no era cierto.

Suspiró y se dirigió a los aseos, que estaban fuera de la carpa, en un tráiler con forma de burbuja. Spencer subió por la rampa para sillas de ruedas y cruzó la fina puerta de plástico. De los tres cubículos, uno estaba ocupado y dos vacíos. Cuando ya estaba tirando de la cadena y ajustándose el vestido, la puerta principal de los servicios se cerró de un portazo. Unos zapatos Loeffler Randall color plata pálida se dirigieron hacia el minúsculo lavabo del tráiler. Spencer se llevó la mano a la boca. Había visto esos zapatos muchas veces antes; eran los preferidos de Melissa.

—Eh, ¿hola? —dijo Spencer cuando salió de su cubículo. Melissa estaba recostada contra el fregadero, con las manos en las caderas, y una sonrisita en el rostro. Llevaba un vestido negro largo y estrecho con una abertura al costado. Spencer intentó respirar con calma.

—¿Qué haces aquí?

Su hermana no dijo nada, limitándose a mirarla. Una gota de agua cayó del lavabo, sobresaltando a Spencer.

—¿Qué? —tartamudeó—. ¿Por qué me miras así?

—¿Por qué has vuelto a mentirme? —gruñó Melissa.

Spencer apoyó con fuerza la espalda contra la puerta de uno de los cubículos. Miró a uno y otro lado buscando algo que pudiera usar de arma. Lo único que se le ocurrió fueron los tacones bajos de sus zapatos, y sacó despacio el pie de uno de ellos.

—¿Mentirte?

—Ian me ha dicho que anoche estuvo en tu habitación —susurró Melissa, resoplando por la nariz—. Te dije que no era muy bueno guardando secretos.

Spencer abrió mucho los ojos.

—No hicimos nada. Lo juro.

Melissa dio un paso hacia ella. Spencer se protegió la cara con una mano y se sacó el zapato del pie con la otra.

—Por favor —suplicó, sosteniendo el zapato como un escudo.

Melissa se detuvo a unos centímetros de su cara.

—Creía que habíamos llegado a un acuerdo después de lo que admitiste en la playa. Pero parece que no es así.

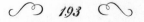

Se volvió en redondo y salió de los aseos. Spencer la oyó bajar por la rampa y alejarse por la hierba.

Se apoyó en el lavabo y presionó la frente contra la fría superficie del espejo. De pronto, alguien tiró de la cadena. Tras una pausa, se abrió la puerta del tercer cubículo. Mona Vanderwaal salió de él, con una expresión horrorizada en el rostro.

—¿Esa era tu hermana? —susurró Mona.

—Sí —respondió temblorosa, dándose la vuelta.

Mona la cogió de las muñecas.

—¿Qué pasa? ¿Estás bien?

—Creo que sí. —Spencer retrocedió—. Solo necesito un momento a solas.

—Claro. —Mona abrió mucho los ojos—. Estaré fuera por si me necesitas.

Spencer sonrió agradecida a la espalda de Mona. Tras una pausa, oyó el chasquido de un mechero, y el suspiro reconfortado de Mona dando una calada a un cigarrillo. Spencer se puso ante el espejo y se aliso el pelo. Las manos le temblaban mucho mientras cogía su bolso de pedrería, esperando encontrar dentro un tubo de aspirinas. Sus manos encontraron la cartera, el brillo de labios, las fichas del póquer... y algo más, algo cuadrado y liso. Spencer lo sacó despacio.

Era una fotografía. Ali e Ian, muy juntos, con los brazos entrelazados. Tras ellos había un edificio redondo de piedra, y más allá una hilera de autobuses escolares amarillos. Spencer estaba segura, por el corte de pelo decapado de Ali y por su polo de manga larga de J. Crew, que la foto se había tomado durante la excursión escolar para ver *Romeo y Julieta* en el teatro de People's Light, a unos pocos pueblos de distancia. Había ido un grupo de estudiantes de Rosewood Day, como Spencer, Ali y otras amigas, junto a un grupo de mayores como Ian y Melissa. Alguien había escrito en letras rotas sobre la cara sonriente de Ali:

«Estás muerta, zorra.»

Spencer miró la letra, reconociéndola de inmediato. No había mucha gente que escribiera la «a» como un «2» retorcido. Prácticamente lo único en que Melissa había sacado un suficiente era en caligrafía. Su profesor de segundo la había apretado mucho, pero nunca había conseguido quitarse el vicio de hacer aes raras.

Spencer dejó que la foto se le cayera de las manos y lanzó un gritito dolido de incredulidad.

—¿Spencer? —llamó Mona desde fuera—. ¿Estás bien?

—Bien —dijo tras una larga pausa.

Entonces miró al suelo. La foto había caído boca abajo. Había algo más escrito en el dorso.

Cúbrete las espaldas... o tú también serás una zorra muerta.

—A

31

Hay secretos todavía más profundos

Cuando Aria abrió los ojos, algo húmedo y apestoso le pasaba la lengua arriba y abajo por la cara. Alargó la mano y tocó pelo suave y cálido. Por algún motivo estaba en el suelo del estudio de arte. Un relámpago iluminó el aula, y vio a Jenna Cavanaugh y su perro sentados en el suelo, a su lado.

Aria se incorporó de golpe, gritando.

—¡No pasa nada! —exclamó Jenna, cogiéndola del brazo—. ¡No te preocupes! ¡No pasa nada!

Aria retrocedió, alejándose de Jenna, golpeándose la cabeza contra la pata de una mesa cercana.

—No me hagas daño —susurró—. Por favor.

—Estás a salvo —la tranquilizó Jenna—. Has debido tener un ataque de pánico. Vine a recoger mi cuaderno, pero entonces te oí, y cuando me acerqué a ti te caíste. —Aria podía oírse tragando saliva en la oscuridad—. Una mujer de mi clase para perros lazarillo tiene ataques de pánico, así que sé un poco de eso. Intenté pedir ayuda, pero mi móvil no funciona, así que me he quedado contigo.

Una brisa atravesó el aula, llevando el olor a asfalto húmedo por la lluvia, un aroma que normalmente Aria encontraba tranquilizador. Desde luego se sentía como si acabara de tener un ataque de pánico; estaba sudorosa y desorientada, y el corazón le latía enloquecido.

—¿Cuánto tiempo llevo inconsciente? —dijo con voz ronca, alisándose la falda plisada del uniforme para que le tapara los muslos.

—Como media hora —dijo Jenna—. Igual te has dado en la cabeza.

—O puede que necesitase dormir un poco —bromeó Aria, y entonces se sintió como si estuviera a punto de llorar.

Jenna no quería hacerle daño. Se había sentado a su lado, con una extraña, mientras yacía inconsciente en el suelo. Por lo que sabía, puede que hasta hubiera babeado en el regazo de Jenna y hablado en sueños. De pronto se sintió mal por la culpa y la vergüenza.

—Tengo que decirte algo —barbotó Aria—. No me llamo Jessica. Soy Aria. Aria Montgomery.

El perro de Jenna estornudó.

—Lo sé —admitió Jenna.

—¿Lo... sabes?

—Puedo... adivinarlo. Por tu voz. —Jenna casi parecía estar disculpándose—. Pero ¿por qué no dijiste que eras tú?

Aria cerró los ojos con fuerza y se apretó las mejillas con las manos. Otro relámpago iluminó el aula, y vio a Jenna sentada en el suelo con las piernas cruzadas, y cogiéndose los tobillos con las manos. Aria respiró profundamente, quizá más profundamente que en toda su vida.

—No te lo dije porque... hay algo más que deberías saber de mi. —Apretó las manos contra el áspero suelo de madera, reuniendo fuerzas—. Debes saber algo sobre la noche de tu accidente. Algo que no te ha contado nadie. Supongo que no recordarás gran cosa de lo que pasó aquella noche, pero...

—Eso es una mentira —la interrumpió Jenna—. Lo recuerdo todo.

Un trueno retumbó en la distancia. Algo más cerca, saltó la alarma de un coche, iniciando un ciclo de zumbidos y pitos chillones.

—¿Qué quieres decir? —susurró, aturdida.

—Lo recuerdo todo —repitió Jenna. Recorrió con un dedo la suela de su zapato—. Lo preparamos entre Alison y yo.

Todos los músculos del cuerpo de Aria se aflojaron.

—¿Qué?

—Mi hermanastro solía lanzar fuegos artificiales desde el tejado de la casa del árbol —explicó Jenna, frunciendo el ceño—. Mis padres le advertían siempre de que era peligroso, que podía liarse y lanzar un cohete hacia nuestra casa y provocar un incendio. Le dijeron que si volvía a lanzar uno lo meterían interno en un colegio. Y se acabó.

»Así que Ali aceptó robar unos cohetes a Toby y hacer que pareciera que los había lanzado él desde el tejado de la casa del árbol. Yo quise que fuera aquella noche porque mis padres estaban en casa, y encima ya estaban enfadados con Toby. Lo quería fuera de mi vida lo antes posible. —La voz se le quebró—. No... no era un buen hermanastro.

Aria cerraba y abría los puños.

—Oh, Dios mío.

Intentaba asimilar todo lo que le estaba contando Jenna.

—Pero... las cosas salieron mal —explicó Jenna, con voz temblorosa—. Aquella noche yo estaba con Toby en su casa del árbol. Y justo antes de que pasara, miró abajo y dijo furioso «En nuestro jardín hay alguien». Yo también miré abajo, aparentando sorpresa... y entonces vi un fogonazo de luz y... un dolor horrible. Mis ojos... mi cara... Era como si se me derritieran. Creo que me desmayé. Después de eso, Ali me dijo que había obligado a Toby a asumir la culpa.

—Así es. —La voz de Aria apenas era poco más que un susurro.

—Ali pensó deprisa. —Jenna cambió de postura, haciendo crujir el suelo debajo de ella—. Me alegro de que lo hiciera. Yo no quería meterla en problemas. Y las cosas acabaron saliendo como yo quería. Toby se fue. Salió de mi vida.

Aria movió despacio la mandíbula. *Pero... ¡si estás ciega!* quería gritar. *¿De verdad valía la pena por eso?* Le dolía la cabeza de intentar procesar todo lo que acababa de contarle. Su mundo entero se había desintegrado. Se sentía como si alguien hubiera proclamado que los animales podían hablar, y que el mundo estaba ahora gobernado por los perros y las arañas.

Entonces se dio cuenta de otra cosa: Ali había organizado las cosas como si fuera una broma que todas le gastaban a Toby, pero habían sido Jenna y Ali quienes la habían planeado... juntas. Ali no solo había engañado a Toby, sino también a sus propias amigas. Sintió nauseas.

—Así que Ali y tú erais... amigas. —Su voz desfallecía de incredulidad.

—No exactamente. No antes de eso... No hasta que le conté lo que me hacía Toby. Sabía que Ali lo entendería. También tenía problemas fraternos.

Un fogonazo de luz atravesó el rostro de Jenna, revelando una expresión calmada, reposada. Antes de que Aria pudiera preguntarle lo que quería decir, Jenna añadió:

—Deberías saber otra cosa. Aquella noche había alguien más. Alguien más que lo vio todo.

Aria se sobresaltó. La imagen de aquella noche se abrió paso en su mente. El cohete estallando dentro de la casa, iluminando el patio circundante. Aria siempre había creído ver una figura a oscuras acuclillada junto al porche lateral de los Cavanaugh, pero Ali le había insistido una y otra vez en que lo había imaginado. Quiso golpearse la frente. Era tan evidente a quién había visto. ¿Cómo podía no haberse dado cuenta antes?

«Sigo aquí, putas. Y lo sé todo. —A».

—¿Sabes quién era? —susurró Aria, mientras le martilleaba el corazón.

Jenna apartó bruscamente la cara.

—No puedo decirlo.

—¡Jenna! —chilló Aria—. ¡Por favor! ¡Tienes que decírmelo! ¡Necesito saberlo!

De pronto volvió la electricidad. El aula se inundó de una luz tan brillante que a Aria le dolieron los ojos. Los tubos fluorescentes zumbaron. Aria vio un reguero de sangre en sus manos y se palpó un corte en la frente. El contenido de su bolso estaba derramado en el suelo, y el perro de Jenna se había comido la mitad de una de sus barritas de cereales.

Jenna se había quitado las gafas de sol. Sus ojos miraban fijamente a la nada, y en el puente de la nariz y en el inicio de la frente había cicatrices de quemaduras, fruncidas y arrugadas. Aria hizo una mueca y miró a otro lado.

—Por favor, Jenna, tú no lo entiendes —dijo Aria en voz baja—. Está pasando algo horrible. ¡Tienes que decirme quién más estaba allí!

Jenna se levantó, apoyándose en el lomo de su perro para no perder el equilibrio.

—Ya he dicho demasiado —dijo roncamente, con voz temblorosa—. Debo irme.

—¡Jenna, por favor! —suplicó—. ¿Quién más estaba allí?

Jenna hizo una pausa, se puso las gafas de sol.

—Lo siento —susurró, tirando del arnés de su perro.

Tanteó con el bastón una, dos, tres veces, buscando torpemente la puerta. Y entonces se fue.

32

No hay en el infierno furia...

Emily salió corriendo de la piscina tras sorprender a Trista liándose con Noel, buscando frenéticamente a Spencer o a Hanna. Necesitaba contarles que Aria le había dicho a la policía lo de A... y enseñarles la muñeca que acababa de encontrar. Cuando rodeaba por segunda vez la mesa de los dados, Emily sintió una mano fría en el hombro y lanzó un chillido. Spencer y Mona estaban paradas detrás de ella. Spencer aferraba con fuerza una pequeña fotografía cuadrada.

—Emily, tenemos que hablar.

—Yo también necesito hablar con vosotras —repuso Emily con un jadeo.

Spencer tiró de ella en silencio hasta la pista de baile. Mason Byers estaba en el centro, haciendo el imbécil. Hanna hablaba con su padre y con la señora Cho, su profesora de fotografía. Hanna alzó la mirada al ver acercarse a Spencer, Mona y Emily, y su frente se nubló.

—¿Tienes un segundo? —preguntó Spencer.

Encontraron una mesa vacía y se amontonaron a su alrededor. Sin mediar palabra, Spencer metió la mano en su bolso de pedrería y sacó una foto de Ali e Ian Thomas. Alguien había dibujado una cruz sobre la cara de Ali, y había escrito en ella «Estás muerta, zorra», con letra puntiaguda.

Emily se tapó la boca con la mano. Había algo muy familiar en la foto. ¿Dónde la había visto antes?

—La encontré en mi bolso cuando estaba en los aseos —dijo Spencer, dándole la vuelta.

«Cúbrete las espaldas... o tú también serás una zorra muerta.» Emily reconoció enseguida la letra picuda. El otro día la había visto en el impreso para ingresar en el PAGL.

—¿Estaba en tu bolso? —exclamó Hanna—. ¿Significa eso que A está aquí?

—Desde luego, A está aquí —dijo Emily, mirando a su alrededor. Los camareros iban de un lado a otro llevando cócteles. Un grupo de chicas con minivestidos pasó junto a ellas, susurrando que Noel Kahn había traído alcohol—. Acabo de recibir un... un mensaje, o algo así. Y otra cosa más. Aria le ha contado a la policía lo de A. Ha venido un agente que me dijo que quería hacerme unas preguntas. Y creo que A lo sabe.

—Oh, Dios mío —susurró Mona, con ojos muy abiertos. Miró a una chica y a otra—. Eso es malo, ¿no?

—Puede ser malo de verdad —dijo Emily.

Alguien le dio un codazo en la nuca, y se frotó el cráneo, molesta. Esa fiesta no era precisamente el mejor lugar donde hablar de aquello.

Spencer pasó las manos por el cojín de terciopelo de la silla.

—Bueno. No nos dejemos llevar por el pánico. La policía está aquí, ¿no? Así que estamos a salvo. Buscaremos a los agentes y no nos separaremos de ellos. Pero esto... —Señaló la gran cruz sobre la cara de Ali, y el «Estás muerta, zorra»—. Sé quién ha escrito esto. —Las miró a todas, respiró hondo—. Melissa.

—¿Tu hermana? —chilló Hanna.

Spencer asintió muy seriamente, las luces estroboscópicas iluminaban su cara.

—Creo... creo que Melissa mató a Ali. Tiene sentido. Sabía que Ali e Ian estaban juntos. Y no pudo soportarlo.

—Rebobina. —Mona dejó su lata de Red Bull—. ¿Alison e... Ian Thomas? ¿Estaban liados? —Sacó la lengua, disgustada—. Puaj, ¿vosotras lo sabíais?

—Lo adivinamos hace solo unos días —farfulló Emily. Se envolvió aún más en su abrigo. De repente sentía frío.

Hanna comparó la escritura de su escayola con la de la foto.

—La letra se parece.

Mona miró a Spencer con miedo.

—Y en los aseos estaba muy rara.

—¿Está todavía aquí? —Hanna alargó el cuello para mirar a su alrededor. Detrás de ella, un camarero dejó caer una bandeja llena de vasos. Un grupo de chicos lo aplaudió.

—La he buscado por todas partes —dijo Spencer—. No he podido encontrarla.

—¿Y qué vas a hacer? —preguntó Emily, con el corazón latiéndole más y más deprisa.

—Voy a contarle a Wilden lo de Melissa —dijo Spencer con seriedad.

—Pero, Spencer —argumentó Emily—. A sabe lo que estamos haciendo. Y sabe que Aria lo ha contado. ¿Y si todo esto no es más que un montaje para engañarnos?

—Tiene razón —concedió Mona, cruzando las piernas—. Podría ser una trampa.

Spencer negó con la cabeza.

—Es Melissa, estoy segura. Tengo que entregarla. Tenemos que hacerlo por Ali. —Buscó en su bolso de pedrería y encontró su móvil—. Llamaré a comisaría. Seguro que Wilden está allí.

Marcó el número y se llevó el teléfono a la oreja.

Tras ellas, el DJ gritó:

—¿Se lo está pasando todo el mundo en grande?

—¡Síí! —gritaron los que estaban en la pista de baile.

Emily cerró los ojos. *Melissa*. Desde que la policía había declarado que la muerte de Ali había sido un asesinato, no había sido capaz de dejar de pensar en cómo lo habría hecho su asesino. Se había imaginado a Toby Cavanaugh cogiendo a Ali por detrás, golpeándola en la cabeza y arrojándola al foso a medio terminar del cenador de los DiLaurentis. Había intentado imaginarse a Spencer haciéndole lo mismo a Ali, alterada por su relación con Ian Thomas. Y ahora veía a Melissa Hastings cogiendo a Ali por la cintura y arrastrándola hasta el agujero. Solo que... Melissa era tan flaca que no podía creer que tuviera fuerza suficiente para obligarla a hacer su voluntad. Igual llevaba un arma, como un cuchillo de cocina o un cúter. Emily hizo una mueca al imaginar un cúter en el delicado cuello de Ali.

—Wilden no contesta. —Spencer devolvió el teléfono a su bolso—. Voy a acercarme a la comisaría. —Hizo una pausa y se dio una palmada en la frente—. Mierda. Me han traído mis padres. Hemos venido directos de Nueva York. No tengo coche.

—Yo te llevo —intervino Mona.

Emily se levantó.

—Yo también voy.

—Vamos todas —dijo Hanna.

Spencer negó con la cabeza.

—Esta es tu fiesta, Hanna. Debes quedarte, de verdad —dijo Mona.

Hanna se ajustó el cabestrillo.

—Ha sido una fiesta estupenda, pero esto es más importante.

Mona se mordió el borde del labio, incómoda.

—Creo que deberías quedarte un rato más.

Hanna alzó una ceja.

—¿Por qué?

Mona se columpió adelante y atrás sobre sus tacones.

—Hemos conseguido que venga Justin Timberlake.

Hanna se aferró el pecho como si Mona le hubiera disparado en él.

—¿Qué?

—Fue cliente de mi padre cuando empezaba, así que le debe un favor. Pero ya es algo tarde, así que llegará enseguida, y no quiero que te lo pierdas —añadió con una sonrisa tímida.

—Uau. —Spencer abrió mucho los ojos—. ¿En serio? No me lo habías dicho.

—Si tú lo odias, Mona —dijo Hanna exhalando el aliento.

Mona se encogió de hombros.

—Bueno, no es mi fiesta, ¿verdad? Es todo tuyo. Te llamará al escenario para que bailes con él, Han. No quisiera que te lo perdieras.

A Hanna le venía gustando Justin Timberlake desde que Emily la conocía. Cada vez que Hanna comentaba que Justin debería estar con ella en vez de con Cameron Díaz, Ali siempre soltaba una carcajada y decía: «Bueno, digamos que contigo tendría como dos Cameron en vez de una, ¡porque tienes el doble de su talla!». Hanna apartaba la mirada, herida, hasta que Ali decía que no debía ser tan sensible.

—Yo me quedaré contigo, Hanna —dijo Emily, cogiéndola del brazo—. Nos quedaremos por Justin. Y estaremos muy juntas, pegadas a ese agente de allí, ¿vale?

—No sé —dijo Hanna, insegura, aunque Emily podía notar que quería quedarse—. Igual deberíamos ir.

—Quédate —insistió Spencer—. Nos vemos allí. Y aquí estarás a salvo. A no podrá hacerte daño mientras haya un policía cerca. Pero no vayas sola al baño ni a ninguna parte.

Mona cogió a Spencer del brazo y se desplazaron entre la multitud rumbo a la entrada principal de la tienda. Emily dedicó una sonrisa valiente a Hanna, pese a tener el estómago revuelto.

—No me dejes —dijo Hanna con una vocecita aterrorizada.

—No lo haré —le aseguró su amiga.

Le cogió la mano y se la apretó con fuerza, pero no pudo evitar mirar nerviosa a la multitud. Spencer había dicho que se había encontrado con Melissa en los aseos. Eso significaba que la asesina de Ali estaba ahora mismo con ellas.

33

Un momento de claridad

Estar en el escenario con el auténtico Justin Timberlake —y no con una figura de cera de Madame Tussaud o con un impostor en el Trump Taj Mahal de Atlantic City— iba a ser algo surrealista. Sería la auténtica boca de Justin la que sonreiría a Hanna, los auténticos ojos de Justin los que explorarían el cuerpo de Hanna mientras bailasen, y las auténticas manos de Justin las que iniciarían el aplauso por tener la fortaleza necesaria para superar tan devastador accidente.

Desgraciadamente, Justin seguía sin presentarse. Hanna y Emily miraron por una de las entradas de la tienda, con los ojos clavados en una caravana de limusinas.

—Va a ser de lo más emocionante —murmuró Emily.

—Sí —dijo Hanna.

Pero se preguntaba si llegaría a disfrutarlo. Se sentía como si algo estuviera mal, pero mal de verdad. Algo en su interior quería abrirse paso, como una polilla forcejeando dentro del capullo.

De pronto, Aria salió de entre la multitud. Llevaba el pelo oscuro revuelto y tenía una herida en la mejilla. Aún llevaba la chaqueta y la falda plisada del Rosewood Day, y parecía fuera de lugar entre la gente tan bien vestida de la fiesta.

—Chicas —dijo sin aliento—. Tengo que hablar con vosotras.

—Y nosotras contigo —chilló Emily—. ¡Cómo le cuentas a Wilden lo de A!

A Aria le tembló el párpado.

—Sí... lo hice. Sí. Creí que era lo mejor.

—Pues no lo era —soltó Hanna, mientras su cuerpo se llenaba de rabia—. A lo sabe. Y viene a por nosotras. ¿Qué diablos pasa contigo?

—Sé que A lo sabe —dijo Aria, pareciendo distraída—. Tengo que contaros otra cosa. ¿Dónde está Spencer?

—Ha ido a la comisaría —dijo Emily. Alguien encendió las luces de colores de la discoteca, haciendo que su rostro pasara del rosa al azul—. Intentamos llamarte, pero no lo cogías.

Aria se hundió en un sofá cercano, parecía algo atribulada y confusa. Cogió una jarra de agua con gas y se sirvió un enorme vaso.

—¿Ha ido a la comisaría por culpa de... A? La policía quería hacernos preguntas a todas.

—No ha ido por eso —dijo Hanna—. Ha ido porque sabe quién mató a Ali.

Aria tenía los ojos vidriosos. Parecía estar haciendo caso omiso de todo lo que acababa de decir Hanna.

—Me ha pasado algo de lo más raro. —Vació el vaso de agua—. Acabo de tener una larga conversación con Jenna Cavanaugh. Y... sabe lo que pasó aquella noche.

—¿Qué hacías tú hablando con Jenna? —exclamó Hanna.

Y entonces fue cuando se registró en su mente el resto de lo que Aria había dicho, del mismo modo en que, como le había enseñado su profesor de física, las ondas de radio necesitan tiempo para llegar al espacio exterior. Hanna se quedó boquiabierta y toda la sangre huyó de su cabeza.

—¿Qué acabas de decir?

Aria se presionó las manos contra la frente.

—He estado asistiendo a clases de arte, y Jenna está en mi clase. Esta noche fui al aula y... y Jenna estaba allí. Tenía un miedo terrible de que fuera A... y de que fuera a hacerme daño. Tuve un ataque de pánico... y entonces me desperté, y ella seguía a mi lado. Me había ayudado. Me sentí muy mal, y empecé a contarle lo que habíamos hecho, pero me interrumpió antes de que pudiera decir nada. Ella me dijo que lo recordaba todo sobre esa noche. —Aria miró a Hanna y a Emily—. Ali y ella lo prepararon todo juntas.

Hubo una larga pausa. Hanna podía sentir sus latidos en las sienes.

—Eso no es posible —dijo por fin Emily, levantándose bruscamente—. No puede ser.

—No puede ser —repitió Hanna débilmente. ¿Qué estaba diciendo Aria?

Aria se echó un mechón de pelo rebelde detrás de la oreja.

—Jenna dijo que acudió a Ali con el plan para hacer daño a Toby. Quería deshacerse de él, estoy segura de que fue porque la estaba... ya sabéis. La tocaba. Ali dijo que la ayudaría. Solo que las cosas salieron mal. Pero Jenna guardó el secreto de todos modos. Dijo que las cosas salieron como ella quería. Con su hermano lejos. Pero... también dijo que aquella noche había allí alguien más. Lo vio alguien más aparte de Ali, y de nosotras.

—No —repuso Emily boquiabierta.

—¿Quién? —exigió saber Hanna, sintiendo que se le aflojaban las rodillas.

Aria negó con la cabeza.

—No quiso decírmelo.

Siguió una larga pausa. El ritmo de una canción de Ciara latía al fondo. Hanna miró a la fiesta que la rodeaba, sorprendiéndose de lo benditamente ajenos a lo que sucedía que estaban todos. Mike Montgomery se restregaba contra una chica de la escuela cuáquera, los adultos estaban todos en la barra, emborrachándose, y un grupo de chicas de su curso susurraban maliciosamente lo gordas que estaban todas las demás embutidas en sus vestidos. Hanna casi quiso decirle a todo el mundo que se fuera a casa, que el universo se había vuelto del revés y que ya no podía divertirse nadie.

—¿Por qué acudió Jenna precisamente a Ali? —dijo Emily—. Ali la odiaba.

Aria se pasó los dedos por el pelo húmedo por la lluvia.

—Dijo que Ali lo entendería, que también tenía problemas fraternos.

Hanna frunció el ceño, confusa.

—¿Problemas fraternos? ¿Quieres decir con Jason?

—Su... supongo —musitó Aria—. Puede que Jason le estuviera haciendo lo mismo que Toby.

Hanna arrugó la nariz, recordando al guapo pero taciturno hermano mayor de Ali.

—Jason siempre ha sido como... raro.

—No, chicas, no. —Emily dejó caer las manos en su regazo—. Jason era temperamental, pero no un maniaco sexual. Y Ali y él siempre parecían muy felices juntos.

—Toby y Jenna también parecían muy felices cuando estaban juntos —la recordó Aria.

—He oído que uno de cuatro chicos abusa de su hermana —la secundó Hanna.

—Eso es ridículo —bufó Emily—. No creas todo lo que oigas.

Hanna se quedó paralizada. Volvió bruscamente la cabeza hacia Emily.

—¿Qué acabas de decir?

A Emily le temblaron los labios.

—He dicho... no creas todo lo que oigas.

Las palabras se repitieron en círculos concéntricos como los de un sonar. Hanna las oyó una y otra vez, rebotando dentro de su cabeza.

Los cimientos de su mente empezaron a desmoronarse. «No creas todo lo que oigas.» Había visto antes esas palabras. Era su último mensaje de texto. De A. En la noche que no podía recordar.

Hanna debió hacer algún ruido, porque Aria se volvió hacia ella.

—Hanna... ¿qué?

Los recuerdos empezaron a acudir a ella, como una hilera de piezas de dominó que caen una tras otra. Se vio tambaleándose al entrar en la fiesta de Mona con ese vestido, agobiada porque no le cabía. Mona se había reído en su cara y la había llamado ballena. Y Hanna se dio cuenta entonces de que no había sido Mona quien le envió ese vestido, sino que había sido A.

Se vio retrocediendo, perdiendo pie y cayendo al suelo. La devastadora rotura de las costuras del vestido. El sonido de la risa por encima de ella, siendo la más fuerte la de Mona. Y entonces se vio mucho después, sentada sola en su Toyota Prius, en el aparcamiento del planetario, vestida con una sudadera y pantalones cortos de gimnasia, con los ojos hinchados de tanto llorar. Oyó el campanilleo de su BlackBerry y se vio cogiendo el móvil. «¡Ups, parece que no era para una liposucción! ¡No creas todo lo que oigas! —A.»

Solo que el mensaje no era de A. El número era el de un móvil normal, un número que Hanna conocía muy bien

Profirió un chillido ahogado. Los rostros que la miraban se desenfocaron y titilaron como si fueran hologramas.

—Hanna... ¿qué pasa? —chilló Emily.

—Oh, Dios mío —susurró, con la cabeza dándole vueltas—. Es... Mona.

Emily frunció el ceño.

—¿Qué es Mona?

Hanna se quitó la máscara. El aire era fresco y liberador. La cicatriz le latía como si fuera algo ajeno a su barbilla. Ni siquiera miró a su alrededor para ver cuánta gente miraba su horrible y magullado rostro, porque, en ese momento, no le importaba.

—Ya recuerdo lo que iba a deciros aquella noche, cuando os cité en el Rosewood Day —dijo, con ojos rebosantes de lágrimas—. A es Mona.

Emily y Aria se la quedaron mirando tan fijamente que se preguntó si la habían oído.

—¿Estás segura?

Hanna asintió.

—Pero Mona está... con Spencer —dijo Emily despacio.

—Lo sé —susurró Hanna. Tiró la máscara al sofá y se levantó—. Tenemos que encontrarla. Ya.

34

Os pillaré, preciosas mías

Spencer y Mona necesitaron casi diez minutos para atravesar el prado del club de campo y llegar al aparcamiento, subir al enorme Hummer amarillo-taxi de Mona y salir disparadas de allí. Spencer miró cómo la carpa de la fiesta de Hanna se hacía más y más pequeña. Estaba iluminada como un pastel de cumpleaños, y la vibración de la música era casi visible.

—Lo que has hecho de llamar a Justin Timberlake para Hanna ha sido una pasada —murmuró.

—Hanna es mi mejor amiga —respondió Mona—. Lo ha pasado muy mal. Quería que fuera algo especial.

—Cuando éramos más jóvenes hablaba todo el tiempo de Justin —siguió diciendo Spencer, mirando por la ventanilla cómo dejaban atrás una vieja granja, que antes era de los Dupont pero ahora era un restaurante. Algunas personas que habían acabado de cenar estaban paradas en el porche, hablando alegremente—. No sabía que todavía le gustara tanto.

Mona formó una semisonrisa.

—Sé muchas cosas de Hanna. A veces creo que la conozco mejor de lo que se conoce ella misma. —Miró un instante a Spencer—. Hay que hacer cosas buenas por la gente que te importa, ¿sabes?

Spencer asintió débilmente, mordiéndose las cutículas. Mona aminoró ante una señal de stop y buscó en su bolso, sacando un paquete de chicles. El coche olió enseguida a plátano artificial.

—¿Quieres uno? —le preguntó a Spencer, desenvolviendo una tira y metiéndosela en la boca—. Estoy obsesionada con esto. Parece que solo puede conseguirse en Europa, pero una chica de clase de historia me dio este paquete.

Masticó pensativa, mientras Spencer lo rechazaba con un gesto de la mano. En ese momento no estaba de humor para masticar chicle.

Cuando Mona pasó ante la academia de equitación Fairview, Spencer se dio una palmada en los muslos.

—No puedo hacer esto —gimió—. Deberíamos dar media vuelta. No puedo delatar a Melissa.

Mona la miró, y entonces giró hacia el aparcamiento de la academia. Entraron en la zona de minusválidos y Mona aparcó.

—Vale...

—Es mi hermana. —Spencer miraba fijamente hacia delante. Todo estaba negro fuera, y el aire olía a heno. Se oyó un relincho en la distancia—. Si lo hizo Melissa, ¿no debería intentar protegerla?

Mona buscó en su bolso y sacó un cigarrillo Marlboro light. Le ofreció uno a Spencer, pero esta negó con la cabeza. Spencer miró cómo lo encendía, fijándose en el brillo de la punta y en la voluta de humo, primero en el interior del Hummer, y luego saliendo por la rendija en lo alto de la ventanilla del conductor.

—¿A qué se refería Melissa en los aseos? —preguntó Mona en voz baja—. Dijo que creía que habíais llegado a un acuerdo después de lo que le dijiste en la playa ¿Qué le dijiste?

Spencer se clavó las uñas en las manos.

—Algo que recordé sobre la noche en la que desapareció Ali —admitió—. Ali y yo nos peleamos... y la empujé. Su cabeza se golpeó contra el muro de piedra, pero mi mente lo había bloqueado durante años. —Miró a Mona, para calibrar su reacción, pero su rostro era inexpresivo—. El otro día se lo dije todo a Melissa. Tenía que contárselo a alguien.

—Uau —susurró Mona, mirando atentamente a Spencer—. ¿Creíste que la habías matado tú?

Spencer se presionó las manos contra la frente.

—Estaba muy cabreada con ella.

Mona se retorció en su asiento, expirando el humo por la nariz.

—A puso en tu bolso esa foto de Ali con Ian, ¿no? ¿Y si A le dio también a Melissa alguna pista para convencerla de que ella te delatara a ti? Igual está ahora mismo con la policía.

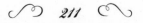

Spencer abrió mucho los ojos. Recordó lo que Melissa había dicho de que ya no tenían un «acuerdo».

—Mierda —susurró—. ¿Tú crees?

—No lo sé. —Mona le cogió la mano—. Creo que estás haciendo lo que debes. Pero si quieres que dé media vuelta y que volvamos a la fiesta, lo hago.

Spencer pasó los dedos por las ásperas cuentas de su bolso. ¿Era eso lo que debía hacer? Deseaba no haber sido ella quien descubriera que la asesina era Melissa. Deseaba que lo hubiera descubierto otro en su lugar. Entonces pensó en cómo había recorrido la carpa del club de campo, buscándola frenéticamente. ¿Dónde se había metido? ¿Qué estaría haciendo en ese momento?

—Tienes razón —susurró con voz áspera—. Esto es lo que debo hacer.

Mona asintió, metió la marcha atrás y retrocedió saliendo del aparcamiento de la academia de equitación. Tiró la colilla por la ventanilla y Spencer se la quedó mirando mientras se alejaban, una lucecita entre las hojas de hierba seca.

Su Sidekick pitó cuando ya estaban en la carretera. Abrió el bolso.

—Igual es Wilden —murmuró.

Pero era un mensaje de texto de Emily.

Hanna se ha acordado. ¡Mona es A! Contesta si recibes esto.

El móvil resbaló entre sus dedos y cayó en su regazo. Volvió a leer el mensaje. Y otra vez. Era como si las palabras estuvieran escritas en árabe; no podía procesarlas. «¿Estás segura?», contestó. «Sí», escribió Emily. «Sal de ahí. Ya.»

Spencer miró un cartel que anunciaba una cafetería Wawa, una señal de piedra que apuntaba a unas viviendas sociales y luego a una enorme iglesia con forma de triángulo. Intentó respirar con la mayor regularidad posible, contando de cinco en cinco hasta cien, esperando que eso la calmara. Mona miraba cuidadosa y debidamente a la carretera. La parte superior de su vestido no se ceñía al pecho. Tenía una cicatriz en el hombro derecho, probablemente de viruela. No le parecía posible que ella fuera A.

—¿Era Wilden? —gorjeó Mona.

—Eh, no. —La voz le salió chillona y ahogada, como si hablase a través de una lata—. Era... era mi madre.

Mona asintió, sin reducir la velocidad. El móvil de Spencer volvió a encenderse, Tenía otro mensaje. «¿Qué pasa, Spencer? Envíanos un mensaje, porfa. Estás en PELIGRO. Porfa, dinos si estás bien.»

Mona sonrió, sus caninos centellearon a la tenue luz del salpicadero del Hummer.

—Eres muy popular. ¿Pasa algo?

Spencer intentó reírse.

—Eh, nada.

Mona miró la pantalla del móvil de Spencer.

—De Emily, ¿eh? ¿Ha llegado ya Justin?

—Eh... —Spencer tragó saliva de forma audible, su garganta no le respondía.

Mona dejo de sonreír.

—¿Por qué no me dices lo que pasa?

—No pasa nada —tartamudeó Spencer.

Mona soltó un bufido, y se echó el pelo detrás de los hombros. Su piel pálida brillaba en la oscuridad.

—¿Es que es un secreto? ¿Es que no soy lo bastante buena como para que me lo cuentes o qué?

—Claro que no —chilló Spencer—. Es que...

Llegaron a un semáforo en rojo. Spencer miró a uno y otro lado, y pulsó despacio el seguro de la puerta del Hummer. Cuando cerró los dedos en la manija, Mona le agarró la otra muñeca.

—¿Qué estás haciendo?

Los ojos de Mona brillaban a la luz roja del semáforo. Su mirada pasó del móvil de Spencer a su rostro asustado. Spencer notó que la revelación se derramaba sobre Mona; era como ver algo en blanco y negro adquirir color. Como en *El mago de Oz*. La expresión de Mona pasó de la confusión a la sorpresa y a la... alegría. Cerró el seguro del coche y cuando el semáforo estuvo en verde pisó el acelerador a fondo y giró vertiginosamente a la izquierda en el cruce para meterse por una carretera secundaria de dos direcciones y llena de baches.

Spencer vio que el cuentarrevoluciones pasaba de cincuenta a sesenta y a setenta. Se aferró con fuerza a la manija de la puerta.

—¿Adónde vamos? —preguntó con una vocecita aterrada.

Mona la miró por el rabillo del ojo, con una siniestra sonrisa en el rostro.

—La paciencia nunca fue lo tuyo. —Le guiñó un ojo y le lanzó un beso—. Pero esta vez tendrás que esperar a verlo.

35

Empieza la persecución

Como Hanna había llegado a la fiesta en limusina y a Emily la había llevado su madre, el único vehículo que les quedaba era el aparatoso e impredecible Subaru de Aria. Esta las guió por el aparcamiento, con las suelas de sus zapatillas de gamuza verde golpeando el pavimento. Abrió manualmente la puerta y se arrojó al asiento del conductor. Hanna hizo lo propio en el asiento del copiloto, mientras que Emily apartó los libros, vasos de café vacíos, ropa de repuesto, madejas de lana y un par de botas con tacón grueso y se metió en el asiento de atrás. Aria llevaba el móvil encajado entre la barbilla y el hombro, porque estaba llamado a la comisaría para saber si Spencer y Mona habían pasado por allí. Pero colgó frustrada tras el octavo timbrazo.

—Wilden no está en su mesa —dijo—. Y tampoco coge el móvil.

Guardaron silencio un momento, cada una perdida en sus propios pensamientos. *¿Cómo podía Mona ser A?*, pensaba Aria. *¿Cómo podía saber tanto de nosotras?* Repasó todo lo que le había hecho: amenazarla con la muñeca de la bruja, enviar a Sean las fotos que hicieron que arrestasen a Ezra, enviar a Ella la carta que rompió su familia. Había atropellado a Hanna con su coche, había sacado a Emily del armario ante todo el instituto, y les había hecho creer que Spencer había matado a Ali. Y había participado en la muerte de Toby Cavanaugh... y puede que también en la de Ali.

Hanna miraba al frente, con ojos muy abiertos y sin parpadear, como si estuviera poseída. Aria le tocó la mano.

—¿Estás segura de eso?

Hanna asintió convencida.

—Sí.

Tenía el rostro pálido y los labios secos.

—¿Crees que ha sido buena idea enviarle el mensaje a Spencer? —preguntó Emily, comprobando su móvil por millonésima vez—. No ha vuelto a respondernos.

—Igual están ya en la comisaría —respondió Aria, intentando conservar la calma—. Puede que Spencer haya apagado el móvil. Y puede que Wilden no lo coja por eso.

Aria miró a Hanna. Una enorme y brillante lágrima le resbalaba por la mejilla, pasando junto a los moratones y los puntos.

—Si a Spencer le pasa algo habrá sido por mi culpa —susurró Hanna—. Debí haberme acordado antes.

—Eso no es culpa tuya —dijo Aria con severidad—. No puedes controlar cuándo recuerdas algo.

Posó una mano en el brazo de Hanna, pero esta la apartó y se llevó las manos a la cara. Aria no sabía cómo consolarla. ¿Cómo sería darse cuenta de que tu mejor amiga es también tu peor enemiga? Su mejor amiga había intentado matarla.

De pronto, Emily se sobresaltó.

—Esa foto —susurró.

—¿Qué foto? —preguntó Aria, arrancando el coche y acelerando para salir del aparcamiento.

—La... la foto que nos enseñó Spencer de Ali con Ian. La que tenía eso escrito. Sabía que la había visto antes. Y ahora sé dónde. —Emily lanzó una risotada de incredulidad—. Hace unos días estuve donde el anuario. Y tenían fotos del contenido de los bolsos y mochilas de la gente. Fue allí donde vi la foto. —Alzó la mirada para clavarla en ellas—. En el bolso de Mona. Pero a Ali solo se le veía el brazo. La manga rosa ajada y con un roto.

La comisaría solo estaba a kilómetro y medio de allí, justo al lado de Hooters. Era increíble que Aria y Mike hubieran estado allí mismo tan solo unas horas antes. Nada más aparcar, las tres se inclinaron sobre el salpicadero.

—Mierda. —En el aparcamiento había ocho coches patrulla, y nada más—. ¡No están aquí!

—Calma.

Aria apagó los faros del coche. Salieron a toda prisa y corrieron hacia la entrada de la comisaría. Las luces fluorescentes del interior eran verdosas y frías. Varios policías interrumpieron lo que hacían para mirarlas boquiabiertos. Los bancos verdes de espera estaban vacíos, a excepción de algunos folletos sobre lo que debe hacerse en caso de que te roban el coche.

Wilden apareció por una esquina, con el móvil en una mano y una taza de café en la otra. Pestañeó confundido al ver a Hanna y Emily con los trajes de fiesta y las máscaras colgando de la muñeca, y a Aria aún vestida con el uniforme de Rosewood Day y con un corte en la cabeza.

—Hola, chicas —dijo despacio—. ¿Pasa algo?

—Tienes que ayudarnos —dijo Aria—. Spencer corre peligro.

Wilden dio un paso adelante y les hizo una seña para que se sentaran en los bancos.

—¿Y eso?

—Los mensajes que nos han estado enviando —explicó Aria—. Lo que te conté antes. Sabemos quién los envía.

Wilden se levanto, alarmado.

—¿Lo sabéis?

—Es Mona Vanderwaal —dijo Hanna, con la voz quebrándose en un sollozo—. Me he acordado. Es mi puñetera mejor amiga.

—¿Mona... Vanderwaal? —Wilden miraba a una chica y a otra—. ¿La chica que ha organizado tu fiesta?

—Spencer Hastings está ahora con ella en su coche —dijo Emily—. Se suponía que venían aquí. Spencer quería contarte algo. Pero entonces le envié un mensaje avisándola de lo de Mona... y ahora no sabemos dónde están. Spencer tiene el teléfono apagado.

—¿Habéis intentado llamar a Mona?

Hanna miró al suelo de linóleo. Dentro de la comisaría sonó un teléfono, luego otro.

—Yo sí. Tampoco lo coge.

De pronto, el móvil de Wilden se iluminó en su mano. Aria vio el número en la pantalla.

—¡Es Spencer! —gritó.

Wilden abrió su móvil, pero no dijo nada. Presionó el botón del altavoz y miró a las chicas, llevándose un dedo a los labios. *Shhh*, dijo en silencio.

Aria y sus antiguas mejores amigas se amontonaron alrededor del teléfono. Al principio solo se oyó ruido. Entonces oyeron la voz de Spencer. Sonaba muy lejana.

—Siempre he pensado que la carretera de Swedesford era muy bonita —decía—, con tantos árboles, sobre todo en esta parte, tan alejada del pueblo.

Aria y Emily intercambiaron una mirada de confusión. Y entonces Aria lo entendió; lo había visto con su hermano en una serie de televisión. Mona la había descubierto, y Spencer debía habérselas arreglado para llamar en secreto a Wilden y darle pistas sobre adónde la llevaba.

—¿Por qué torcemos por Brainard? —preguntó Spencer con voz alta y alegre—. Por aquí no se va a la comisaría.

—Así es, Spencer —oyeron que respondía Mona.

Wilden abrió su libreta y escribió «Brainard». Se les habían acercado más policías, Emily les explicó en voz baja lo que pasaba, y uno de ellos trajo un gran mapa desplegable de Rosewood, marcando con rotulador amarillo el cruce de Swedesford y Brainard.

—¿Vamos al arroyo? —volvió a decir la voz de Spencer.

—Puede —canturreó Mona.

Aria abrió mucho los ojos. El arroyo Morrell era más bien un río caudaloso.

—Me encanta el arroyo —dijo Spencer en voz alta.

Entonces se oyó un jadeo y un chillido. Luego sonido de golpes, un chirriar de neumáticos, el tono disonante de varios botones de teléfono apretados a la vez... y luego nada. La pantalla del móvil de Wilden parpadeó. «Llamada finalizada.»

Aria miró a las demás. Hanna tenía la cabeza enterrada entre las manos. Emily parecía a punto de desmayarse. Wilden se incorporó, metió el teléfono en su funda y sacó de un bolsillo las llaves de su coche.

—Miraremos en todas las entradas de la zona al arroyo. —Señaló a un policía corpulento sentado tras una mesa—. Mira a ver si puedes rastrear las coordenadas GPS de la llamada.

Entonces dio media vuelta y se dirigió hacia su coche.

—Espera —dijo Aria corriendo tras él. Wilden se volvió—. Nosotras vamos también.

Wilden dejó caer los hombros.

—Esto no es...

—Vamos también —dijo Hanna detrás de Aria, con voz serena y clara.

Wilden alzó un hombro y suspiró. Hizo un gesto hacia el asiento delantero del coche patrulla.

—Vale. Subid.

36

Una oferta que Spencer no puede rechazar

Mona le quitó a Spencer el teléfono de la mano, pulsó «Fin», y lo tiró por la ventanilla, sin reducir la velocidad del Hummer. Entonces giró bruscamente en redondo, se metió en marcha atrás por la estrecha y accidentada carretera de Brainard, y entró en la autopista en dirección sur. Siguieron por ella durante ocho kilómetros y tomaron la salida que había junto a la clínica Bill Beach para quemados. Pasaron ante más manzanas y urbanizaciones, hasta que la carretera se metió en el bosque. Spencer no se dio cuenta de hacia dónde iban hasta que pasaron junto a la vieja y abandonada iglesia cuáquera. Iban a la cantera del Ahogado.

Spencer solía jugar en el gran lago que había en la base de la cantera. Los chicos se tiraban desde las rocas más altas, pero el año anterior, en medio de un verano de gran sequía, un estudiante de una escuela pública había saltado desde lo alto y había muerto, convirtiendo el nombre de Ahogado en algo espeluznante y profético. Últimamente se rumoreaba que el fantasma del chico vivía dentro del perímetro de la cantera, custodiando el lago. Spencer hasta había oído decir que era allí donde vivía el acechador de Rosewood. Miró a Mona y sintió que un escalofrío le recorría la columna vertebral. Tenía la sensación de que el acechador de Rosewood estaba conduciendo el Hummer en el que iba.

Spencer tenía las uñas tan clavadas en el reposabrazos central que estaba segura de que dejarían una marca perenne. El único plan que se le había ocurrido era llamar a Wilden y darle su localización, y ahora estaba atrapada por completo.

Mona la miró por el rabillo del ojo.

—Así que Hanna lo ha recordado, ¿eh?

El asentimiento de Spencer apenas fue perceptible.

—No debería haberlo recordado —canturreó Mona—. Sabía que recordarlo os pondría a todas en peligro. Como el que Aria se lo contase a la policía. La envié a Hooters para ver si de verdad hacía caso a mis advertencias. Está tan cerca de la comisaría. Y los policías siempre paran allí, así que sería una tentación contarlo. Y, claro, tuvo que hacerlo. —Alzo las manos en el aire—. ¿Por qué será que seguís haciendo idioteces?

Spencer cerró los ojos, deseando poder desmayarse de miedo.

Mona suspiró teatralmente.

—Pero claro, lleváis años haciendo idioteces, ¿verdad? Empezando por lo de la buena de Jenna Cavanaugh —repuso, guiñando un ojo.

Spencer se quedó boquiabierta. Mona... *¿lo sabía?*

Claro que lo sabía. Era A.

Mona miró un instante la expresión horrorizada de Spencer y puso a su vez una falsa cara de sorpresa. Entonces Mona se bajó la cremallera lateral de su vestido halter, descubriendo un sujetador negro de seda y buena parte del estómago. Una enorme laceración arrugada rodeaba la parte inferior de la caja torácica. Spencer la miró unos segundos hasta que tuvo que apartar la mirada.

—Yo estaba allí la noche que heristeis a Jenna —susurró Mona con voz áspera—. Jenna y yo éramos amigas, cosa que habríais sabido de no estar tan pagadas de vosotras mismas. Fui a verla para darle una sorpresa. Vi a Ali... Lo vi todo... Hasta me llevé un pequeño recuerdo. —Se frotó la cicatriz—. Intenté decirle a la gente que había sido vuestra amiguita, pero nadie me creyó. Luego Toby asumió la culpa y mis padres creyeron que yo actuaba así porque estaba celosa de Ali. —Mona negó con la cabeza, y sus cabellos rubios se agitaron a uno y otro lado. Apenas acabó el cigarrillo y lo tiró por la ventanilla, encendió otro y aspiró con fuerza por el filtro—. Hasta intenté hablarlo con Jenna, pero se negó a escucharme. No paraba de decir «Te equivocas. Fue mi hermanastro» —dijo imitando la voz de Jenna con tono agudo—. Después de eso dejamos de ser amigas. Pero cada vez que me paro en casa ante el espejo y miro mi cuerpo, antes perfecto, me acuerdo de lo que me hicisteis, zorras. Sé lo que vi. Y yo nunca lo olvidaré.

Su boca formó una sonrisa escalofriante.

—Este verano encontré el modo de vengarme de vosotras. Encontré el diario de Ali entre la basura que tiraban los nuevos vecinos. Lo reconocí al instante, y había en él montones de secretos sobre todas vosotras. De lo más perjudiciales, la verdad. Era como si quisiera que cayera en malas manos.

Spencer recordó algo de pronto: el día anterior a la desaparición de Ali, la había sorprendido en su dormitorio, leyendo ansiosamente un cuaderno de notas, con una sonrisa divertida y maliciosa en el rostro.

—¿Por qué no lo encontró la policía cuando desapareció? —tartamudeó.

Mona metió el coche entre un grupo de árboles y frenó. Delante de ellas solo había oscuridad, pero Spencer pudo oír una corriente de agua, y oler a musgo y hierba húmeda.

—¿Quién diablos lo sabe? Pero me alegro de que no lo encontraran ellos y sí yo. —Mona volvió a subirse la cremallera y se ladeó para mirar a Spencer con ojos brillantes—. Ali anotó hasta la última de las cosas horribles que hicisteis. La forma en que torturasteis a Jenna Cavanaugh, que Emily la besó en la casa del árbol, que tú, Spencer, besaste al novio de tu hermana. Me puso tan fácil lo de ser... no sé, lo de convertirme en ella. Solo necesité un segundo teléfono con el número oculto. Y de verdad os hice creer al principio que era Ali quien os escribía, ¿verdad?

Mona le agarró la muñeca a Spencer y se rió. Se apartó ante ese contacto.

—No puedo creer que fueses tú todo el rato.

—¿Verdad? ¡Debió ser de lo más irritante no saberlo! —Mona aplaudió, feliz—. Fue tan divertido ver cómo os volvíais locas... y entonces descubrieron el cuerpo de Ali, y ahí sí que creístes enloquecer de verdad. Pero lo de enviarme notas a mí misma fue puro genio... —Alargó la mano y se dio una palmadita en el hombro izquierdo—. Tuve que correr mucho, anticipando vuestros movimientos antes incluso de que supierais cuáles serían. Pero lo hice todo con tanta elegancia, casi como si hiciera un vestido de alta costura, ¿no crees?

Sus ojos estudiaron a Spencer en busca de una reacción. Entonces, despacio, alargó la mano y le dio un puñetazo de broma en el brazo.

—Pareces muy asustada. Como si fuera a hacerte daño o algo así. Pero no tiene por qué ser de ese modo.

—Ser... ¿de qué modo? —susurró Spencer.

—Verás, al principio, te odié. A ti más que a nadie. Eras la que estaba más cerca de Ali, y lo tenías todo. —Mona encendió otro cigarrillo—. Pero entonces... nos hicimos amigas. Fue tan divertido, planear la fiesta de Hanna, pasar el rato juntas. ¿A que te lo pasaste bien enseñándole las bragas a esos chicos? ¿A que fue muy agradable hablar de verdad? Así que pensé... Igual puedo hacerme filántropa. Como Angelina Jolie.

Spencer pestañeó, desconcertada.

—Decidí ayudarte —explicó Mona—. Lo del Orquídea Dorada fue de casualidad. Pero esto... De verdad que quiero que tu vida sea mejor, Spencer. Porque de verdad que te he cogido afecto.

Spencer frunció el ceño.

—¿De-de qué estás hablando?

—¡De Melissa, tonta! —exclamó Mona—. De culparla del asesinato. Es perfecto. ¿No es lo que quisiste siempre? A tu hermana en la cárcel y fuera de tu vida, para siempre. ¡Parecerás tan perfecta a su lado!

Spencer se la quedó mirando.

—Pero... Melissa tenía un motivo.

—¿De verdad? —repuso Mona con una sonrisa—. ¿O solo es lo que quieres creer?

Spencer abrió la boca, pero no salió ningún sonido de ella. Había sido Mona quien le había enviado el mensaje de texto que decía: «Tienes ante ti al asesino de Ali». Y el que decía: «Lo hizo ella, ¿sabes?». Y quien había puesto la foto en su bolso.

Mona le dirigió una mirada artera.

—Todavía podemos darle la vuelta a esto. Podemos volver a la comisaría y decirle a Hanna que todo ha sido un gran malentendido, que no recuerda bien las cosas. Y acusar a cualquier otro de ser A, a alguien que no te caiga bien. ¿Qué tal Andrew Campbell? Siempre te ha caído mal, ¿verdad?

—Yo... —tartamudeó Spencer.

—Podemos meter a tu hermana en la cárcel —susurró Mona—. Y las dos podemos ser A. Podemos controlarlos a todos. Eres tan manipuladora como Ali. Y eres más guapa, más lista y más rica. Tú debiste ser la líder del grupo, y no ella. Y ahora te doy la oportunidad de ser la líder que siempre debiste ser. Tu vida en casa sería perfecta. Tu vida en el instituto sería perfecta. —Sus labios formaron una sonrisa—. Y sé cuánto deseas ser perfecta.

—Pero les has hecho daño a mis amigas —susurró Spencer.

—¿Seguro que son tus amigas? —Los ojos de Mona brillaron—. ¿Sabes a quién acusé de matar a Ali antes que a Melissa? A ti, Spencer. Le di a Aria toda clase de pistas para que creyera que la mataste tú. La noche que desapareció Ali te oí pelearte con ella desde el otro lado del muro. ¿Y Aria, tu mejor amiga para siempre? Se lo tragó del todo. Estuvo a punto de delatarte.

—Aria nunca haría eso —chilló Spencer.

—¿No? —Mona alzó una ceja—. Entonces, ¿cómo es que la oí diciéndole eso mismo a Wilden el domingo por la mañana en el hospital, al día siguiente del accidente de Hanna? —Puso comillas con los dedos a la palabra «accidente»—. No perdió tiempo en hacerlo, Spence. Por suerte para ti, Wilden no se lo tragó. Así que, ¿cómo puedes llamar amiga a alguien que te hace eso?

Mona se recostó en el asiento.

—No. —Negó con la cabeza—. Pero sí sé quién la mató. Ali lo dejó escrito en la última página de su diario. Fue lo último que escribió antes de morir, la pobre. —Puso morritos—. Puso: «Ian y yo tenemos esta noche una cita supersecreta». —También imitó la voz de Ali, pero sonaba más como una muñeca diabólica de una película de miedo—. «Y le he dado un ultimátum. Le dije que o rompía con Melissa antes de que se fuera a Praga, o le contaría lo nuestro a ella y a todo el mundo.» —Mona suspiró, pareciendo aburrida—. Resulta bastante evidente lo que pasó. Presionó demasiado a Ian y él la mató.

El viento agitó las puntas del pelo de Mona.

—Decidí imitar a Ali en todo; era la zorra perfecta. Nadie estaba a salvo de sus chantajes. Y si tú quieres, nadie lo estará de los tuyos.

Spencer negó despacio con la cabeza.

—Pero... atropellaste a Hanna con tu coche.

Mona se encogió de hombros.

—Tuve que hacerlo. Sabía demasiado.

—Lo... lo siento —susurró Spencer—. No hay manera de que yo quiera ser... ser A contigo. De controlar la escuela contigo. O lo que sea que me estés ofreciendo. Es de locos.

La expresión decepcionada de Mona se trocó en algo más siniestro.

—Muy bien. Como quieras, entonces.

Spencer sintió su voz como un cuchillo que le cortaba la piel. Los grillos cantaban estruendosamente. El agua de la cantera de abajo le parecía la sangre corriendo por una vena. Mona se lanzó hacia delante con un movimiento rápido y le rodeó el cuello con las manos. Spencer gritó y se echó hacia atrás, buscando con la mano el botón del seguro. Le dio una patada a Mona en el pecho. Cuando esta gritó y se encogió, tiró de la manija de la puerta y la abrió de un empujón, cayendo del coche a la hierba. Se puso inmediatamente en pie y corrió en la oscuridad. Sintió la vegetación bajo sus pies, luego la grava, la tierra y el barro. El ruido del agua iba en aumento. Sabía que estaba cerca del borde rocoso de la cantera. Oyó las pisadas de Mona tras ella y sintió que sus brazos la cogían por la cintura. Cayó pesadamente al suelo. Mona se puso encima de ella y le rodeó el cuello con las manos. Spencer pateó y forcejeó. Mona se reía, como si todo fuera un juego.

—Creía que éramos amigas —dijo Mona con una mueca, intentando inmovilizarla.

Spencer trataba de respirar.

—¡Supongo que no lo somos! —gritó.

Empujó con las piernas y la hizo tambalearse hacia atrás. Mona cayó de culo a metro y pico de ella, escupiendo el chicle amarillo. Spencer se puso rápidamente en pie. Mona también se levantó, con ojos brillantes y mandíbula tensa. El tiempo pareció dilatarse mientras Mona avanzaba hacia ella, la boca hecha un triángulo de furia. Spencer cerró los ojos y solo... reaccionó. Cogió a Mona por las piernas. Esta perdió el equilibrio y empezó a caer. Spencer sintió sus propias manos empujando el estómago de Mona, empujando con todas su fuerzas. Vio el blanco de los ojos de Mona cuando los abrió mucho, y la oyó gritar. Mona cayó hacia atrás, y desapareció en un abrir y cerrar de ojos.

Spencer al principio no se dio cuenta, pero también ella se estaba cayendo. Entonces golpeó el suelo. Oyó que un grito arrancaba ecos al barranco y por un instante pensó que era suyo. Su cabeza golpeó el suelo con un crujido... y se le cerraron los ojos.

37

Ver es creer

Hanna se apretujó con Aria y Emily en la parte de atrás del coche patrulla de Wilden. Era donde solían sentarse los criminales, aunque no es que hubiera muchos en Rosewood. Si bien apenas podía ver a Wilden a través de la reja metálica que la separaba del asiento delantero, sí que podía notar por el tono de su voz que estaba tan preocupado y tenso como ella.

—¿Alguien ha encontrado algo? —le decía este al walkie-talkie.

Se habían detenido ante una señal de stop mientras decidían adónde ir a continuación. Habían recorrido toda la desembocadura del arroyo Morrell, pero solo encontraron un par de chicos de la escuela pública colocándose en la hierba. Por ninguna parte había señales del Hummer de Mona.

—Nada —dijo la voz de la radio.

Aria le cogió la mano a Hanna y se la apretó. Emily sollozaba en silencio en su cuello.

—Igual se refería a otro arroyo —sugirió Hanna—. Igual se refería al del camino de Marwyn.

Y, ya puestos, puede que Spencer y Mona estuvieran charlando tranquilamente en alguna parte. Y puede que se hubiera equivocado, puede que Mona no fuera A.

Por la radio chisporroteó otra voz.

—Tenemos una denuncia acerca de un incidente en la cantera del Ahogado.

Hanna clavó las uñas en la mano de Aria. Emily se sobresaltó.

—Voy —dijo Wilden.

—¿La cantera del Ahogado? —repitió Hanna.

Pero el Ahogado era un lugar feliz. Poco después de su cambio de imagen, Hanna y Mona se encontraron allí con unos chicos de la Academia Drury. Les habían hecho un desfile de trajes de baño entre las rocas, razonando que era mucho más atractivo provocar a un chico que enrollarse con él. Fue después de eso cuando pintaron HM+MV=APS en el tejado del garaje de Mona, jurando que siempre serían íntimas.

¿Había sido todo mentira? ¿Tenía Mona todo esto planeado desde el principio? ¿Habría estado esperando el momento adecuado en el que atropellarla con su coche? Sintió la abrumadora necesidad de pedirle a Wilden que parase para salir a vomitar.

Cuando llegaron a la entrada de la cantera del Ahogado el Hummer amarillo chillón de Mona brilló como un foco en lo alto de un faro. Hanna cogió la manija de la puerta aunque el coche aún no se había parado. La puerta se abrió, y salió. Echó a correr hacia el Hummer, torciéndose los tobillos por el terreno desigual.

—¡Hanna, no! —gritó Wilden—. ¡Es peligroso!

Hanna oyó a Wilden detener el vehículo, y luego varios portazos. Unas hojas crujieron tras ella. Cuando llegó al coche, vio a alguien encogido formando una bola cerca del neumático izquierdo delantero. Distinguió unos mechones de pelo rubio, y el corazón le dio un vuelco. *Mona.*

Pero era Spencer. Lágrimas y suciedad le manchaban la cara y las manos, y tenía cortes en los brazos. Su vestido de seda estaba desgarrado y no llevaba zapatos.

—¡Hanna! —gritó Spencer con voz rota, alargando una mano hacia ella.

—¿Estás bien? —dijo Hanna con un jadeo, arrodillándose y tocándole el hombro. Lo notó húmedo y frío.

Spencer apenas podía hablar, de tanto como sollozaba.

—Lo siento mucho, Hanna. Lo siento mucho.

—¿Por qué? —preguntó Hanna, cogiéndole las manos.

—Porque... —Spencer hizo un gesto hacia la cantera—. Creo que se ha caído.

Una ambulancia llegó aullando casi en ese mismo instante, seguida de otro coche patrulla. El equipo de rescate y más agentes rodearon a Spencer.

Hanna retrocedió aturdida mientras los paramédicos le preguntaban a Spencer si podía mover los miembros, qué le dolía y qué había pasado.

—Mona me estaba amenazando —decía Spencer una y otra vez—. Me estrangulaba. Quise huir de ella, pero luchamos. Y entonces ella...—Volvió a hacer un gesto hacia el borde de la cantera.

«Mona me estaba amenazando.» A Hanna le cedieron las rodillas. Aquello era real.

Los policías se habían dispersado por la cantera con pastores alemanes, linternas y pistolas.

—¡Tenemos algo! —gritó uno de ellos al cabo de un minuto.

Hanna vio que un grupo de policías desaparecía por el borde de la cantera, y descendía hacia las aguas de abajo.

—¡Necesitamos una camilla! —gritó uno de ellos.

Llegaron más paramédicos con suministros. Wilden no dejaba de acariciarle el pelo a Hanna, usando parte de su cuerpo para que no viera lo que estaba pasando. Pero Hanna podía oírlo. Les oía decir que Mona estaba atrapada entre dos rocas. Y que parecía que se había roto el cuello. Y que debían tener mucho mucho cuidado al sacarla. Oyó sus gruñidos de ánimo a medida que subían a Mona arriba, la depositaban en una camilla, y la metían en la ambulancia. Cuando pasaron, Hanna vio un borrón de su pelo rubio platino. Se soltó de Wilden y corrió tras ella.

—¡Hanna! —gritó Wilden—. ¡No!

Pero no corría hacia la ambulancia. Corría hacia el otro lado del Hummer de Mona, donde se agachó y vomitó. Se secó las manos en la hierba y se encogió. Las puertas de la ambulancia se cerraron y el motor rugió, pero no pusieron la sirena. Hanna se preguntó si era porque Mona ya estaba muerta.

Sollozó hasta que sintió que ya no le quedaban más lágrimas en el cuerpo. Agotada, se volvió hasta quedar tumbada de espaldas. Algo duro y cuadrado presionaba contra su muslo. Hanna se sentó y lo cogió con ambas manos. Era un estuche de móvil de ante que no reconoció. Se lo llevó a la cara y aspiró. Olía a Jean Patou Joy, el perfume favorito de Mona desde hacía años.

Pero el teléfono que contenía no era el Sidekick edición limitada de Chanel que mona había suplicado a su padre que le trajera de

Japón, y en la parte de atrás no tenía MV en relieve con cristales Swarovski. Era una Blackberry vulgar y corriente que no le sonaba de nada.

El corazón se le encogió al darse cuenta del significado de ese segundo teléfono. Para demostrarse que había sido Mona quien les había hecho todo esto solo tenía que encenderlo y mirar. A su nariz llegó el aroma de los arbustos de frambuesas de la cantera, y de pronto se sintió como si fuera tres años antes, ella con su biquini de Missoni y Mona con su Calvin de una pieza. Habían convertido su desfile de modas en un juego, en el que los chicos de Drury perdían a poco que mostrasen un mínimo de interés. Si babeaban como perros hambrientos las invitarían a un tratamiento completo en el spa. Luego Hanna elegiría la sesión con algas y jazmín, y Mona uno de jazmín, zanahoria y sésamo.

Hanna oyó pasos que se acercaban. Tocó con el pulgar la pantalla de la BlackBerry, y la dejó caer dentro de su bolso de seda, antes de salir en busca de las otras. La gente hablaba a su alrededor, pero lo único que podía oír era una voz en su cabeza que le gritaba que Mona estaba muerta.

38

La última pieza

Spencer cojeó hasta el asiento de atrás del coche patrulla ayudada por Aria y por Wilden. Le preguntaron una y otra vez si necesitaba una ambulancia. Repuso que estaba bastante segura de que no; no notaba nada roto y, por suerte, había caído en la hierba, quedando inconsciente un momento, pero sin heridas de gravedad. Estaba sentada, con las piernas colgando fuera de la puerta del coche patrulla, y Wilden se agachó ante ella, sosteniendo una libreta y una grabadora.

—¿Seguro que quieres hacer esto ahora?

Spencer se obligó a asentir.

Emily, Aria y Hanna se amontonaron detrás de Wilden mientras este apretaba el botón de «grabar». Los faros de otro coche patrulla formaron un halo a su alrededor, silueteando en rojo el contraluz de su cuerpo. A Spencer le recordó la forma en que las fogatas dibujaban el contorno del cuerpo de sus amigas en el campamento de verano. Ojalá estuvieran todas en ese momento en el campamento de verano.

Wilden respiró hondo.

—Bueno. Así que estás segura de que te dijo que Ian Thomas mató a Ali.

Spencer asintió.

—Ali le había dado un ultimátum el día que desapareció. Se citó con él... y le dijo que si no rompía con Melissa antes de que esta se fuera a Praga, le contaría su relación a todo el mundo. —Se apartó de la cara el pelo grasiento y cubierto de barro—. Lo escribió en su diario. Lo tiene Mona. No sé dónde, pero...

—Vamos a registrar la casa de Mona —la interrumpió Wilden, poniendo una mano en la rodilla de Spencer—. No te preocupes.

Se volvió y habló por su walkie-talkie, pidiendo a otros policías que localizaran a Ian y lo detuvieran para interrogarlo. Spencer escuchaba, mirándose distraídamente el barro apelmazado bajo las uñas.

Sus amigas se quedaron allí paradas un largo rato, aturdidas.

—Dios —susurró Emily—. ¿Ian Thomas? Eso suena... como de locos. Pero supongo que tiene sentido. Era mucho mayor, y si ella se lo contaba a alguien, pues...

Spencer se rodeó el cuerpo con los brazos, sintiendo que se le ponía la piel de gallina. Para ella, lo de Ian no tenía ningún sentido. Podía creer que Ali lo hubiera amenazado, y que Ian se enfadase, pero ¿lo bastante como para matarla? Y también le resultaba espeluznante que, con todo el tiempo que ella había pasado con él, nunca hubiera sospechado nada. Nunca le había parecido nervioso, presa de remordimientos o pensativo cuando se mencionaba el asesinato de Ali.

Pero igual había interpretado mal las señales; ya se le habían escapado otras muchas. Después de todo, se había metido en el coche con Mona. ¿Quién sabía qué más cosas tenía ante las narices sin darse cuenta?

El walkie-talkie de Wilden emitió un pitido.

—El sospechoso no está en su residencia —dijo la voz de una agente—. ¿Qué quieres que hagamos?

—Mierda. —Wilden miró a Spencer—. ¿Se te ocurre dónde podría estar Ian?

Spencer negó con la cabeza, sintiéndose como si su cerebro estuviera vadeando un pantano. Wilden se sentó en el asiento delantero.

—Te llevaré a casa —dijo—. Tus padres también están yendo a casa desde el club de campo.

—Queremos ir a la residencia de los Hastings con vosotros —dijo Aria, haciendo señas a esta para que se moviera, y luego Hanna, Emily y ella se amontonaron en el asiento trasero—. No queremos dejarla sola.

—No es necesario, chicas —dijo Spencer en voz baja.

Spencer cruzó las manos sobre el regazo, demasiado débil para protestar con más vehemencia. El habitáculo permaneció silencioso mientras Wilden pasaba ante el cartel de la cantera del Ahogado, y se metía por el estrecho camino que llevaba a la carretera principal. Costaba creer que solo había pasado hora y media desde que Spencer abandonó la fiesta. Cuánto habían cambiado las cosas.

—Mona estaba allí la noche que herimos a Jenna —farfulló Spencer ausente.

Aria asintió.

—Es una larga historia, pero esta noche he hablado con Jenna. Sabe lo que hicimos. Solo que, atenta: lo organizaron entre Ali y ella.

Spencer se enderezó en el asiento. Por un instante no pudo respirar.

—¿Qué? ¡Por qué?

—Dijo que tanto Ali como ella tenían problemas fraternos o algo así —explicó Aria, sonando poco segura en su respuesta.

—Eso no lo entiendo —susurró Emily—. El otro día vi a Jason DiLaurentis en las noticias, dice que ya ni siquiera habla con sus padres, y que su familia está de lo más trastornada. ¿Por qué diría eso?

—Hay muchas cosas que no se sabe de la gente cuando se la mira desde fuera —murmuró Hanna llorosa.

Spencer se cubrió la cara con las manos. Eran tantas las cosas que no entendía, tantas las que no tenían sentido. Sabía que al menos ahora debía parecerle que las cosas se habían resuelto (A había desaparecido, pronto se detendría al asesino de Ali), pero se sentía más perdida que nunca. Apartó las manos y miró a la luna plateada en el cielo.

—Chicas —Spencer rompió el silencio—, hay algo que debo deciros.

—¿Algo más? —gimió Hanna.

—Algo... sobre la noche en que desapareció Ali. —Deslizó arriba y abajo su pulsera de plata de amuletos, bajando la voz hasta que fue un suspiro—. ¿Os acordáis que salí del granero tras Ali? ¿Y que dije que no vi adónde fue? Pues... sí que la vi. Fue directa al camino. Fui hasta ella y... y nos peleamos. Por Ian. Yo... yo había besado a Ian poco antes, y Ali me dijo que si él me había besado era solo porque ella se lo había pedido. Y me dijo que Ian y ella estaban enamorados de verdad, y que me provocaba solo para agobiarme.

Spencer sintió los ojos de sus amigas clavados en ella. Reunió fuerzas y continuó.

—Me cabreé tanto... que la empujé. Cayó contra las piedras. Y oí un crujido espantoso. —Una lágrima se bamboleó en la comisura de su ojo y se derramó mejilla abajo. Agachó la cabeza—. Lo siento, chicas. Debí contároslo. Es que... no lo recordaba. Y cuando por fin lo recordé, tenía tanto miedo.

Sus amigas tenían una expresión de horror cuando alzó la mirada. Hasta Wilden inclinaba la cabeza hacia atrás, como si intentara escuchar. Si querían, podían tirar por la ventana la teoría de que la había matado Ian. Podían hacer que Wilden parase el coche y hacerla repetir lo que acababa de decir. Las cosas podrían tomar entonces un cariz horriblemente diferente.

Emily fue la primera en cogerle la mano a Spencer. Luego Hanna puso la suya sobre la de Emily, y Aria encima de la de Hanna. Eso les recordó a cuando todas solían tocar la foto de las cinco que había en el estudio de Ali.

—Sabemos que no lo hiciste tú —susurró Emily.

—Fue Ian. Es lo que tiene más sentido —dijo Aria con serenidad, mirando a Spencer a los ojos. Parecía creerla completa y totalmente.

Llegaron a la calle de Spencer, y Wilden se metió en la entrada. Los señores Hastings aún no habían llegado, y la casa estaba a oscuras.

—¿Queréis que me quede con vosotras hasta que lleguen vuestros padres? —preguntó Wilden cuando salieron las chicas.

—No, está bien —respondió Spencer, mirando a las demás, repentinamente aliviada de que estuvieran allí.

Wilden retrocedió por el camino de entrada y giró lentamente en el callejón sin salida, pasando primero ante la vieja casa de los DiLaurentis, luego la de los Cavanaugh y finalmente la de los Vanderwaal, esa gran monstruosidad con garaje aparte que había al final de la calle. Evidentemente, en casa de Mona no había nadie. Spencer se estremeció.

Un fogonazo en el patio trasero atrajo su atención. Spencer ladeó la cabeza, con el corazón acelerado. Bajó por el camino de piedra que llevaba al patio trasero, tocando el muro que rodeaba la propiedad. Y allí, más allá de la terraza, de la piscina bordeada de piedras, del burbujeante jacuzzi, del gran jardín y hasta del remozado granero, al final de la finca, cerca de donde se había caído Ali, había dos figuras, iluminadas solo por la luna. Le recordaban algo.

El viento arreció, meciendo el pelo de Spencer. Aunque no era la estación adecuada, el aire olió un momento a madreselva, como en aquella horrible noche de hacía cuatro años y medio. Todos sus recuerdos se liberaron de golpe. Vio a Ali caer hacia atrás contra el muro de piedra. Un crujido resonó en el aire, con la fuerza de una campana de iglesia. Cuando Spencer oyó la risita femenina, se volvió, pero no había nadie detrás de ella. No había nadie en ninguna parte. Y cuando volvió a mirar, Ali seguía desplomada contra el muro de piedra, pero con los ojos abiertos. Entonces gruñó y se puso en pie con esfuerzo.

Se encontraba bien.

Ali miró a Spencer, como a punto de hablar, pero entonces se distrajo con algo que había al final del camino. Se alejó deprisa por el mismo, desapareciendo entre un grupo de árboles. Segundos después, Spencer oía la típica risita de Ali. Se percibía un rumor de hojas, y vio claramente dos figuras. Una era la de Ali. Spencer no supo decir a quién pertenecía la otra, pero no era la de Melissa. Le costaba creer que, solo momentos después de aquello, Ian empujaría a Ali al agujero de los cimientos del cenador de los DiLaurentis. Su examiga podía ser una cabrona, pero no se merecía algo así.

—¿Spencer? —dijo Hanna en voz baja, como si estuviera muy lejos—, ¿qué pasa?

Spencer abrió los ojos y se estremeció.

—Yo no la maté —susurró.

Las figuras que había cerca del granero salieron a la luz. Melissa estaba muy rígida e Ian apretaba los puños. El viento transportaba sus voces hasta el patio delantero, y parecían estar peleándose.

Spencer sintió que su nerviosismo crecía. Se volvió para mirar calle abajo. El coche de Wilden no estaba. Buscó el móvil frenéticamente en el bolso, pero se acordó de que Mona lo había tirado por la ventanilla.

—Yo tengo —dijo Hanna, sacando su BlackBerry y marcando un número.

Se lo entregó a Spencer. «Llamando a Wilden» decía la pantalla.

Spencer tuvo que sujetarlo con dos manos, de tanto como le temblaban los dedos. El agente respondió al segundo timbrazo.

—¿Hanna? —Sonaba confuso—. ¿Qué pasa?

—Soy Spencer —murmuró—. Tienes que dar la vuelta. Ian está aquí.

39

Los nuevos Montgomery, tan inquietantes como siempre

La tarde siguiente, Aria estaba sentada en el futón de la sala de estar de Meredith, dándole golpecitos al tentetieso de William Shakespeare que le había regalado Ezra. Byron y Meredith se sentaban a su lado, y todos miraban el televisor. Estaban transmitiendo una rueda de prensa sobre el asesinato de Ali. «Ian Thomas arrestado» decía un cartel en la parte inferior de la pantalla.

—La vista previa del señor Thomas se celebrará el martes —dijo un locutor, parado en los grandes escalones de piedra de los juzgados de Rosewood County—. Nadie de la comunidad podía sospechar que un joven tranquilo y educado como Ian Thomas podía ser el responsable.

Aria se subió las rodillas al pecho. La policía había registrado esa mañana la residencia de los Vanderwaal, encontrando el diario de Ali bajo la cama de Mona. Lo que le había contado a Spencer sobre la última anotación era verdad: le había dado un ultimátum a Ian. O rompía con Melissa Hastings o le contaría su historia a todo el mundo. Las noticias mostraron a la policía llevándose a la comisaría a un Ian esposado. Cuando se le pidió una declaración, lo único que dijo fue: «Soy inocente. Todo esto es un error».

Byron resopló incrédulo. Alargó la mano y apretó la de Aria. Entonces, el noticiario pasó al siguiente tema: la muerte de Mona. La pantalla mostró la cinta policial amarilla rodeando la cantera del Ahogado, y a continuación un plano de la casa de los Vanderwaal. En la esquina apareció un icono de BlackBerry.

—La señorita Vanderwaal llevaba un mes acechando a cuatro chicas del instituto de Rosewood Day, y las amenazas habían adquirido un cariz letal —dijo el locutor—. Anoche, tuvo lugar un forcejeo entre la señorita Vanderwaal y una menor sin identificar en el borde de la cantera, lugar conocido por su peligrosidad. La señorita Vanderwaal resbaló en el borde, rompiéndose el cuello en la caída. La policía encontró su teléfono personal en un bolso, en el fondo de la cantera, pero sigue buscando un segundo móvil, el utilizado para enviar la mayoría de los siniestros mensajes.

Aria dio otro golpe a la cabeza de Shakespeare. Sentía su propia cabeza como una maleta demasiado llena. El último día habían pasado demasiadas cosas como para poder procesarlas bien. Y tenía emociones encontradas. Se sentía muy mal por la muerte de Mona. Y le afectaba y le hería de forma extraña que el accidente de Jenna no hubiera sido un accidente, que lo hubiera organizado con Ali desde el principio. Y después de todo ese tiempo, el asesino resultaba ser Ian... El periodista puso una patética expresión de alivio y dijo:

—Por fin, la comunidad de Rosewood puede dejar atrás esta terrible historia... —Algo que todo el mundo venía diciendo durante toda la mañana.

Aria rompió a llorar. No se sentía como si dejara algo atrás.

Byron la miró.

—¿Qué pasa?

Aria negó con la cabeza, incapaz de explicarse. Cogió la figura de Shakespeare entre las manos, y dejó que sus lágrimas gotearan sobre la cabeza de plástico.

Byron lanzó un suspiro de frustración.

—Comprendo que esto es abrumador. Tenías un acechador. Y nunca nos hablaste de ello. Y debiste hacerlo. Deberíamos hablarlo ahora, de hecho.

—Lo siento. —Aria negó con la cabeza—. No puedo.

—Pero tenemos que hablarlo —la urgió—. Es importante que te desahogues.

—¡Byron! —siseó Meredith cortante—. ¡Por Dios!

—¿Qué? —preguntó Byron, alzando los brazos en señal de rendición.

Meredith se puso en pie, interponiéndose entre Aria y su padre.

—Tú y tus discusiones —le regañó—. ¿Es que no ha sufrido ya bastante en estas semanas? ¡Dale algo de espacio!

Byron se encogió de hombros, pareciendo atemorizado. Aria se quedó boquiabierta. Miró a Meredith a los ojos, y esta sonrió. En ellos encontró un brillo de comprensión que parecía decir: «Entiendo por lo que estás pasando, y sé que no es fácil». Aria miró el tatuaje de la telaraña rosa que tenía en la muñeca. Pensó en lo deseosa que había estado por encontrar algo que perjudicara a Meredith y ahora era ella quien la defendía.

El móvil de Byron vibró, arrastrándose por la mesita de café. Miró la pantalla, frunció el ceño y lo cogió.

—¿Ella? —retumbó su voz.

Aria se tensó. Las cejas de Byron se unieron.

—Sí... está aquí. —Le pasó el teléfono a Aria—. Tu madre quiere hablar contigo.

Meredith se aclaró la garganta, incómoda. Se levantó y se dirigió hacia el aseo. Aria miró el teléfono como si fuera un pedazo de ese tiburón putrefacto, que en Islandia alguien le había retado a comerse. Después de todo, lo comían los vikingos. Se llevó el teléfono al oído, sin prisa.

—¿Ella?

—Aria, ¿estás bien? —gritó la voz de su madre al otro lado.

—Estoy... bien. No sé. Supongo. No estoy herida ni nada.

Hubo un largo silencio. Aria sacó la antenita del teléfono y volvió a meterla.

—Lo siento mucho, cariño —dijo Ella atropelladamente—. No tenía ni idea de que estuvieras pasando por eso. ¿Por qué no nos dijiste que alguien te estaba amenazando?

—Porque... —Aria caminó hasta su pequeño dormitorio junto al estudio de Meredith y cogió a Cerdunia, su cerdo de peluche. Le había costado mucho explicarle a Mike lo de A. Pero ahora que ya había pasado todo, y que ya no tenía que preocuparse por sus represalias, se dio cuenta de que el verdadero motivo había dejado de tener importancia—. Porque vosotros ya teníais bastante con lo vuestro. —Se hundió en su precaria cama y los muelles emitieron un gemido—. Pero... lo siento, Ella. Por todo. Fue algo terrible por mi parte no decirte nada de lo de Byron en todo este tiempo.

Ella hizo una pausa. Aria encendió el pequeño televisor que tenía en el repecho de la ventana. En la pantalla aparecieron las mismas imágenes de la rueda de prensa.

—Comprendo por qué no lo hiciste —dijo Ella finalmente—. Debí entenderlo. Pero estaba muy furiosa. —Suspiró—. Hacía mucho tiempo que mi relación con tu padre no era buena. Lo de Islandia solo pospuso lo inevitable; los dos sabíamos que acabaría pasando esto.

—Vale —dijo Aria en voz baja, pasando las manos arriba y abajo del pelo rosa de Cerdunia.

Ella suspiró.

—Lo siento, cariño, y te echo de menos.

En la garganta de Aria se formó un enorme bulto con forma de huevo. Miro las cucarachas que Meredith había pintado en el techo.

—Yo también te echo de menos a ti

—Sigues teniendo aquí tu habitación por si la quieres

Aria apretó a Cerdunia contra el pecho.

—Gracias —dijo con un susurró, y cerró el teléfono.

¿Cuánto tiempo hacía que esperaba oír eso? Sería un alivio volver a dormir en su cama, con su somier normal y sus almohadas suaves y mullidas. Estar rodeada de sus proyectos de punto y de sus libros y con su hermano y con Ella. Pero ¿qué pasaba con Byron? Aria le oyó toser en la otra habitación.

—¿Necesitas un clínex? —gritó Meredith desde el aseo, pareciendo preocupada.

Pensó en la tarjeta que le había hecho Meredith a Byron y que había pegado en la nevera. Era el dibujo humorístico de un elefante que decía «Pisaba por aquí para desearte que pases un gran día». La clase de nota que haría Byron, o Aria.

Puede que hubiera exagerado. Puede que consiguiera convencer a Byron para que comprase una cama más cómoda para esa habitación. Puede que durmiera allí de vez en cuando.

Puede.

Aria miró a la pantalla del televisor. La rueda de prensa sobre Ian había concluido y todos se levantaban para irse. Cuando la cámara hizo una panorámica, vio una chica rubia con una cara con forma de corazón que le era conocida. ¿*Ali?* Aria se sentó. Se frotó los ojos hasta que le dolieron. La cámara repitió la panorámica, y se dio cuenta de que la rubia debía tener al menos treinta años. Era evidente que la falta de sueño la hacía alucinar.

Volvió a la salita de estar, agarrando todavía a Cerdunia. Byron abrió los brazos y Aria se metió entre ellos. Su padre dio inconscientemente unas palmaditas en la cabeza a Cerdunia, mientras miraban en la tele lo que emitieron después de la rueda de prensa.

Meredith salió del baño con la cara algo verde. Byron apartó la mano de los hombros de Aria.

—¿Sigues encontrándote mal?

Meredith asintió.

—Así es. —Tenía una expresión ansiosa en el rostro, como si tuviera un secreto que necesitaba revelar. Les miró a los dos, y las comisuras de los labios formaron una sonrisita—. Pero no pasa nada. Porque... Estoy embarazada.

40

No todo lo que brilla es una orquídea dorada

Más tarde esa misma noche, después de que la policía acabase de registrar la mansión Vanderwaal, Wilden fue a la casa de los Hastings para hacerle unas últimas preguntas a Melissa. Se sentó en el sofá de cuero del salón, con ojos hinchados y cansados. En realidad todo el mundo parecía cansado, a excepción de la madre de Spencer, que llevaba un inmaculado vestido de Marc Jacobs. Estaba con el padre de Spencer, parada al otro lado de la habitación, como si sus hijas estuvieran cubiertas de bacterias.

Melissa hablaba con voz monótona.

—No te conté la verdad sobre aquella noche —admitió—. Ian y yo habíamos bebido, y me quedé dormida. Cuando desperté no estaba allí. Pero me volví a dormir y al despertar estaba conmigo.

—¿Por qué no dijiste antes nada de esto? —preguntó su padre.

Melissa negó con la cabeza.

—Al día siguiente salía para Praga. Y no sé si en aquel momento alguien sabía que Alison había desaparecido. Cuando volví y todo el mundo iba frenético... pues, nunca se me ocurrió que Ian pudiera ser capaz de algo así. —Se cogió el borde de su sudadera amarillo pálido de Juicy—. Por aquel entonces sospechaba que tonteaban, pero no pensé que fuera algo serio. No se me ocurrió pensar que Alison pudiera darle un ultimátum. —Melissa se había enterado de los motivos de Ian, igual que todo el mundo—. Por Dios, si estaba en séptimo.

Melissa miró a Wilden.

—Cuando me preguntáste esta semana acerca de dónde estuvimos Ian y yo, empecé a dudar si no debí decir algo hace cuatro años. Pero seguía sin creerlo posible. Así que no dije nada porque... porque creía que me metería en líos por ocultar la verdad. Y, bueno, no podía ser. ¿Qué habría pensado la gente de mí?

Su hermana se desmoronó. Spencer intentó no quedarse boquiabierta. Había visto a su hermana llorar muchas veces, pero normalmente de frustración, ira, rabia o como un truco para salirse con la suya. Nunca por miedo o vergüenza.

Spencer esperó a que sus padres acudieran a consolarla. Pero siguieron impávidos, con una mirada de reproche en el rostro. Se preguntó si, en el fondo, no se habrían enfrentado las dos al mismo problema durante tantos años. Melissa había conseguido que lo de impresionar a sus padres pareciera tan natural que Spencer nunca se había dado cuenta de lo mucho que sufría con ese esfuerzo.

Spencer se dejó caer al lado de su hermana y la rodeó con los brazos.

—No pasa nada —le susurró al oído.

Melissa alzó la cabeza un momento, notó confusa que era Spencer, posó la cabeza en su hombro y lloró.

Wilden le entregó a Melissa un pañuelo de papel y se levantó, agradeciéndoles su cooperación en momentos tan difíciles. El teléfono fijo sonó cuando se iba. La señora Hastings caminó remilgadamente hasta el teléfono del estudio y contestó. Unos segundos después, asomaba la cabeza en el salón.

—Spencer —susurró, con gesto aún sobrio, pero con ojos brillantes por la excitación—. Es para ti. El señor Edwards.

Una sensación cálida y mareante la invadió. El señor Edwards era el director del comité del Orquídea Dorada. Una llamada personal suya solo podía significar una cosa.

Spencer se humedeció los labios, y se levantó. El otro extremo de la habitación, donde estaba su madre, parecía estar a un kilómetro de distancia. Se preguntó a qué vendrían las llamadas secretas de su madre, y qué gran regalo le habría comprado, ya que estaba convencida de que ganaría el Orquídea Dorada. Spencer no estaba segura de que pudiera llegar a disfrutarlo, aunque fuera lo más maravilloso del mundo.

—¿Mamá? —Se acercó hasta su madre y se apoyó en la antigua mesa de Chippendale que había junto al teléfono—. ¿No te parece que está mal que haya hecho trampa?

La señora Hastings se apresuró a tapar el micrófono del teléfono.

—Pues claro. Pero ya lo hemos hablado. —Puso el teléfono en la oreja de su hija—. Di hola —siseó.

Spencer tragó saliva, haciendo un esfuerzo.

—Hola —dijo por fin con voz rota.

—¿Señorita Hastings? —gorjeó una voz de hombre—. Soy el señor Edwards, el portavoz del comité del Orquídea Dorada. Sé que es tarde, pero tengo noticias emocionantes para usted. Ha sido una decisión difícil, dada la notable calidad de nuestros doscientos nominados, pero me complace anunciarle que...

A Spencer le parecía como si el señor Edwards estuviera hablando bajo el agua. Apenas oyó el resto. Miró a su hermana, sentada sola en el sofá. Melissa había necesitado mucho valor para admitir su mentira. Podía haber dicho que no se acordaba, y nadie hubiera sospechado, pero en vez de eso había hecho lo que debía. Pensó en la oferta que le había hecho Mona: «Sé cuánto deseas ser perfecta». Pero resultaba que ser perfecta no significaba nada si no era de verdad.

Spencer volvió a ponerse el teléfono ante la boca. El señor Edwards hizo una pausa, esperando una respuesta. Ella respiró hondo, ensayando mentalmente lo que iba a decir: «Señor Edwards, tengo que hacerle una confesión».

Era una confesión que no le iba a gustar a nadie. Pero podía hacerla. Sí que podía.

41

En su regreso a Rosewood, con todos ustedes, Hanna Marin

El martes por la mañana, Hanna estaba sentada en su cama, acariciando lentamente el morro de Punto y mirándose en su espejo de mano. Por fin había encontrado la base adecuada para cubrir sus magulladuras y puntos y quería compartir la buena noticia. Por supuesto, su primer impulso fue llamar a Mona.

Vio en el espejo cómo se le contraía el labio. Seguía sin parecerle real.

Siempre podía llamar a sus viejas amigas, a las que había visto mucho en los últimos días. El día anterior se lo habían tomado libre y en vez de ir a clase se lo habían pasado en el jacuzzi de Spencer, leyendo en el *US Weekly* artículos sobre Justin Timberlake, que al final había llegado a la fiesta de Hanna justo después de que se fuera. A él y a su séquito les había pillado un atasco de dos horas. Cuando las chicas pasaron a leer los consejos de estilo y belleza, Hanna se acordó de que Lucas le había leído un número entero de *Teen Vogue* cuando estaba en el hospital. Sintió una punzada de tristeza, y se preguntó si Lucas sabría lo que le había pasado en los últimos días. No la había llamado. Igual no quería volver a hablar con ella.

Bajó el espejo. De pronto recordó algo más sobre la noche de su accidente, del mismo modo en que se recuerda un dato disperso, como el nombre del abogado de Lindsay Lohan o el de la última novia de Zac Effron. Después de que se le rompiera el vestido, Lucas se acercó a ella y le entregó su chaqueta para que se tapara. La llevó a la biblioteca de la universidad de Hollis y la abrazó mientras lloraba. Una cosa llevó a otra... y acabaron besándose, con la misma ansia con que se habían besado toda la semana anterior.

Hanna permaneció un largo rato sentada en la cama, aturdida. Por fin, cogió el teléfono y marcó el número de Lucas. Le salió el buzón de voz.

—Hola —dijo al oír el pitido—. Soy Hanna. Quería saber si... si podemos hablar. Llámame.

Tras colgar, le dio una palmadita a Punto en el lomo cubierto por un jersey a rombos.

—Igual debería olvidarle —susurró—. Seguro que hay algún chico más guay para mí por ahí, ¿no crees?

Punto inclinó la cabeza inseguro, como si no lo creyera.

—¿Hanna? —dijo la voz de su madre—. ¿Puedes bajar?

Hanna se levantó, y echó atrás los hombros. Puede que no fuera apropiado llevar un vestido acampanado de Erin Fetherston rojo chillón a la vista previa de Ian, que fuera como llevar algo de color a un funeral, pero necesitaba algo que la animara. Se puso un brazalete dorado, cogió su bolso rojo de Longchamp y se echó el pelo hacia atrás. Su padre estaba sentado ante la mesa de la cocina, haciendo el crucigrama del *Philadelphia Inquirer*. Su madre al lado, mirando su correo en el portátil. Hanna tragó saliva. Desde que se separaron no los había vuelto a ver sentados juntos.

—Creía que ya habías vuelto a Annapolis —musitó.

Su padre dejó el bolígrafo y apartó el portátil.

—Hanna, queremos hablarte de algo importante —dijo su padre.

A Hanna el corazón le dio un vuelco. *Vuelven a estar juntos. Y sin Kate e Isabel.*

Su madre se aclaró la garganta.

—Me han ofrecido un trabajo nuevo... y lo he aceptado. —Tamborileó con sus largas uñas contra la mesa—. Solo que... es en Singapur.

—¿Singapur? —chilló Hanna, desplomándose en una silla.

—No espero que me acompañes —siguió diciendo su madre—. Y con todos los viajes que tendré que hacer, tampoco estoy muy segura de que debieras venir. Así que tenemos las siguientes opciones. —Alzó una mano—. Puedes ir interna a un colegio. Incluso a uno de por aquí, si así lo prefieres. —Alzó la otra mano—. O puedes irte a vivir con tu padre.

El señor Marin jugueteaba nerviosamente con el bolígrafo entre los dedos.

—Cuando te vi en el hospital... Me di cuenta de varias cosas —dijo con calma—. Quiero estar cerca de ti, Hanna. Necesito ser una parte importante de tu vida.

—No pienso mudarme a Annapolis —barbotó Hanna.

—No tendrías que hacerlo —dijo su padre en tono amable—. Puedo trasladarme a la sucursal de mi empresa que hay aquí. De hecho, tu madre me ha ofrecido que me mude a esta casa.

Hanna se quedó boquiabierta. Aquello sonaba como un *reality* demencial.

—¿Y Kate e Isabel se quedarán en Annapolis?

Su padre negó con la cabeza.

—Tienes mucho que pensar. Te daré algo de tiempo para que lo decidas. Solo solicitaré el traslado si tú también vives aquí, ¿vale?

Hanna miró a su alrededor, a la elegante y moderna cocina, intentando imaginarse a su padre y a Isabel preparando allí la cena. Su padre se sentaría en su asiento de siempre en la mesa, Isabel en el de su madre. Kate ocuparía la silla en la que normalmente apilaban las revistas y la propaganda que les llegaba por correo.

Hanna echaría de menos a su madre, pero tampoco es que ahora la viera mucho. Y había deseado tanto que su padre volviera, solo que no estaba segura de querer que fuera de ese modo. Si permitía que Kate se mudara allí, sería la guerra. Kate era delgada y rubia y guapa. Intentaría hacerse con el poder en Rosewood Day.

Pero Kate sería la nueva. Y Hanna... Hanna sería la popular.

—Eh, vale. Lo pensaré.

Hanna se levantó, cogió su bolso y se dirigió al tocador de la planta baja. La verdad es que se sentía... revigorizada. Igual eso acababa siendo una pasada. Contaría con ventaja. Durante las próximas semanas tendría que asegurarse de ser la chica más popular del instituto. Sería fácil conseguirlo sin Mona.

Hanna buscó en el bolsillo de su bolso de seda. En él había dos Blackberrys, la de Mona y la suya. Sabía que la policía buscaba el segundo teléfono de Mona, pero aún no podía entregarlo. Antes tenía que hacer algo.

Respiró hondo, sacó el teléfono de su funda de ante y presionó el botón de «Encendido». El aparato cobró vida. No tenía saludo, ni fondo da pantalla personalizado. Mona había usado el teléfono solo por negocios.

Mona había guardado todos los mensajes que había enviado, cada nota firmada con una única letra A. Hanna repasó todos los suyos, mordiéndose febrilmente el labio inferior. Ahí estaba el primero que recibió, cuando estaba en la comisaría de policía por robar el brazalete y el collar de Tiffany («Eh, Hanna: Como la comida de la cárcel engorda, ¿sabes qué es lo que va a decir Sean? ¡No la llevo!»), y estaba el último enviado desde ese teléfono que incluía la escalofriante frase: «¿Y en cuanto a Mona? Ella tampoco es tu amiga. Así que cúbrete las espaldas».

El único mensaje que no había enviado desde ese teléfono era el que decía: «¡No creas todo lo que oigas!». Mona se lo había enviado por error desde su móvil habitual. Hanna se estremeció. Acababa de comprarse un teléfono y aún no había metido su agenda. Mona se había liado, y Hanna había reconocido su número. De no haberlo hecho, quién sabe cuánto tiempo se habría prolongado esa situación.

Apretó la Blackberry de Mona, deseando aplastarla. *¿Por qué?*, quería gritar. Sabía que debía despreciarla, que la policía había encontrado en el garaje de los Vanderwaal el todoterreno con el que la había atropellado. El coche estaba cubierto por una lona, pero tenía abollado el parachoques delantero, y había sangre, sangre de Hanna, salpicando los faros.

Pero no podía odiarla. No podía. Ojalá pudiera borrar todos los buenos recuerdos que tenía de ella, sus sesiones de compras, sus triunfantes golpes de popularidad, sus aniversarios. ¿Con quién iba a consultar cuando tuviera una crisis de vestuario? ¿Con quién iría de compras? ¿A quién engatusaría para que hiciera cosas por ella?

Se llevó a la nariz el dispensador de jabón con olor a menta y apretó, obligándose a no llorar y estropearse el maquillaje de ojos que tanto le había costado aplicarse. Respiró hondo varias veces para calmarse y volvió a mirar la bandeja de mensajes de Mona. Marcó todos los mensajes que le había enviado como A, y luego pulsó «Borrar todo». «Seguro que quiere borrarlos?», preguntó una pantalla. Hanna apretó el «Sí». Un cubo de basura se abrió y se cerró. Si no podía borrar su amistad, al menos podía borrar sus secretos.

Wilden esperaba en el vestíbulo, porque se había ofrecido a llevarla a la vista previa. Hanna notó que tenía los ojos cansados y la boca muy seria. Se preguntó si estaba cansado por toda la actividad del fin de semana, o si era que su madre acababa de contarle también lo del trabajo en Singapur.

—¿Lista? —le preguntó en voz baja a Hanna.

Hanna asintió.

—Pero, espera. —Buscó en su bolso y sacó la Blackberry de Mona—. Tengo un regalo para ti.

Wilden lo cogió, confundido. Hanna no se molestó en explicárselo. Era policía. Ya lo adivinaría.

Wilden abrió la puerta del pasajero del coche patrulla y Hanna subió a él. Antes de que el coche arrancara, enderezó los hombros, respiró hondo y comprobó su reflejo en el retrovisor. Tenía los ojos oscuros brillantes, el pelo castaño con cuerpo, y la base seguía tapándole las magulladuras. Tenía el rostro delgado, los dientes rectos y ni un solo grano. La Hanna gorda y fea de séptimo que hacía semanas que atormentaba su reflejo había desaparecido para siempre. Desde ese mismo momento.

Después de todo, era Hanna Marin. Y era fabulosa.

42

Los sueños, y las pesadillas, pueden hacerse realidad

Emily se rascó la espalda del vestido de lunares con manga ranglan que le había cogido prestado a Hanna. Hubiera preferido haberse puesto pantalones. Su amiga estaba a su lado, ataviada con un vestido retro de color rojo, y más allá Spencer, con un elegante traje a rayas. Aria llevaba uno de sus habituales atuendos por capas: un vestido burbuja de manga corta sobre una camiseta térmica verde, con mallas blancas de punto trenzado y elegantes botines que decía haber comprado en España. Todas sufrían el frío aire de la mañana en un aparcamiento vacío junto a los juzgados, lejos del caos de la prensa en la entrada principal.

—¿Listas? —preguntó Spencer, mirándolas a todas.

—Listas —canturreó Emily al tiempo que las demás.

Spencer desenrolló una gran bolsa de basura Hefty, y todas las chicas echaron una a una cosas en ella. Aria tiró dentro una muñeca de la bruja de *Blancanieves* con cruces en los ojos. Hanna tiró un papel arrugado que decía: «Siente lástima por mi». Spencer tiró la foto de Ali con Ian. Se turnaron para tirar todos los objetos físicos que les había enviado A. El primer impulso había sido quemarlo todo, pero Wilden lo necesitaba de prueba.

Cuando le tocó el último turno a Emily, miró la última cosa que tenía en las manos. Era la carta que había escrito a Ali poco después de besarla en la casa del árbol, no mucho antes de que muriera. En ella le había profesado su amor imperecedero, reflejando con palabras hasta el último retazo de emoción que tenía en su cuerpo. A había escrito en ella: «He pensado que querrías que te la devolviera. Con amor, A».

—Quisiera conservar esto —dijo Emily en voz baja, doblando la carta.

Las demás asintieron. Emily no estaba segura de que supieran lo que era, pero estaba bastante segura de que se hacían una idea. Lanzó un suspiro largo y torturado. Todo este tiempo había ardido una llamita en su interior. Había esperado que, de algún modo, A acabase siendo Ali, que Ali no estuviera muerta. Sabía que no estaba siendo racional, que habían encontrado el cadáver de Ali en el patio de los DiLaurentis, y que llevaba en el dedo el anillo exclusivo de Tiffany con su inicial. Sabía que tenía que olvidarse de Ali... pero deseó no tener que hacerlo, mientras cerraba los dedos sobre su carta de amor.

—Deberíamos entrar.

Spencer echó la bolsa dentro del Mercedes, y Emily la siguió con las demás por una de las puertas laterales de los juzgados. El estómago le dio un vuelco al entrar en el tribunal de altos techos y paredes de madera. Estaba todo Rosewood; sus compañeros y profesores, su monitor de natación, Jenna Cavanaugh con sus padres, todas las antiguas compañeras de hockey de Ali, y todos miraban. La única persona a la que no vio enseguida fue a Maya. De hecho, no había tenido noticias suyas desde la fiesta de Hanna.

Emily agachó la cabeza cuando Wilden salió de entre un grupo de agentes de policía y las condujo hasta un banco vacío. El aire estaba viciado por la tensión y olía a diversas colonias y perfumes caros. Las puertas se cerraron al cabo de unos minutos, y la sala se sumió en un silencio de muerte cuando los alguaciles condujeron a Ian por el pasillo central. Emily agarró con fuerza la mano de Aria. Hanna rodeó a Spencer con un brazo. Ian vestía un mono naranja. Iba despeinado y tenía enormes ojeras. Caminó hasta el banquillo. El juez, un hombre calvo y sereno, con un enorme anillo universitario, lo miró.

—¿Señor Thomas, ¿cómo se declara?

—No culpable —dijo Ian con una vocecita.

Un murmullo recorrió la multitud. Emily se mordió el interior de la mejilla. Cerró los ojos y volvió a ver esas horribles imágenes, esta vez con un nuevo asesino, un asesino que tenía sentido: Ian. Emily recordaba haber visto a Ian aquel verano en que fue la invitada de Spencer en el club de campo de Rosewood, y dónde él era el salvavidas. Se sentaba en lo alto de su puesto de socorrista, agitando el silbato como si no tuviera ninguna preocupación en el mundo.

El juez se inclinó hacia delante y miró a Ian.

—Señor Thomas, debido a la gravedad de este crimen, y al considerarse que hay riesgo de fuga, permanecerá encarcelado hasta que empiece la vista.

Dio un martillazo en la mesa y cruzó las manos. Ian agachó la cabeza, y su abogado le consoló con una palmadita en el hombro. Unos segundos después se alejaba con las manos esposadas. Todo había acabado.

Los miembros de la comunidad de Rosewood se levantaron para irse. Entonces Emily se fijó en una familia que no había visto antes, al quedar tapada por los alguaciles y las cámaras. Reconoció el pelo corto y el porte elegante de la señora DiLaurentis y el aspecto interesante y apuesto de su marido. Los acompañaba Jason DiLaurentis, vestido con un traje negro y una corbata oscura a cuadros. Cuando se abrazaron, parecieron estar increíblemente aliviados... y quizá algo arrepentidos. Emily pensó en lo que Jason había dicho en las noticias: «No hablo mucho con mi familia. Está demasiado trastornada». Igual se sentían culpables por llevar tanto tiempo sin hablarse. O puede que solo fueran imaginaciones suyas.

Todo el mundo se reunió fuera de los juzgados. El clima no se parecía en nada al sublime día sin nubes del funeral de Ali de unas semanas antes. El cielo estaba encapotado, con nubes oscuras que hacían que el mundo pareciera gris y plano. Emily sintió una mano en el brazo. Spencer le rodeó los hombros con los brazos.

—Todo ha acabado —susurró.

—Lo sé —dijo Emily, devolviéndole el abrazo.

Las demás se unieron. Emily vio un flash por el rabillo del ojo. Ya se imaginaba el pie de foto en el periódico: «Las amigas de Alison, afectadas pero en paz». En ese momento, le llamó la atención un Lincoln negro aparcado junto al bordillo. En el asiento del pasajero había un chófer sentado, esperando. La ventanilla tintada estaba bajada lo bastante como para dejar una pequeña rendija, y por ella vio unos ojos que la miraban. Emily se quedó boquiabierta. Solo había visto ojos azules como esos una vez en su vida.

—Chicas —susurró, agarrando con fuerza el brazo de Spencer. Las otras interrumpieron el abrazo.

—¿Qué? —preguntó Spencer, preocupada.

Emily señaló al coche. La ventanilla trasera había vuelto a subirse, y el chófer ponía el coche en marcha.

—Juraría que he visto... —tartamudeó, pero entonces se calló. Pensarían que estaba loca, que imaginarse viva a Ali era su forma de encajar su muerte. Tragó saliva, y se enderezó—. No importa.

Las chicas dieron media vuelta y se dirigieron a reunirse con sus respectivas familias, prometiendo llamarse unas a otras. Pero Emily siguió donde estaba, con el corazón latiéndole con fuerza mientras el coche se separaba del bordillo. Lo miró mientras se alejaba por la calle, torciendo a la derecha y desapareciendo. Se le heló la sangre en las venas. *No puede haber sido ella*, se dijo.

¿O sí?

¿Qué pasará luego?

Pues después de que la malvada Mona abandonase este mundo cruel y que Ian acabase en una fría celda, nuestras pequeñas mentirosas pudieron vivir por fin en paz. Emily encontró el amor verdadero en la universidad Smith, Hanna fue la reina de Rosewood Day y se casó con un multimillonario, Spencer se graduó la primera de la clase en el escuela de periodismo de Columbia y se convirtió en redactora jefe de *The New York Times*, y Aria se sacó el diploma de la escuela de diseño de Rhode Island y se mudó a Europa con Ezra. Todo fueron atardeceres, bebés sanotes y felicidad sin límites. Qué bonito, ¿eh? Ah, y ninguna de ellas volvió a mentir en la vida.

Pero ¿te estás quedando conmigo? Despierta, Bella Durmiente. En Rosewood no hay finales felices.

¿Es que no te has enterado de nada? Quien fue una pequeña mentirosa, siempre será una pequeña mentirosa. Emily, Hanna, Spencer y Aria no pueden evitar ser malas. Es lo que más me gusta de ellas. ¿Que quién soy yo? Pues, digamos que hay una nueva A en la ciudad, y que esta vez nuestras chicas no se librarán tan fácilmente.

Nos vemos pronto. Hasta entonces, procura no portarte demasiado bien. La vida siempre es más divertida cuando se tienen pequeños secretos.

¡Mua!

—A.

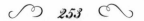

Agradecimientos

En primer lugar y por encima de todo, quiero darle las gracias a quienes he mencionado en la dedicatoria; las personas que animaron a Spencer a besar a los novios de su hermana, a Aria a besar a su profesor de literatura, a Emily a besar a una chica (o dos) y a Hanna a besar al friki del instituto. A las personas que fueron cómplices del asesinato de Alison y que fueron los primeros en reírse de la frase «mariquitas que montaban caballitos gay» y a quien este proyecto emocionó desde el principio... el cual nació, uau, hace ya tres años. Por supuesto, me refiero a mis amigos de Alloy: Lanie Davis, Josh Bank, Les Morgenstein y Sara Shandler. Ser un escritor con trabajo es para muchos casi un oxímoron, y estoy inmensamente agradecida por todo lo que habéis hecho por mí. Tengo suerte de trabajar con vosotros, y dudo mucho que estos libros hubiesen llegado a ser la mitad de buenos sin vuestra mente maravillosamente creativa... vuestro sentido del humor... y, por supuesto, todo lo demás que sacáis del horno. ¡Brindo por más sorpresas y revelaciones inesperadas en el futuro!

También le estoy agradecida a todos los de Harper que han defendido estos libros, como Farrin Jacobs, por sus atentas lecturas, o Kristin Marang, por toda su dedicación, atención y amistad. Y muchas gracias a Jennifer Rudolph Walsh de William Morris por creer en el futuro de esta serie. Eres mágica de verdad.

Quiero además hacerle llegar todo mi cariño a ese montón de gente a la que cito en todos los libros: a Joel, mi marido, por tu habilidad para predecir el futuro, que, extrañamente, siempre implica cosquillas. A mi padre, Shep (porque te gusta suplantar a agentes de viajes franceses, porque el pasado diciembre te dimos por perdido en el desierto, y porque amenazaste con irte de un restaurante al que se le había acabado el vino tinto). A mi hermana Ali, por crear el mejor equipo del mundo (el equipo Alison) y por sacarle fotos a Squee, el cordero disecado con un cigarrillo en la boca. Y a mi madre, Mindy (espero que nunca te vacunes contra la locura). Muchas gracias por defender todo lo que escribo.

También quisiera darles las gracias a todos los lectores de *Pequeñas mentirosas*. Me encanta tener noticias vuestras, y me alegra que los personajes os importen tanto como a mí. ¡Seguid enviándome esas increíbles cartas!

Finalmente, le envío desde aquí todo mi amor a mi abuela, Gloria Shepard. Me conmueve que leas la serie de las *Pequeñas mentirosas*, ¡y me encanta que encuentres los libros divertidos! En el futuro intentaré meter más chistes sobre pelos en la nariz.